Goldmann Science Fiction

Von Thomas Le Blanc
sind außerdem im Goldmann Verlag lieferbar:

Antares. 23365
Beteigeuze. 23385
Canopus. 23391
Deneb. 23405
Eros. 23417

Für diese Reihe sind in Vorbereitung:

Ganymed (Dezember 1983). 23440
Halley (Juni 1984)

SCIENCE FICTION STORIES

Thomas Le Blanc (Hrsg.)

Fomalhaut

Originalausgabe

Wilhelm Goldmann Verlag

Innenteilillustrationen von Gerd Striepecke

Made in Germany · 6/83 · 1. Auflage · 119

Umschlagentwurf: Atelier Adolf & Angelika Bachmann, München
Umschlagillustration: Franz Berthold, München
Gesamtherstellung: Mohndruck Graphische Betriebe GmbH, Gütersloh
Verlagsnummer: 23425
Lektorat: Peter Wilfert · Herstellung: Peter Papenbrok
ISBN 3-442-23425-5

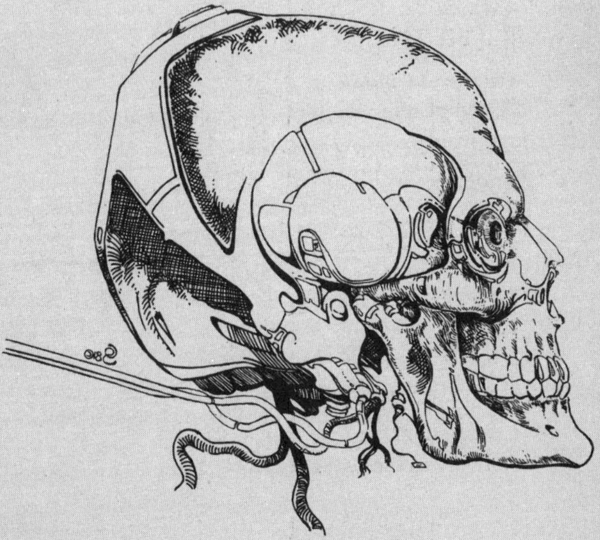

Inhalt

Vorwort

Ein paar Anfragen von Lesern bezüglich der Eingrenzung der Autoren hat es gegeben: Wir schreiben, daß wir in den »Sternenanthologien« ein Forum *nur* für deutsche Autoren geschaffen haben, und würden dabei übergehen, daß wir auch Texte von Österreichern aufgenommen haben. Nun, mit den »deutschen Autoren« meinen wir nicht Autoren mit deutschem Wohnsitz oder deutschem Geburtsort, auch nicht Autoren deutscher Staatsangehörigkeit – sondern wir meinen Autoren *deutscher Sprache.* Und da sich der deutsche Sprachraum nur wenig um politische Staatsgrenzen schert, tun wir das auch nicht: Für uns zählt die Sprache des Autors, nicht sein Paß.

Wenn man nach Geburtsorten der Autoren aufschlüsseln würde, bekäme diese Reihe schon internationalen Charakter: neben zahlreichen Namen aus Österreich sind in den Bänden ANTARES bis EROS auch die baltischen Staaten vertreten, die Tschechoslowakei und Schweden. Und bei der Abfrage nach derzeitigen Wohnorten kommen noch die USA hinzu. FOMALHAUT erweitert die Liste dann noch einmal um Autoren aus der Schweiz und aus Luxemburg.

Science Fiction, die im Original in deutscher Sprache geschrieben wurde und zeigen soll, daß SF längst kein amerikanischer Begriff mehr ist.

Seit dem vergangenen Band haben wir damit begonnen, die Themen der einzelnen Stories nicht ganz dem Zufall zu überlassen (obwohl sich dabei auch überraschende Schwerpunkte gebildet haben), sondern in der Beteiligungseinladung an die Autoren gleich ein Thema vorgegeben, das Schwerpunkt des Bandes werden soll, ohne daß deswegen aber alle Texte sich an diesen Schwerpunkt klammern müssen. Für den vorliegenden Band habe ich den Themenkreis Forschung und Erforschung ausgewählt: was von wissenschaftlicher Laborforschung und traditioneller *hard science* bis zur Erforschung eines fremden Planeten reichen soll. Wie unterschiedlich die Autoren diese Anregung aufgenommen haben, kann der Leser jetzt beurteilen – für meine Empfindung sind die Geschichten *erfreulich* unterschiedlich.

Auf ein paar der Texte sei hier als kleine Leseanregung vorweg noch hingewiesen. Völlig unabhängig voneinander haben zwei Autoren (Kreimeier, Pukallus) ihre Erzählungen in Höhlen spielen lassen: in der Unterwelt eines fremden Planeten. Die Zielrichtungen der Erzählungen sind natürlich nicht vergleichbar, sehr wohl aber die Schauplätze, was beim Lesen einen zusätzlichen Reiz geben sollte.

Von der äußeren Form her fällt die in nüchtern-wissenschaftlicher Diktion abgefaßte Erzählung Michael Weissers heraus. Seine Beschreibung einer Welt in naher Zukunft liest sich wie eine Dokumentation, ist deshalb vom Layout her auch so aufgebaut. Ein zugegeben schwieriger Text – aber wir haben ihn aufgenommen, weil wir das Experiment nicht scheuen (manchmal sogar suchen), und leichte Kost sollte in diesen Bänden sowieso nur Beigabe sein.

Auch die Freunde satirischer SF finden hier wieder einen kleinen Beitrag (es gibt leider nur sehr, sehr wenige gute Texte in dieser Richtung): Günter Zettl knüpft an seine letzte Story in EROS an.

Ein wenig mit zwinkerndem Auge ist auch Rainer Erlers Erzählung geschrieben, nur so läßt sich das Thema vielleicht angehen. Denn seine Story raubt einem Schriftsteller eigentlich den Schlaf, und ich muß gestehen, ich habe sie seit dem ersten Lesen ständig als Alpdruck auf mir lasten. So etwas kann auch nur einem Magnetband- und Zelluloid-Autor einfallen, ein Papier-Autor würde aus Angst vor der möglichen Realität der Idee eine solche Erzählung gar nicht zu schreiben wagen.

T.L.B.

Rainer Erler

Recycling

1

»Der verseuchte Eilbrief kam früh gegen halb sechs. Es war der dreizehnte November, ein regnerischer Sonntagmorgen, also tiefste Nacht, und der alte, grauhaarige Postbote in seiner durchnäßten Uniform wirkte ebenso verschlafen und schlechtgelaunt wie ich.

Trotzdem erkannten meine verschwiemelten Augen im fahlen Licht der Korridorlampe sofort Lydias fahrige Schrift auf dem Kuvert, und ich begann Übles zu ahnen.

Nicht des Üblen genug, wie sich zeigen sollte. Aber um alle Konsequenzen dieser kurzen und lapidaren Mitteilung zu durchdenken, die Lydia mir offenbar hastig auf dieses brüchige und irgendwie sandige Stück Briefpapier geschrieben hatte, war ich einfach noch nicht wach genug. Die Tatsache allein, daß sie mich um eines banalen Triumphes willen Sonntagfrüh um halb sechs aus dem Bett klingeln läßt, hätte als unfreundlicher Akt ja bereits genügt. Aber der Text des Briefes gab mir dann noch den Rest: ›Habe es geschafft! Sie funktionieren, wie Du siehst! Gruß Lydia!‹

Ehrlich gesagt, ich sah nichts, was da funktionieren sollte, nur diese provokanten zwei Zeilen und entnahm dem Poststempel, daß der Brief um fünf Uhr – fünf Uhr früh! – im Telegrafenamt aufgegeben worden war. Lydia hatte also wieder ein paar Nächte durchgearbeitet, und das Telegrafenamt lag so günstig auf ihrem Heimweg vom Labor. Da konnte sie wohl nicht widerstehen. So war ich vermutlich der Erste und vielleicht auch der Einzige, den sie mit einer Siegesmeldung beglückte. Und mein Magen zog sich erwartungsgemäß zu einem sauren Klumpen zusammen.

Denn Lydia war nicht nur meine geschiedene Frau, war nicht nur Kollegin – wir waren in erster Linie Rivalen!

2

Neun Jahre lang hatten wir im Institut gemeinsam an einer neuen Bakterienart herumkonstruiert, die Erdöl in Eiweißmoleküle zerlegen sollte. So etwas war unter dem Schlagwort ›Gen-Manipulation‹ selbst bei Fachkollegen umstritten. Von der Öffentlichkeit ganz zu schweigen. Man warf uns vor, wir versuchten ›Schöpfung‹ zu spielen. Richtig! Durch ›Zusammenhäkeln‹ von DNS-Teilstücken, also von verschiedenen Erbinformationen, schufen wir absolut neue Wesen. Mikro-Organismen auf Bestellung. Mit faszinierenden Eigenschaften.

Die Furcht, bei diesen Experimenten würden uns früher oder später einmal einige dieser neuen, unbekannten, unberechenbaren und möglicherweise bösartigen Mikroben entwischen, war natürlich absurd und unbegründet. Unser Sicherheitssystem war mehr als perfekt. Es bestand also wirklich kein Grund zur Panik!

Andererseits, wie jeder in unserer Zunft, verbitte ich mir von Außenstehenden und Ignoranten jedwede Form der Zensur. Skeptiker, die nur von Risiken reden, verstehen nichts von dem göttlichen Auftrag an den menschlichen Geist: den letzten, aber auch den allerletzten Dingen auf den Grund zu gehen!

Wir waren also von unserer Arbeit überzeugt. Neun Jahre lang. Lydia und ich. Wir waren besessen! Denn wir wollten es wissen!!

3

Aber dann, eines Morgens kurz nach Sonnenaufgang, nach einer siebenunddreißigstündigen Testreihe, hatte Lydia ganz plötzlich die Nerven verloren. Sie provozierte einen unschönen Krach. Das war zwar nicht erstaunlich bei ihrem Naturell und bei dem Streß, unter dem wir seit Monaten standen. Aber diesmal meinte sie es ernst. Und endgültig! Sie hatte kein Vertrauen mehr in unsere Idee, fühlte sich von mir unterdrückt, als Frau wie als Kollegin, verließ das Labor und damit zugleich mein Leben.

Und als ich drei Monate später, ganz überraschend, den eindeutigen Erfolg unserer Arbeit veröffentlichen konnte, und es dabei unterließ, ihren Namen auch nur zu erwähnen, da war sie tödlich getroffen.

Wir waren Feinde geworden, und Lydia schwor Rache. Und mit einer Verbissenheit, die man schon pathologisch nennen konnte, machte sie sich über eine neue Aufgabe her, die in meinen Augen ebenso unsinnig wie überflüssig war.

4

Daß ausgelaufenes Erdöl vernichtet werden muß, bevor es Meere und Strände verschmutzt, leuchtet jedem ein. Unsere neuen Bakterien leisten inzwischen beste Arbeit, rund um diesen Planeten, bei großen Tankerunfällen wie bei kleinen Leckagen, und sie produzieren dabei noch Nahrung für Plankton und andere Kleinstlebewesen. Ohne jede Eitelkeit würde ich sagen, daß der Segen, der in unserer Arbeit steckt, durchaus den Nobelpreis verdient.

Aber Bakterien zu züchten, die Altpapier in Stärke und Zucker zerlegen – Verzeihung, aber das erscheint mir als wissenschaftliche Problemstellung für eine jahrelange Forschungsarbeit einfach schwachsinnig! Und ich habe Lydia gegenüber diese Meinung auch immer ganz offen vertreten. Papier kann man verbrennen. Es verrottet auch ganz von selbst, wenn man ihm Zeit dazu läßt. Die Müllhalden dieser Welt werden von Papier am allerwenigsten belastet. Wenn man schon an ›Recycling‹ denkt, gibt es ganz andere Probleme: Wohin, zum Beispiel, mit Autowracks und Reifengummi! Wohin mit diesen nahezu unzerstörbaren Kunststoff-Abfällen, mit diesen Bergen aus Plastik auf Fluor-, Polyäthylen- oder PVC-Basis? Und wo bleiben die Schwermetalle, Cadmium, Blei, Quecksilber, die zusammen mit anderen Schadstoffen, mit Phenolen und chlorierten Kohlenwasserstoffen, nach und nach unser Grundwasser vergiften?

Wozu also dieser Aufwand für Papier . . .?

5

Aber nun meldete Lydia einen wahrhaft verblüffenden Erfolg. Demnach müßten ihre ›Zellulose-Killer‹ funktionieren.

Sie konnte es sicher kaum erwarten, bis ich mit süßsaurem Lächeln und einem Blumenstrauß bei ihr antanzen würde, um ihr mit gespielter Fairness zu diesem Triumph zu gratulieren – um sie ganz beiläufig über die sensationellen Details auszuhorchen.

Aber andererseits sah ich eigentlich keinen Grund zu reagieren, solange sie mir den Beweis für ihre kühne Behauptung schuldig blieb.

Ich ging daher erst einmal wieder ins Bett und versuchte weiterzuschlafen. Vergeblich. Der Gedanke, wie sie es geschafft haben könnte, hielt mich wach.

Irgendwann war es hell. So hell, wie es an einem regnerischen dreizehnten November eben werden konnte. Da stand ich auf, schluckte zwei Tabletten gegen Sodbrennen und ging hinüber in meinen Arbeitsraum, wo ihr Eilbrief auf meinem Schreibtisch lag. Und dort traf es mich noch einmal und diesmal mit einer ganz gewaltigen Keule: Ihr Brief war weg! Zumindest in seiner ursprünglichen Form war er verschwunden. Das Papier hatte sich aufgelöst, und auf einer dünnen Schicht glänzend-weißen Puders schienen die beiden Zeilen ihrer fahrigen Schrift zu schwimmen: ›Habe es geschafft! Sie funktionieren, wie Du siehst! Gruß Lydia!‹

6

Da war kein Zweifel mehr möglich: Lydias papierfressende Bakterien hatten zugeschlagen!

Ich konnte nicht widerstehen und brachte eine Spur dieses feinen Pulvers mit der Fingerkuppe auf meine Zungenspitze. Es schmeckte tatsächlich süß.

Da war mit einem Mal mein ganzer Groll verschwunden. Dieser frappierende Beweis war für einen Forscher, einen Kollegen, selbst für einen Rivalen einfach hinreißend und genial. Ich griff zum Telefon, um Lydia anzurufen. Aber dann zögerte ich, fegte mit einem Notizblock den ganzen weißen, glänzenden, pulverigen Spuk vom Tisch und in meinen Papierkorb, stürzte mich unrasiert und ohne zu duschen in meine Kleider, lief aus dem Haus, startete meinen Wagen und fuhr los.

Das Blumengeschäft an der Ecke hatte überraschenderweise zu, obwohl es bereits kurz nach neun Uhr war. Ein zweites, weiter unten an der Hauptstraße, hatte ebenfalls geschlossen. Die ganze Stadt machte einen absolut toten und verlassenen Eindruck, und es dauerte lange Minuten, bis mein etwas verwirrtes Gehirn durchaus richtig kombinierte, daß es tatsächlich Sonntag war. Daraufhin änderte ich meine Strategie, nahm von einem spontanen Überraschungsbesuch erst einmal Abstand und fuhr nun meinerseits zum Telegrafenamt.

Der Beamte ließ mich seinen Unmut spüren, als ich die sechzehn Worte mit einem Hundertmarkschein bezahlen wollte, wurde er richtig ärgerlich. Er war der einzige dienstbare Geist hinter zwölf verwaisten Schaltern, und es dauerte eine Weile, bis wir uns geeinigt hatten.

7

Ich verliere mich keineswegs in unwichtigen Details! Jeder Schritt, jeder Handgriff, den ich an diesem Sonntagmorgen tat, war gravierend. Das Wühlen in den Telegrammformularen etwa, das Manipulieren mit Papiergeld, das Betasten der ausgelegten Telefonbücher, der Griff in die Selbstbedienungs-Box mit den Sonntag-Morgen-Zeitungen vor der Treppe zum Telegrafenamt.

Ich stand etwas unentschlossen vor diesem Gebäude im Nieselregen. Was zu tun war, war getan. Und der unheilvolle Gedanke, jetzt und sofort, ungefrühstückt, unrasiert in die Staatsbibliothek zu fahren, um dort noch nach Material für einen Vortrag zu forschen, der erst in drei Wochen zu halten war, ist nur aus dieser höchst frustrierenden Leere her zu verstehen, die mich nach der ersten Euphorie überfallen hatte.

Die Sonntagmorgen-Öffnungszeiten der Bibliothek sind wirklich verführerisch. Da sind die Eingeweihten unter sich, und ihre Zahl ist naturgemäß gering. Im Lesesaal herrschte zu dieser Stunde tatsächlich Ruhe. Ich war allein mit einem weißhaarigen, älteren Herrn, der mich keines Blickes würdigte, und einer sehr adrett aussehenden Studentin, die aufreizend gähnte. Sie hatte sich hinter einem Wall medizinischer Fachliteratur verschanzt und schien auf eine geeignete Ablenkung zu warten.

Ich fühlte mich für Kontakte dieser Art im Augenblick nicht besonders konditioniert und machte mich auf die Pirsch nach prominenten Zitaten, die geeignet waren, uns Biochemiker und ›Gen-Ingenieure‹ in einem positiven Licht erscheinen zu lassen.

Nach etwa 90 Minuten verließ ich die Bibliothek mit zwei englischsprachigen Bänden unter dem Arm und etwa 30 Fotokopien aus fast ebenso vielen Büchern. Was ich vorhabe, erledige ich gründlich!

Ich hatte plötzlich Hunger auf Spiegeleier mit Schinken auf Toast und einen anständigen Kaffee und fuhr in Richtung des ›Holiday-Inn‹, das ich von einem internationalen Kongreß her kannte.

Mein Frühstück dauerte etwa 45 Minuten. Anschließend ließ ich mir die Haare schneiden und blätterte dabei in den ausgelegten Magazinen.

Als ich wieder in den Wagen stieg, hatte sich meine Sonntagszeitung, die auf dem Beifahrersitz lag, vollständig aufgelöst. Nur eine dicke Schicht glänzendweißes Pulver, mit Druckerschwärze vermischt, war noch übrig. Und meine Fotokopien, wie auch die eingemerkten Seiten der beiden Leihbände, fühlten sich bereits brüchig und irgendwie leicht sandig an.

8

Daß sich sämtliches Papier auf meinem Schreibtisch, Briefe, Terminkalender, Manuskripte und Forschungsberichte, in Zucker und Stärke verwandelt hatte, als ich die Wohnung wieder betrat, überraschte mich nun nicht mehr sonderlich. Auch der Inhalt meines Papierkorbs war bereits pulverisiert. Mit Ausnahme des Express-Brief-Kuverts. Lydia hatte, aus gutem Grund, vorsichtig, wie sie nun einmal war, ein unzerstörbares aus Plastik gewählt.

Ich war unfähig zu reagieren, saß nur da und starrte auf den fortschreitenden Zerfall und marterte mein Gehirn bei der Rekonstruktion aller meiner Schritte und Handgriffe.

Wie eine Infektion hatte ich Lydias ›Zellulose-Killer‹ über meine gesamte Wohnung verstreut und die absolute Auflösung all dessen, was man ›schwarz auf weiß besitzt‹ in Gang gesetzt. Das Unheil hatte seinen Lauf genommen. Unaufhaltsam. Unerbittlich. Und vorläufig durch nichts zu stoppen.

Vielleicht wäre es sinnvoll gewesen, durch eine rasche und gezielte Quarantäne-Aktion den Wahnsinn auf diesen einen befallenen Infektionsherd zu begrenzen: Mich nackt ausziehen, du-

schen, desinfizieren, die Wohnung verlassen und hinter mir versiegeln.

Da fiel jedoch mein Blick auf die beiden entliehenen Bände der Staatsbibliothek, von denen nur noch die Plastikeinbände und etwas Karton auf einem Zuckerhügel übrig waren. Da wußte ich, daß es zu spät war für irgendwelche kleinkarierten Gegenaktionen. Auf meinem Weg durch die Stadt hatte ich bereits genügend Papier infiziert und damit ein Unheil in Gang gesetzt, das auch vor den heiligsten Werten unserer Zivilisation nicht mehr haltmachen würde. Und ich war wie paralysiert, weil ich aus meiner Kenntnis der Dinge das Ausmaß der Katastrophe bereits abschätzen konnte. Als Erster. Und als Einziger.

9

Wen hätte ich warnen sollen? Und welche Gegenmaßnahmen wären sinnvoll gewesen? Natürlich gab es zahlreiche Methoden, eine bakterielle Seuche unter Kontrolle zu bringen, solange die Erregerherde zu lokalisieren sind und genügend artspezifisches Antibiotikum zur Verfügung steht.

Man hätte über das ganze Land den Ausnahmezustand verhängen müssen. Jetzt. Sofort. Ausgehsperre. Kontaktverbot. Im Augenblick war es noch nicht zu spät. Ein allesumfassendes Verhängnis wäre noch abzuwenden gewesen. Aber dazu hätte es gezielter Anordnungen einer entscheidungsfreudigen Regierung bedurft und einer flexiblen Bürokratie.

Daß ich mit meinen Warnungen und Empfehlungen bei den Behörden auf Verständnis stoßen würde, war kaum zu erwarten. Eine unbekannte Katastrophe, die diesen Staat als ersten überraschend und unvorbereitet traf, hatte keine Lobby im Parlament. Und bis der Amtsschimmel schließlich aufgeschreckt und auf Trab gebracht sein würde, wäre es für jedwede Kampagne zu spät gewesen.

10

Nein, Chancen gab es keine. Da war nichts mehr zu retten. Lydias Bakterienstämme fraßen sich bereits mit Heißhunger durch Postformulare, Zeitungsstapel und durch Kassenbestände. Sie breiteten sich mit unglaublicher Schnelligkeit aus und vermehrten sich unaufhörlich und erschreckend!

Aus den Regalen meiner privaten Fachbibliothek rieselte bereits der Zucker. Meine Arbeit der letzten zehn Jahre war innerhalb einer Stunde ebenso zu Staub zerfallen wie das Papier auf der Toilette. Asche zu Asche – oder besser: Zucker zu Zucker ...

Den Papiergeldbeständen unserer Republik gab ich eine Überlebensfrist von maximal dreieinhalb Wochen. International gesehen rechnete ich mit der doppelten Zeit. Und ob alle in Umlauf befindlichen Münzen die Weltwirtschaft in Gang halten würden, war zu bezweifeln. Rechnungen, Quittungen, Kontoblätter, aber auch Schuldscheine und Wechsel, alles würde über kurz oder lang verschwunden sein. Natürlich auch Aktien und andere Wertpapiere. Schon in wenigen Tagen stünden alle Rotationsmaschinen still, Verlagshäuser würden verwaisen, Autoren gingen endgültig stempeln und würden endlich umgeschult. Andererseits: über kurz oder lang wären auch die Akten der Finanzbehörden verzuckert. Was nicht rechtzeitig auf Mikrofilm oder elektronisch gespeichert sein würde, wäre verloren. Unrettbar. Und für alle Zeiten. Also der größte Teil unserer abendländischen Kultur!

II

Ich wählte Lydias Nummer und riß sie aus ihrem zweiten Vormittagsschlaf. Die erste Störung hatte der Postbote zu verantworten, der ihr mein Glückwunsch-Telegramm überbrachte.

Da hatte sie mich also endlich am Telefon. Zutiefst beeindruckt, nahezu sprachlos. Und das Einzige, was ich ihr mitteilen konnte, war die Ankündigung meines Besuchs. Und zwar in den nächsten zehn Minuten.

Lydia empfing mich in ein hauchdünnes violettes Nichts und in den aufregenden Duft von ›Blue Grass‹ gehüllt und hatte bereits alles, bis hin zum kaltgestellten Sekt, für eine intime Versöhnungsfeier arrangiert. Jetzt, da sie als Kollegin quasi gleichgezogen hatte, stand, zumindest aus ihrer Sicht, diesem langentbehrten Zeremoniell zwischen uns nichts mehr im Wege.

Nach neuesten medizinischen Erkenntnissen ist ganz profaner Sex die beste Therapie gegen Streß und Panik. Ich leerte also rasch drei Gläser auf das Wohl von Lydias Bakterien, verlor nicht viele Worte und war als Wissenschaftler wie als verflossener Ehepartner gleichermaßen gespannt, ob einer meiner Nachfolger Lydias ohnehin schon beachtliches Repertoire als Liebhaberin um einige pikante Techniken bereichert haben könnte.

In diesem Punkt wurde ich leider enttäuscht. Während ich in Schweiß geriet, flüsterte Lydia pausenlos auf mich ein und lieferte unaufgefordert Kommentare und Details zu ihrem Erfolg: Nein, sagte sie – dies nur als Beispiel – und dabei keuchte sie leise, außer Papier griffen die ›saccharidii-coli-lydia‹ nichts an. Auf Holz oder Baumwollgewebe hätten sie bisher keinen Appetit gezeigt. Das sei der schwierigste Teil der Dressur gewesen. Wobei man bei Milliarden und Abermilliarden aktiver Bakterien schon hin und wieder mit einigen Mutanten rechnen müsse, die sich nicht an die Spielregeln hielten.

In Lydias Erfindung steckte also zusätzlich noch eine erregende Portion Zukunftsdramatik.

Und kurz vor dem Finale verkündete sie mir noch ganz berauscht und bebend vor Ergriffenheit ihren persönlichen Sieg über den Hunger in der Welt! Billiger Zucker aus unserem Altpapier für die unterernährten Völker der unterentwickelten Länder! Nein, nicht ich, dieser erregende Triumph war es, der ihren Körper schließlich in einer allerletzten Extase erzittern ließ.

12

Ich war so rasch ernüchtert wie noch nie zuvor. Dann bat ich Lydia, sich ohne Zögern anzukleiden und mir zu folgen. Mit keinem Wort hatte ich das Unheil erwähnt, das sie mit ihrem entzückenden, kleinen, ehrgeizigen Kopf in diese ohnehin schon kaputte Welt gesetzt hatte. Es sollte eine Überraschung für sie werden.

Die Staatsbibliothek war leider geschlossen. Es wäre mir eine große Lust gewesen, Lydia den lautlosen und wahnwitzigen Zerfall ewiger Werte vorzuführen, der in diesem Augenblick hinter dieser pseudo-klassizistischen Fassade um sich griff.

Auch im Foyer des ›Holiday-Inn‹ deutete nichts auf einen Skandal. Alles ging seinen gewohnten und geordneten Gang. Gäste reisten ab und schleppten Lydias Papierkiller mit sich hinaus in die große, weite Welt, in Brieftaschen, mit dem Wechselgeld, auf infizierten Zeitschriften.

Noch fand sich hier kein überzeugender und eindeutiger Beweis, um Lydia zu beeindrucken, obwohl der undenkbare Wahnsinn längst Realität geworden war!

Vor dem Telegrafenamt standen zwei Streifenwagen der Polizei. Der einzige offene Schalter war ›vorübergehend geschlossen‹ und von Kunden und Neugierigen umlagert. Der mürrische Sonntagsbeamte wurde gerade verhört. Anscheinend ohne Ergebnis. Er hatte offenbar keine Erklärung für die mysteriöse Auflösung seiner gesamten Kassenbestände. Von den anderen Heimsuchungen in seinem Amt ganz zu schweigen.

Aber ich sah keine Veranlassung, mich einzumischen und die Situation aufzuklären.

Ich hatte im Halteverbot geparkt und einer der herumwimmelnden Polizisten forderte mir zehn Mark Bußgeld ab.

Da sich in meinem Geldbeutel außer ein paar Münzen ebenfalls nur noch vielfarbiges Pulver befand, bat ich Lydia, mir auszuhelfen. Sie war immer noch arglos, und ich reichte also ihren Geldschein an den Beamten weiter. Er würde nur kurze Zeit Freude an ihm haben.

Dann fuhren wir zu mir, und dort führte ich Lydia schließlich den schönen Erfolg ihrer Erfindung vor. Sie ist ja nicht dumm. Mit einem Blick überschaute sie das Ausmaß der Katastrophe mit all ihren Konsequenzen.

Schon wenige Minuten später brachte der Notarzt sie mit einem Nervenschock in das nahegelegene Krankenhaus der ›Barmherzigen Schwestern‹.

13

Nun habe ich volle dreieinhalb Wochen nichts von Lydia gehört. Ich hatte andere Probleme. Denn wie erwartet brach in diesen dreieinhalb Wochen das von mir vorausberechnete Chaos über diese Welt herein.

Ich habe nichts dagegen unternommen, habe nicht gewarnt, aber auch Lydia nicht denunziert.

Nur jetzt, da geschehen ist, was offenbar geschehen mußte, habe ich diesen Bericht auf eine Tonbandkassette gesprochen, damit dereinst spätere Generationen für das überraschende und unbegreifliche Desaster eine Erklärung finden mögen.

Dabei ist nicht sicher, ob meine Botschaft jemals einen Ohrenzeugen erreichen wird. Denn dieses Tonband hier ist aus Polyäthylen. Und wenn die Gerüchte stimmen, dann arbeiten meine beiden Kollegen Kawamura und Lioznow gerade an einer Mikrobenart, die Plastikmüll in Methan und Alkohol erlegen soll. Und es heißt, sie stünden dicht vor einem entscheidenden Durchbruch . . .«

*

POSTSCRIPTUM des Nachlaßverwalters:

Diese Kassette mit dem Tonband fand ich unversehrt im Nachlaß des erfolgreichen Biochemikers und »Gen-Ingenieurs« Professor Doktor Walther Hofschuster.

Professor Hofschuster ist tot. Er erhielt zwar nicht den erwarteten Nobelpreis für seine bahnbrechende Erfindung, dafür aber die alarmierende Nachricht, daß seine ölvernichtenden Bakterien, die bei einer geringfügigen Leckage an einer Pipelinepumpe, bei der sie erfolgreich eingesetzt worden waren, versehentlich in das saudiarabische Ölförder- und Transportsystem eingeschleppt wurden. Inzwischen verrichten sie in fast sämtlichen Tankerflotten auf See und in den Vorratstanks in aller Welt rasch und zuverlässig ihre teuflische Arbeit. Die Primär-Energie-Versorgung der Industrienationen steht, was den Erdölanteil betrifft, wieder einmal vor einschneidenden Restriktionen.

Mit Professor Hofschuster, der letzten Montag im Lichthof der hiesigen Universität einen ebenso spektakulären wie tragischen Freitod wählte, hat uns ein großer und genialer Forscher für immer verlassen.

Sein Tod soll allen, die der heroische Kampf der Wissenschaft um die Beherrschung der Natur mit Stolz und mit Hoffnung erfüllt, ein leuchtendes Beispiel sein.

Wolfgang E. Hohlbein

Expedition nach Alacantara

»Ich habe sie gewarnt!« brüllte Seldec. »Verdammtnochmal, Rob – ich habe jeden einzelnen von diesen Idioten gewarnt! Tausendmal! Jedem einzelnen habe ich es immer und immer wieder eingehämmert! Den Mund habe ich mir wundgeredet! Jedes dritte Wort von mir war: Geht nicht allein aus dem Lager! Unter keinen Umständen! Und wenn es noch so harmlos erscheint! Ihr . . .«

Carruthers unterbrach seinen Redefluß mit einer begütigenden Handbewegung. »Hör auf, Reuben. Du brauchst dich nicht zu verteidigen. Ich weiß, daß du deine Pflicht getan hast.« Er deutete auf den dreibeinigen Hocker vor dem Schreibtisch und wartete geduldig, bis Seldec Platz genommen hatte. Sein Gesicht wirkte entspannt und ruhig, aber das hatte nichts zu bedeuten. Carruthers würde selbst dann noch zufrieden aussehen, wenn unter seinem Stuhl eine Zeitbombe tickte. »Ich mache dir keinen Vorwurf, Reuben. Ich nicht.«

Seldec gab ein abfälliges Geräusch von sich. »Tu nicht so harmlos, Rob. Du weißt ebensogut wie ich, daß sie wie ein Rudel Wölfe über mich herfallen werden. Schuld oder nicht – sie werden mich in der Luft zerreißen, ehe ich auch nur ein einziges Wort sagen kann.« Er beugte sich vor, stützte die Ellbogen auf und verbarg das Gesicht in den Händen. Seine Schultern bebten.

»Warum mache ich diesen Job eigentlich noch?« murmelte er. »Seit fünfzehn Jahren warte ich nun darauf, daß so etwas passiert.«

Carruthers schüttelte den Kopf. »Hör auf, Rob.« Er sprach leise, aber seine Worte klangen trotzdem scharf. »Das Kind ist nun einmal in den Brunnen gefallen, und es wird nicht besser, wenn wir jetzt drumherumstehen und weinen. Selbstmitleid hilft uns nicht weiter.« Er sah Seldec mit einem undeutbaren Blick an und runzelte die Stirn. »Ich hoffe, dir ist klar, was da auf dich zukommt.«

Seldec nickte. »Natürlich. Diese gottverdammte . . .«

Carruthers machte eine unwillige Bewegung. »Nicht so, Reuben. Wenn aus einer Herde ein Schaf wegläuft, dann wird niemand dem Schaf einen Vorwurf machen. Immer dem Hund.«

Reuben nahm die Hände herunter und grinste humorlos. »Ein schmeichelhafter Vergleich. Ich beginne mich zu fragen, auf wessen Seite du eigentlich stehst.«

»Auf deiner«, antwortete Carruthers ernst. »Aber ich spiele nun einmal gerne den Advocatus Diaboli.«

»Ich habe schon immer gewußt, daß du ein getarnter Sadist bist.«

Carruthers ging nicht auf die Worte ein. »Sie werden dir eine ganze Menge unangenehmer Fragen stellen, Reuben«, sagte er. »Und es wäre besser für dich, die richtigen Antworten parat zu haben. Du scheinst den Ernst der Lage zu verkennen.«

»So?« machte Seldec.

Carruthers nickte. »Wie lange bist du jetzt bei uns? Fünfzehn Jahre?«

»Fünfzehneinhalb, im Mai.«

»Du bist fast so lange bei uns, wie die Firma existiert«, fuhr Carruthers ungerührt fort. »Und in der ganzen Zeit ist noch kein einziger Passagier verlorengegangen, Reuben. Keiner.«

»Irgendwann passiert alles zum ersten Mal.«

»Es darf kein erstes Mal geben. Du weißt so gut wie ich, daß Spacetours und die anderen Aasgeier nur auf so etwas warten. Wenn der Kleinen etwas passiert, dann kann das das Ende unserer Firma bedeuten. Nicht nur deines, Reuben.«

»Die *Kleine*, wie du sie nennst«, sagte Seldec betont, »ist neunundzwanzig Jahre alt und so gerissen wie ein merkurianischer Händler. Sie weiß sehr gut, was sie tut.«

»Das weiß ich«, entgegnete Carruthers. »Bebderley und die anderen Direktoren wissen das auch. Aber die Presse wird sich einen Dreck darum kümmern, was wir wissen. Ich sehe die Schlagzeilen schon vor mir.« Er zögerte unmerklich. »Außerdem«, sagte er dann, »sind da noch ein paar Fragen zu klären. Fragen, auf die du mir immer noch keine Antwort gegeben hast.«

»So?«

»Zum Beispiel die, wie sie das Lager überhaupt verlassen konnte, ohne Alarm auszulösen.«

»Sie hat den Radargürtel ausgeschaltet. Ich dachte, du wüßtest das.«

»Natürlich weiß ich das. Was ich nicht weiß, ist, woher sie wußte, wie man das überhaupt macht.«

Seldec zögerte. Seine Finger führten kleine, nervöse Bewegungen aus, und in seinem Gesicht zuckte ein Muskel. »Sie hat es gesehen«, sagte er schließlich.

»Bei dir?«

»Ich war mit ihr draußen. Und? Ich bin dafür da«, sagte Seldec trotzig.

»Du bist Reiseleiter, Reuben. Du wirst nicht dafür bezahlt, daß du mit einem der Passagiere etwas anfängst.«

Reuben lachte leise. »Ich habe nichts mit ihr *angefangen.*«

»Aber du wolltest.«

»Ist das verboten? Wir sind beide volljährig, weißt du.«

Carruthers seufzte. »Manchmal bezweifle ich das. Ich hätte dich für klüger gehalten, Reuben. Von mir aus kannst du dich in allen Betten der Galaxis herumtreiben. Es geht mich nichts an, und es interessiert mich auch nicht. Aber wenn du schon mit einem weiblichen Passagier eine Extratour machen mußt – ganz egal, ob ihr dabei Pilze sammelt oder sonstwas treibt –, dann paß wenigstens auf. Du wirst Ärger kriegen, Reuben. Verdammt viel Ärger.«

Seldec schnaubte. »Ärger? Was kann ich dafür, wenn euer verdammter Teleporter nicht funktioniert?«

Carruthers antwortete nicht sofort. Auf seinem Gesicht lag plötzlich ein angespannter, fast mißtrauischer Ausdruck. Sein Blick wurde stechend. Reuben begann sich zunehmend unbehaglich zu fühlen.

»Der Teleporter war nicht defekt«, sagte er schließlich. Die Worte kamen nur mühsam über seine Lippen. Seldec hatte plötzlich das Gefühl, daß Carruthers in Wahrheit etwas ganz, ganz anderes sagen wollte.

»Wie – meinst du das?«

Statt einer direkten Antwort zog Carruthers eine Schublade auf, griff hinein und legte einen schmalen, silbernen Gegenstand auf den Tisch.

»Sie hat ihn abgelegt, Reuben. Sie hat ihn auf die einzige mögliche Art geöffnet und weggeworfen. Die Chance, durch Zufall darauf zu kommen, stehen eins zu hundert Millionen.«

Er sprach nicht weiter. Aber Reuben hätte seine Worte auch gar nicht mehr gehört.

Er saß einfach da, klammerte sich an der Tischkante fest und starrte den schmalen Teleporterreifen an.

*

Das rote Licht der untergehenden Sonne schien ihr Gesicht mit Blut zu übergießen. Die schmalen Schatten unter den Augen waren noch tiefer geworden, und das schwarze Haar, das ihr Gesicht wie eine eng anliegende Kappe umrahmte, war in eine Aura aus kleinen, tanzenden Flammen getaucht.

»Es ist schön hier oben.«

Reuben hatte Mühe, den Blick von ihrem Gesicht zu nehmen. Er wußte, daß er sie anstarrte. Und er wußte auch, daß sie es spürte. Aber es störte ihn nicht.

»Deshalb sind wir hierhergekommen«, sagte er nach einer Weile. Die Worte klangen lahm. »Sie sollten etwas von dieser Welt sehen, und das hier oben ist der schönste Ort, den ich Ihnen bieten kann, Miss . . .«

Sie drehte sich um, lächelte flüchtig und wandte ihre Aufmerksamkeit dann wieder dem Panorama zu. Seldec hatte keineswegs übertrieben, als er ihr einen einmaligen Ausblick versprochen hatte. Alacantara war eine herrliche Welt, vielleicht der schönste Planet in der bekannten Galaxis, aber selbst die urtümliche Schönheit dieses Planeten verblaßte vor dem grandiosen Panorama, das sich von hier aus bot. Sie standen auf einem schmalen, sichelförmigen Felsplateau, das an zwei Seiten von den rauschenden Farnwäldern Alacantaras begrenzt wurde. Direkt vor ihnen stürzte die Felswand senkrecht in die Tiefe: fünf-, sechs-, vielleicht siebenhundert Fuß weit. Darunter begann der Dschungel.

Selbst auf Reuben wirkte der Anblick jedesmal neu berauschend, obwohl er schon dutzende Male hiergewesen war. Der Wald war nicht einfach ein Wald. Genaugenommen gab es auf dem ganzen Planeten nichts, was einem Baum auch nur ähnelte. Alacantara wurde von Farnen beherrscht, angefangen von mikroskopisch kleinen Gewächsen bis hin zu den fünfzig Meter hohen Giganten dort unter ihnen. Von hier oben aus hatte man den Eindruck, direkt auf die Oberfläche eines bizarren, grünen Ozeans hinunterzusehen, ein mächtiges, rauschendes Meer, das sich mit der Behäbigkeit eines riesigen Lebewesens bewegte. Es gab keine

Unterbrechungen, keine Flüsse, Seen oder Berge, nur dieses ungeheure grüne Etwas, das sich bis zum Horizont und darüber hinaus erstreckte, den Blick mit der Faszination seiner fremdartigen Schönheit gefangenhielt, wogte, *lebte.* Reuben hatte sich oft gefragt, was ihn an diesem Anblick so faszinierte. Aber er hatte bis heute keine Antwort gefunden. Es gab keinen logischen Grund dafür. An dem Bild war nichts Aufregendes, Fremdartiges. Nur das Grün, die Wellen, die der Wind in seine Oberfläche zauberte, Bewegung. Er hatte diesen Ort vor mehr als zehn Jahren entdeckt, und er kam seither immer wieder hier herauf, manchmal in Begleitung wie jetzt, aber oft auch allein, um einfach dazusitzen, in die Tiefe zu schauen und seine Gedanken wandern zu lassen.

»Mein Name ist Larkin«, sagte sie. »Ann Larkin. Und Sie wissen genau, wie ich heiße.« Sie drehte sich um, kam mit kleinen trippelnden Schritten auf ihn zu und lehnte sich neben ihm gegen den Gleiter. »Wahrscheinlich haben Sie bereits nach fünf Minuten in der Passagierliste nachgesehen und alles, was über mich darin steht, auswendig gelernt, Reuben.«

Er grinste. Die Offenheit, mit der sie redete, irritierte ihn. Er hatte während der anderthalb Jahrzehnte, die er jetzt in diesem Job tätig war, jeden denkbaren Frauentyp kennengelernt. Zumindest jeden, der in der Lage war, dreißigtausend Terradollar für einen zweiwöchigen Urlaub aufzubringen. Das begann bei naiven jungen Dingern, die beim Anblick seiner Phantasieuniform vor Ehrfurcht erstarrten und endete beim eiskalt berechnenden Vamp, bei dem selbst unbewußte Gesten noch genau berechnet waren. Der Bogen spannte sich über die gesamte Palette des menschlichen Charakters: Es gab Dumme, Hübsche, Naive, Leichtsinnige, Abenteuerlustige, Häßliche ... er kannte sie alle. Jedenfalls hatte er sich das eingebildet, ehe er Ann getroffen hatte. Genauso, wie er sich eingebildet hatte, daß Frauen ihn nicht interessierten. Jedenfalls nicht wirklich. Er nahm mit, was sich ihm bot, aber er war kein Casanova, sondern allenfalls Genießer.

Ann änderte alles. Sie schüttelte sein Frauenbild wie eine explodierende K-Bombe durch und hinterließ nichts als Verwirrung. Liebe?

Er war niemals wirklich verliebt gewesen. Er wußte nicht, ob das, was er empfand, Liebe war, aber wenn nicht, dann kam es ihr sehr, sehr nahe.

»Nun?«

Sie lächelte. Selbst dieses Lächeln war anders als alles, was er jemals gekannt hatte. »Ich warte noch auf eine Stellungnahme, Angeklagter.«

»Worauf?«

»Auf den Vorwurf, ein unschuldiges junges Mädchen unter Vorspiegelung falscher Tatsachen hier heraufgelockt zu haben, Sie Wüstling.«

Er wußte nicht einmal, ob sie diese Worte ernst meinte. Sie lächelte immer noch, aber ihre Augen blieben kalt. Eigentlich hatte er ihre Augen niemals anders als jetzt gesehen.

»Sie haben mich ertappt. Ich gebe es zu.« Reuben grinste verlegen, stieß sich vom Türrahmen ab und schlenderte langsam zur Felskante. Seine Schuhspitzen befanden sich nur wenige Zentimeter vom Abgrund entfernt. Sein Blick wanderte in die Tiefe und verlor sich irgendwo im rauschenden Grün.

Er hörte, wie Ann neben ihn trat. Aber er hörte es nicht nur. Er spürte es. Vielleicht war es der gleiche unerklärliche Sinn, der Blinde spüren läßt, wenn jemand hinter ihnen steht, die gleiche, halb unbewußte Wahrnehmungsart, die einen wissen läßt, wenn man nicht mehr allein in einem dunklen Zimmer ist. Eine seltsame Spannung bemächtigte sich seiner; ein Gefühl, als würde irgendwo in ihm eine unsichtbare Saite strammgezogen, langsam, aber unbarmherzig.

Sanfter Wind kam auf, strich an der Felskante entlang und brachte den fremdartigen Geruch des Farnwaldes mit sich herauf. Ein herbes, stimulierendes Aroma, das mit nichts vergleichbar gewesen wäre, was er kannte.

»Sind Sie immer so schweigsam?« fragte Ann. Etwas in ihrer Stimme ließ ihn frösteln.

»Eigentlich nicht. Vielleicht liegt es an diesem Ort.«

»Er ist schön.«

»Der Anblick fasziniert mich immer wieder«, sagte er.

Es lag ganz bestimmt nicht daran. Er war schon mit einem Dutzend Frauen hier oben gewesen, und noch nie hatte er sich so albern und linkisch benommen wie heute. Im Gegenteil – die bizarre Märchenatmosphäre Alacantaras stimulierte ihn normalerweise. Es lag nicht an diesem Plateau. Es lag an ihr.

»Er fasziniert Sie?«

»Warum nicht? Ich kenne keinen schöneren Ort.« Seltsam, wie schwer es ihm auf einmal fiel, der Unterhaltung zu folgen, seine Gedanken in einigermaßen klare Bahnen zu lenken. Er kam sich klein und lächerlich vor: ein Primaner, der sich in seine Klassenlehrerin verliebt hatte und nicht wußte, was er tun konnte.

»Aber Sie müssen hunderte von Welten kennen. Stumpft man da nicht ab?«

Reuben trat von der Felskante zurück und sah sie an. »Es sind ein paar Dutzend, und auch die kenne ich nicht wirklich. Niemand kann auch nur eine einzige Welt wirklich kennen.« Er lächelte. Seine Hände waren ihm plötzlich im Wege. »Aber man stumpft nicht ab. Ich glaube, es gibt da so eine Art Schutzmechanismus. Nach ein paar Jahren hört man einfach auf, über jedes Wunder neu zu staunen, aber das bedeutet nicht, daß man es nicht begreift. Nur manchmal dringt dann doch noch etwas durch. So wie das hier. Es ist . . .« – er zögerte, grinste dümmlich und versuchte vergeblich, ihrem Blick standzuhalten – »wie mit den Frauen. Man denkt irgendwann einmal, daß man alle kennt. Aber man erlebt immer wieder neue Überraschungen.« Die Worte taten ihm im gleichen Augenblick leid, in dem er sie aussprach. Aber Ann schien die Andeutung überhört zu haben. Wahrscheinlich wollte sie sie auch nicht verstehen.

Er drehte sich rasch um, ging zum Gleiter zurück, nahm den Picknickkorb aus der Kabine und setzte ihn ins Farngras.

»Sie scheinen an alles gedacht zu haben«, sagte Ann. Dieser Ausdruck in ihrer Stimme? War das Anerkennung oder Spott? »Es fehlen nur noch eine Flasche Champagner und Kerzenlicht.«

Diesmal war es Spott. Aber da war auch noch etwas. Irgendein Klang, etwas, das sich kaum noch innerhalb der normalen menschlichen Wahrnehmungsfähigkeit befand und vielleicht gerade deshalb unüberhörbar wurde. Er blickte auf und sah ihr in die Augen.

Diesmal hielt er ihrem Blick stand. Und plötzlich wußte er, daß er sie haben wollte.

*

Oben auf der Orbitalstation war heller Tag gewesen, als er in den Sprungraum getreten war. Hier unten war die Nacht bereits angebrochen. Alacantara besaß keinen Mond – jedenfalls keinen, der der Rede wert gewesen wäre. Aber der Planet lag dem galaktischen Zentrum viel näher als die meisten anderen bekannten Welten, und sein Nachthimmel war mit einem gewaltigen glitzerndem Diadem aus Millionen und Abermillionen schimmernder Sterne übersät. Ein funkelndes Lichtband, das sich wie eine majestätische Brücke über das Firmament spannte. Es wurde niemals richtig dunkel, nur dämmrig. Und die Nacht brachte eine verwirrende Vielfalt von Schatten. Nicht die einfachen, geradlinigen Schatten des Tages, sondern dünne flackernde Wesen, die in vier, fünf, sechs verschiedene Richtungen wiesen.

Er trat aus der Sprungkabine heraus, blieb einen Moment lang unschlüssig stehen und wandte sich dann nach Norden. Das Lager war groß, schon beinahe zu groß für die vier Dutzend Menschen, aus denen die Reisegruppe bestand. Aber es war gar nicht so einfach, eine perfekte Synthese aus dem Abenteuer, das sie sich wünschten, und dem Luxus, auf den sie auf Grund des horrenden Preises Anspruch hatten, zu schaffen. Die Zeltstadt mochte nach außen primitiv aussehen, aber sie barg alle Wunder der modernen Technik, die in eine Sprungkabine paßten, ganz oder in Einzelteile zerlegt.

Trotz der vorgerückten Stunde schlief das Lager noch nicht. Durch die dünnen Zeltwände drang Musik, Licht, und von irgendwoher brachte der Wind Lachen und das Klirren von Gläsern mit sich.

Sie haben kein Recht, so fröhlich zu sein, dachte er. Nicht nach allem, was passiert ist.

Er ging bis zur nördlichen Begrenzung des Lagers und blieb dicht vor der unsichtbaren Radarbarriere stehen. Die grazile Gestalt eines Wachroboters tauchte vor ihm auf, blieb einen Augenblick lang stehen und verschmolz dann wieder mit den Schatten der Nacht. Seldec war froh, daß die Maschine ihn nicht angesprochen hatte. Er hätte es nicht ertragen, mit jemandem zu reden. Nicht einmal mit einem Automaten.

Er ballte die Fäuste. So etwas wie Wut stieg in ihm auf, aber nur, um gleich wieder von einem anderen, bohrenden Gefühl verdrängt zu werden. Hilflosigkeit? Vielleicht. Vielleicht das Gefühl, auf eine drohende Katastrophe zuzusteuern.

An allem war nur dieses verdammte Weib schuld! dachte er wütend. Dieses verdammte, raffinierte kleine Biest.

Aber er spürte im gleichen Augenblick, daß das nicht stimmte. Schließlich hatte *er* sich an *sie* herangemacht, nicht umgekehrt. Und schließlich war er es, der bisher alles getan hatte, um seinen Ruf als Casanova zu untermauern.

Seine Gedanken kehrten wieder zu jenem Nachmittag auf dem Hochplateau zurück. Es war nichts weiter zwischen ihnen geschehen. Sie hatten gegessen, eine Flasche Wein getrunken und sich über Belanglosigkeiten unterhalten. Sie hatten sich nicht einmal berührt. Aber das war auch gar nicht notwendig gewesen. Auf eine wortlose Art war ein Vertrauensverhältnis zwischen ihnen entstanden, das viel tiefer ging als alles, was er vorher kennengelernt hatte. Er versuchte, so etwas wie Haß oder wenigstens Zorn auf Ann in sich zu entdecken, aber da war nichts. Er mochte sie, das war alles. Trotz der Schwierigkeiten, die sie ihm bereits eingebracht hatte, und trotz der Katastrophe, in die er vielleicht hineinschlitterte. In diesem Punkt machte er sich nichts vor. Sie würden die ganze Schuld auf ihn abwälzen, egal, was er zu seiner Verteidigung vorbrachte, und egal, was Rob für ihn tat. Er wußte, daß er sich auf Carruthers verlassen konnte. Obwohl fast kein Tag verging, an dem sie sich nicht mindestens dreimal stritten, waren Rob und er sehr gute Freunde – eine seltsame Art von Haßliebe, die vielleicht gerade auf der Gegensätzlichkeit der beiden Männer beruhte.

Aber auch er würde ihm diesmal nicht helfen können. Seldec versuchte sich vorzustellen, was ihm schlimmstenfalls zustoßen konnte. Sie konnten ihn rauswerfen, natürlich. Und sie würden es tun, auch, wenn Ann wieder auftauchte. Für sich allein war das nicht schlimm. Die Galaxis war groß, und Männer mit Ideen und Tatkraft wurden überall gesucht. Sie würden ihn nicht einsperren – schließlich hatte er kein Verbrechen begangen – und sie würden ihn nicht auf Schadenersatz verklagen. Außer dem, was er auf dem Leibe trug, besaß er nichts. Er brauchte auch nicht mehr. Aber Bebderley würde ihn fertigmachen. Er würde eine Hetzkampagne gegen ihn starten, an deren Ende ihn kein Mensch in der Galaxis auch nur noch mit einer Kneifzange anfassen würde. Er würde zu einem Aussätzigen werden, einem Mann, den man mied, als hätte er eine obszöne Krankheit. Irgendwann würde er froh sein, in der Gosse liegen und krepieren zu dürfen. Bebderley besaß die Macht dazu. Und er würde es tun. Er war ein verdammt rachsüchtiger alter Mann.

Seltsamerweise ließ ihn die Vorstellung kalt. Der Gedanke an sein eigenes Schicksal erschien ihm uninteressant – so, als rekapituliere er die Geschichte eines Fremden. Es war Ann, um die er sich Sorgen machte.

*

Sie waren noch einmal auf dem Plateau gewesen, vier Tage später. Es regnete, aber nicht einmal der graue, wolkenverhangene Himmel und die Regenschleier über dem Wald hatten der Schönheit des Anblickes etwas anhaben können. Im Gegenteil – die Landschaft war in graues, unwirkliches Licht getaucht, Licht, das die Konturen verschwimmen ließ, den Unterschied zwischen Himmel und Erde verwischte und die Schatten mit geheimnisvollem Leben erfüllte.

Ann war trotz des Regens aus dem Gleiter gestiegen und zur Felskante gegangen. Der Regen war kalt, aber das schien ihr nichts auszumachen. Ihr Haar klebte in nassen Strähnen an Stirn und Nacken, und das Wasser hatte ihr Make-up verschmiert. Es sah aus, als hätte sie geweint.

»Der Wald dort unten«, fragte sie, »was ist das?«

Reuben zuckte die Schultern. Er fror, und seine Kleider klebten feucht und unangenehm auf seiner Haut. »Ein Farnwald, wie hundert andere auf diesem Planeten«, erklärte er. »Nur größer. Ich glaube, es ist der größte auf Alacantara.«

»Du glaubst?«

»Ich war noch nicht dort. Niemand war das. Es ist streng verboten.«

Zwischen Anns Augen erschien eine steile Falte. »Verboten? Von wem?«

»Die Eingeborenen wollen es nicht. Es gibt Verträge, weißt du. Und wir halten uns daran. Meistens jedenfalls«, fügte er mit einem flüchtigen Lächeln hinzu.

»Die Eingeborenen. Du meinst, diese . . . diese Spinnen?« fragte Ann. Um ihren Mund lag plötzlich ein angewiderter Zug.

»Arachniden«, verbesserte Reuben geduldig. »Sie selbst nennen sich Ktoshoy – oder so ähnlich. Aber der offizielle Name lautet

Arachniden.«

»Ich habe davon gelesen.« Ann schauderte. Der Ausdruck auf ihrem Gesicht war jetzt eindeutig Ekel. »Irgendwo habe ich ein Bild von ihnen gesehen. Es sind gräßliche Dinger.«

»Sie ... sind nicht sehr hübsch«, sagte Reuben nach kurzem Zögern. »Aber sie können schließlich nichts für ihr Aussehen. Vielleicht sehen wir für sie genauso abstoßend aus. Die Ähnlichkeit mit irdischen Spinnen ist reiner Zufall. Die Arachniden sind hochintelligent. Ihre Kultur steht der unseren kaum nach.«

Anns Blick glitt über die graugrüne Einöde unter ihnen. »Davon sieht man jedenfalls nicht viel.«

Reuben lächelte. »Du begehst den gleichen Fehler wie die meisten Menschen. Kultur und Technik sind nicht zwangsläufig das gleiche. Wir wissen nicht sehr viel über die Arachniden. Aber als Rasse sind sie viel älter als die Menschen. Sie haben schon gedichtet und über den Sinn des Lebens nachgedacht, als auf Terra noch die Saurier herrschten.«

»Und sie haben niemals versucht, eine Zivilisation aufzubauen?«

»Warum sollten sie?«

»Warum auch nicht? Schließlich haben wir ...«

Reuben unterbrach sie mit einem geduldigen Kopfschütteln. »Alacantara ist nicht die Erde«, sagte er leise. »Sie hatten niemals natürliche Feinde. Es gibt keine Raubtiere, so gut wie keine Jahreszeiten, keine Krankheiten.«

Ann nickte. »Keinen Konkurrenzkampf.«

»Genau. Die Menschen mußten zu Hilfsmitteln greifen, sie mußten Werkzeuge und Waffen entwickeln, um als Rasse zu überleben. Vielleicht wären wir so geworden wie sie, wenn auf unserem Planeten ähnliche Verhältnisse geherrscht hätten.«

»Aber das ergibt keinen Sinn«, widersprach Ann nach kurzem Überlegen. »Eine Welt, auf der es nur eine einzige hochentwickelte Spezies gibt, ist eine biologische Unmöglichkeit.«

»Ich weiß. Vielleicht sind alle anderen ausgestorben, ehe die Arachniden kamen. Eines der vielen Geheimnisse dieser Welt.« Er zuckte mit den Achseln. »Wahrscheinlich wird es nie gelöst werden.«

»Vielleicht haben sie sie auch ausgerottet«, sinnierte Ann.

Reuben lächelte. »Dazu sind sie nicht in der Lage. Ohne Waffen . . . Nicht einmal wir haben es geschafft, alle anderen Lebensformen auf unserer Welt umzubringen. Erinnerst du dich an die Skree-Kriege?«

Ann überlegte. »Dunkel. Das war . . .«

»Vor mehr als dreihundert Jahren«, sagte Reuben. »Der erste und letzte kosmische Krieg. Wir sind mit tausend Schiffen über ihren Planeten hergefallen und haben den größten Vernichtungsfeldzug gestartet, den die Galaxis je erlebt hat. Fünf Jahre lang haben wir ihre Welt bombardiert, mit Giftgas und Bakterien belegt, bestrahlt, beschossen. Aber es gibt immr noch Skreeg. Wir werden sie niemals ganz ausrotten können. Es ist unmöglich, eine ganze Rasse auszulöschen, ohne den Planeten zu zerstören. Wir können es nicht, und die Arachniden können es nicht. Wir haben sie gefragt, wo die anderen geblieben sind, aber sie wissen es nicht. Oder sie wollten es nicht sagen.«

»Und dieser Wald?«

»Geheimnis Nummer zwei«, sagte Reuben ernst. »Wir können uns überall auf Alacantara frei bewegen, aber dieser Wald ist tabu. Die Arachniden haben ein Abkommen mit uns – wir gehen nicht in den Wald, und sie meiden unsere Nähe. Es gibt eine Menge Menschen, die beim Anblick einer normalen irdischen Spinne in Ohnmacht fallen. Der Anblick einer anderthalb Meter großen Spinne wäre unserem Geschäft nicht gerade zuträglich. Aber sie halten sich an das Abkommen. Und wir auch.«

»Immer?«

Reuben seufzte. Er hatte gewußt, daß diese Frage kommen würde. Sie sprach das aus, was er all die Jahre hindurch gedacht und gefühlt hatte. Es war nicht nur die faszinierende fremdartige Schönheit, die den Reiz dieses Ortes ausmachte. Es war auch das Geheimnis. Die riesige grüne Leinwand, die dieser Wald für das Unterbewußtsein bildete, die Projektionsfläche, in der die menschliche Phantasie alles mögliche entstehen lassen konnte. Spielraum für den Geist. Niemand wußte, was in diesem Wald war. Wahrscheinlich gab es nicht einmal ein Geheimnis, oder wenn doch, dann war die Lösung banal. Und Reuben wollte es gar nicht wissen. Nicht wirklich. Alles würde seinen Reiz verlieren, wenn das Geheimnis gelüftet war.

»Ein paar Männer haben versucht, hinter das Geheimnis zu kommen«, sagte er. »Abenteurer, Wissenschaftler . . . ich weiß nicht, wie oft. Fünf-, sechsmal vielleicht. Trotz des Verbotes.«

»Und?«

»Nichts und. Sie sind nicht wiedergekommen. Niemand kommt aus diesem Wald zurück.«

»Es ist gefährlich.«

»Vielleicht. Die Arachniden nennen ihn Wald ohne Wiederkehr, sinngemäß jedenfalls. Er hat ein paar gut ausgerüstete Männer verschluckt. Seitdem versucht keiner mehr, sein Geheimnis zu ergründen.«

Fast eine Minute lang standen sie schweigend nebeneinander und starrten auf den Wald herunter. Dann drehte sich Ann um und ging langsam zum Gleiter zurück. Reuben folgte ihr.

Die Tür schwang automatisch auf, als sie sich dem Fahrzeug näherten. Sie stiegen hintereinander ein. Reuben verschloß die Tür sorgfältig und schaltete die Heizung ein. Ein warmer, trockener Luftstrom summte aus der Klimaanlage.

Ann fröstelte. Jetzt, als sie aus dem Regen heraus in der trockenen und geheizten Kabine war, schien sie die Kälte erst richtig zu spüren. Reuben sah, daß sie eine Gänsehaut bekam. Ihre Finger zitterten.

»Zieh die nassen Kleider aus«, sagte er. »Du wirst dich erkälten.« Er beugte sich vor, schaltete die Heizung noch höher und öffnete das Gepäckfach.

»Es ist nicht so schlimm. Ich . . .«

»Keine Widerrede. Deine Sachen sind in ein paar Minuten trokken.« Er nahm zwei Decken und ein Röhrchen mit Breitband-Antibiotikum aus dem Fach und reichte ihr beides.

Sie zog ihre Jacke aus. Der Regen hatte selbst den angeblich wasserdichten Plastikstoff durchdrungen und sie bis auf die Haut durchnäßt. Ihre Bluse klebte in großen, dunklen Flecken auf der Haut. Die Feuchtigkeit hatte den Stoff durchsichtig werden lassen. Sie trug keinen BH; ihre Brüste zeichneten sich deutlich unter dem weißen Seidengewebe ab.

Er merkte, daß er sie anstarrte, und drehte betreten den Kopf weg. Aber das nutzte nichts. Ganz und gar nichts.

»Reuben?«

Irgend etwas in ihrer Stimme warnte ihn. Er wußte, daß es jetzt das Klügste wäre, ihr stumm die Decke zu reichen und den Gleiter zu verlassen. Aber er tat es nicht. Sein Herz begann zu hämmern.

Es war wie beim ersten Mal. Er hatte mit hundert Frauen geschlafen, und doch hatte er plötzlich das Gefühl, vor einer völlig neuen Erfahrung zu stehen. Eine seltsame, fast angstvolle Erregung packte ihn, etwas, das weniger mit Sex als mit Neugierde zu tun hatte. Fast mühsam drehte er sich wieder um und sah sie an.

Sie lächelte auf eine verwirrende Art. Sie war zwanzig Jahre jünger als er, und trotzdem kam er sich plötzlich klein, kindisch und unwissend vor. Seine Hände griffen wie von selbst hinüber und berührten fast scheu ihre Schultern.

Sie erschauerte unter der Berührung. Ihre Lippen öffneten sich leicht. »Komm!«

Das Plateau, die Kabine, die feuchte Kälte in seinem Rücken – alles wurde unwirklich. Er beugte sich zu ihr hinüber, preßte sie an sich und versuchte alles zu vergessen, was er noch vor Augenblicken gedacht hatte. Ihre Hände glitten sanft über seinen Nakken, streichelten seinen Hals, seine Schultern.

Reuben stöhnte unter der Berührung auf. Seine Nerven vibrierten, sandten kleine, elektrische Schauer der Lust durch seinen Körper, spülten den letzten Rest von vernünftigem Denken weg. Er tauchte in ein Chaos aus Lust und Verlangen, eine Erregung, die schon beinahe schmerzhaft war und mehr Qual als Vergnügen mit sich brachte. Seine Lippen berührten ihr Gesicht, ihre Stirn, ihre Augen. Er tastete nach dem obersten Knopf ihrer Bluse, öffnete ihn und ließ seine Finger über ihre Haut wandern. Sie war kalt und feucht vom Regen.

Er wußte plötzlich, daß er vor ihr noch keine Frau wirklich besessen hatte. Alles andere war nur Schein gewesen, ein unzulänglicher Ersatz für das, was Ann war. Er ließ sich zurücksinken, schlang die Arme um ihren Oberkörper und preßte sie an sich, als habe er Angst, daß irgend etwas sie ihm wegnehmen würde.

Sie preßte ihr Gesicht gegen seines, hob den Kopf und küßte flüchtig seine Lippen.

Es war eine Explosion. Ein ungeheurer Schauer von Gefühlen, Verlangen, unbändigem Verlangen. Er mußte sie haben. *Jetzt!* Er bäumte sich auf, zog sie zu sich herunter und riß mit einer fast brutalen Bewegung ihre Bluse auf. Seine Hände griffen nach ihren Brüsten, berührten sie, zuerst zaghaft, dann fester, fordernder. Sie zuckte unter der Berührung zusammen, schloß die Augen und schmiegte sich dann eng an ihn. Ihre Lippen öffneten sich leicht, gaben den Blick auf eine Doppelreihe kleiner, weißer Zähne frei, die ihm wie eine Anordnung ebenmäßig geformter Perlen erschien. Ihre Hände wanderten unter seine Uniform, tasteten über seine Haut und hinterließen flammende Spuren in seinen Nerven.

»Reuben«, flüsterte sie. »Ich –«

»Nicht.« Er legte den Finger auf ihren Mund, streichelte ihre Lippen, küßte sie. »Nicht reden.«

»Der Wald, Reuben. Flieg mit mir dort hinunter. Zeig mir den Wald.«

Ein Schlag zwischen die Augen hätte nicht wirksamer sein können. Reuben erstarrte. Seine Erektion verschwand so schlagartig, als hätte jemand sein gesamtes Nervensystem mit einem einzigen Befehl desaktiviert. Irgendwo in ihm zerbrach etwas, ein gläsernes, schneidendes Gefühl, als würde seine Seele mit einem brutalen Fußtritt zerschmettert.

Sie mußte spürten, was in ihm vorging. Sie richtete sich auf, strich sich das Haar aus der Stirn und lächelte. Aber ihr Lächeln kam ihm plötzlich kalt und berechnend vor.

»Was . . . hast du gesagt?« fragte er mühsam. Seine eigene Stimme erschien ihm fremd, ein rauhes, verzweifeltes Krächzen.

»Ich möchte den Wald sehen«, sagte Ann. Sie lächelte immer noch. »Nur einmal. Flieg mit mir hinunter.« Ihre Finger tasteten spielerisch über seine Brust, fuhren tiefer, glitten über seinen Magen, die Lenden . . .

Reuben schlug ihre Hand beiseite, stieß sie grob von sich fort und fuhr hoch.

»Bitte, Reuben. Es kann doch nichts passieren. Wir fliegen mit dem Gleiter hinunter und steigen nicht aus. Ich . . .«

»Es geht nicht«, sagte er leise. Er bemühte sich krampfhaft, sie nicht anzusehen. »Du weißt, daß es nicht geht. Es ist verboten.«

»Niemand würde es merken«, sagte Ann hastig. »Wir sind in einer Stunde wieder hier, und niemand erfährt davon.«

Er stand auf, lächelte kalt und schüttelte den Kopf. »Gib dir keine Mühe.«

Der Ausdruck in ihren Augen änderte sich. Nicht nur darin. Die fast greifbare erotische Ausstrahlung, die sie umgeben hatte, erlosch. Plötzlich war sie nichts weiter als eine Frau: schön, kalt, berechnend und egoistisch. Er wußte mit einem Mal, daß alles nur gespielt gewesen war.

Ihre Augen blitzten verächtlich auf. Er las Spott, Verachtung und noch etwas darin, etwas, das er sich nicht erklären konnte. Herablassung?

Sie begann ihre Bluse zuzuknöpfen.

Reuben griff nach den Kontrollen und startete den Gleiter. Die Düsen brüllten auf. Er startete mit viel zu viel Schub, brannte eine rauchende Aschespur in das Plateau und jagte den Gleiter mit Höchstbeschleunigung nach Westen.

*

Der Wachroboter hatte seine Runde beendet. Seldec hörte ihn aus der Dunkelheit neben sich auftauchen, ehe er ihn sah. Diesmal blieb die Maschine stehen.

Er konnte das rote Glimmen ihrer Augen in der samtenen Schwärze vor sich sehen, dann das Aufblitzen von Sternenlicht auf dem polierten Stahlkörper, als der Automat seinen Kurs änderte und auf ihn zukam.

»Sie sehen aus, als hätten Sie Sorgen, Sir«, sagte die Maschine. Ihre Stimme klang angenehm. Ein weicher, rauchiger Alt. Eine Frauenstimme. Verdammt, warum geben Sie ihnen Frauenstimmen, dachte er. Diese Maschinen sind Killer. Sie sehen aus wie Spielzeuge, aber sie sind Mörder. Programmierte Killer.

Aber sie waren auch darauf programmiert, möglichst menschlich zu wirken. Seldec unterdrückte die scharfe Entgegnung, die ihm auf der Zunge lag. Er hatte schon immer mehr Hemmungen gehabt, einen Roboter zu beleidigen, als einen Menschen.

»Es ist nichts«, sagte er ruppig.

Die Maschine zögerte. »Es ist wegen der Frau, nicht?«

»Woher weißt du davon?«

»Ich war an der Suchaktion beteiligt, Sir.«

»Du *warst*?« fragte Seldec.

Der Automat deutete ein Nicken an. »Sie wurde abgebrochen. Es ist sinnlos, bei Nacht weiterzusuchen.«

»Glaubst du, daß ihr sie noch findet?« fragte Reuben.

»Nein. Ich glaube nicht. Die Wahrscheinlichkeit spricht dagegen. Wir haben die Spur schon nach wenigen hundert Metern verloren.«

»Das klingt nicht sehr tröstlich.«

Der kahle Metallschädel blitzte auf, als die Maschine den Kopf schüttelte. »Sie trifft keine Schuld, Sir. Sie haben alle erdenklichen Sicherheitsvorkehrungen getroffen.«

»Auch das ist kein Trost. Aber du . . .«

»Sie sollten sich ausruhen, Sir«, unterbrach ihn die Maschine. »Sie sehen übermüdet aus.«

»Ausruhen?« Seldec lachte. »Ich werde genug Zeit zum Ausruhen haben, wenn das hier vorbei ist. Mehr als genug. Ihr habt keine Spur von ihr gefunden, sagst du?«

»Sie scheint das Lager in östlicher Richtung verlassen zu haben. Wir haben Lebensspürer angefordert. Aber bevor die Geräte eintreffen, können wir nur warten. Und hoffen, daß es bis dahin nicht zu spät ist.«

Reuben starrte wütend in die Dunkelheit hinter der Maschine. LS-Geräte konnten einen Menschen – einen bestimmten Menschen – auf tausend Kilometer orten. Wenn Ann noch lebte, bis die Geräte eintrafen, dann würden sie sie auch finden. Aber das bedeutete, daß spätestens dann die Öffentlichkeit davon erfuhr. LS-Geräte wurden nur für das Militär hergestellt und nur vom Militär verwaltet und ausgeliehen. Es würden Fragen gestellt werden.

Er wartete, bis der Automat weitergegangen war, dann streifte er seinen Ärmel hoch, tastete eine Zahlenkombination in den Interkom und wartete. Der fingernagelgroße Bildschirm leuchtete nach wenigen Augenblicken auf, und eine miniaturisierte Ausgabe Carruthers blickte ihn fragend an.

»Ihr habt LS-Geräte angefordert?« begann er übergangslos.

Carruthers nickte. »Wir müssen alles versuchen, Reuben.«

»Ist die Anforderung schon raus?«

»Nein. Das nächste Hypercom-Fenster ist in vier Stunden.«

»Wie lange ist es offen?«

Carruthers zögerte. »Warum?«

»Wie lange?« drängte Seldec.

»Vier, fünf Stunden. Genau weiß ich es nicht. Darum kümmern sich andere Leute.«

»Okay«, sagte Reuben entschlossen. »Dann gib mir sieben Stunden, ehe du den Hilferuf absetzt.«

»Wozu?«

»Weil ich glaube zu wissen, wo sie ist«, sagte er.

Carruthers sog scharf die Luft ein. Zum ersten Mal, seit Reuben ihn kannte, sah er ihn überrascht. »Du . . .«

»Es ist nur ein Verdacht. Aber ich werde versuchen, sie zu finden.«

»Wo?«

»Frag bitte nicht, Rob. Gib mir die sieben Stunden.«

»Wo ist sie, Reuben?« drängte Carruthers. »Verdammtnochmal, zier dich nicht wie eine Jungfrau. Wenn du einen Verdacht hast, dann sag es. Ich stelle dir jeden Mann und jeden Roboter der Station zur Verfügung.«

Reuben schüttelte den Kopf. »Ich versuche es allein. Frag mich bitte nicht. Ich brauche nur diese sieben Stunden. Gib sie mir. Bitte.«

Carruthers antwortete nicht sofort. Aber der Ausdruck auf seinem Gesicht änderte sich erneut. »Sie ist im verbotenen Wald, nicht?«

Seldec nickte störrisch. »Ich nehme es an.«

»Du hast keine Chance, sie dort zu finden, Reuben. Niemand kommt von dort wieder. Ich will dich nicht auch noch auf die Vermißtenliste setzen. Tut mir leid.«

Seldec verzog wütend die Lippen. »Ich bitte dich um eine Chance, und du . . .«

»Tut mir leid, Reuben, aber meine Antwort bleibt nein. Du weißt, wie gefährlich es ist.«

»Du machst dir Sorgen um mich?«

»Auch wenn du es nicht glaubst, ja«, nickte Carruthers. »Der Ärger, den du hast, ist so schon groß genug. Tut mir leid. Sowie das Fenster offen ist, geht die Anforderung raus.«

Seldec schüttelte den Kopf. »Wenn ich Ann nicht finde, spielt es keine Rolle mehr, ob ich lebe oder tot bin. Sie werden sowieso meinen Kopf von dir fordern. Vielleicht tue ich dir einen Gefallen.«

Carruthers zog eine Grimasse. »Hör mit dem Selbstmitleid auf, Reuben. Ich bin dein Freund, und ich . . .«

Seldec schaltete wütend ab. Der Bildschirm wurde schwarz, und das Gerät nahm wieder das Aussehen einer normalen Armbanduhr an. Er überlegte einen Moment, löste es dann mit entschlossenen Bewegungen vom Arm und schleuderte es in den Fluß.

Dann löste er den Teleporterring vom Arm und warf ihn hinterher. Er wußte jetzt, was er tun mußte.

*

Es gab nur einen einzigen Weg, um vom Plateau aus in die Tiefe zu gelangen. Von seinem Rand aus führte ein schmaler Sims in den Wald hinab: ein bröckeliges Felsband, kaum breit genug, um einer Bergziege Halt zu bieten. Sein Beginn war verborgen zwischen Gestrüpp und Farn. Reuben hatte ihn vor Jahren durch einen Zufall entdeckt. Er hatte geglaubt, daß Ann ihn übersehen hatte. Aber schließlich hatte sie auch gesehen, wie man die Radarbarriere ausschaltete, und sie hatte auch beobachtet, wie man den Teleporterring ablegte. Warum sollte ihr der Sims entgangen sein?

Er steuerte den Gleiter über das Plateau, stoppte über der Kante und schaltete die großen Scheinwerfer ein. Die beiden blendenden Lichtkreise huschten über den Felsen, blieben einen Moment lang an der Kante hängen und verloren sich dann in der Tiefe. Das Fahrzeug schwankte leicht. Er war nicht für solche Kunststücke gebaut. Für eine Expedition wie seine hätte er sich kaum ein unpassenders Fahrzeug aussuchen können.

Aber es war der einzige Gleiter gewesen, der startbereit im Lager gestanden hatte. Carruthers würde nicht lange überlegen müssen, um daraufzukommen, was er vorhatte. Wahrscheinlich hatte er längst versucht, ihn mit dem Teleporter zurückzuholen.

Reuben grinste schadenfroh, als er daran dachte, was für ein Gesicht Carruthers machen würde, wenn er nur den leeren Ring und ein paar Eimer Flußwasser in der Sprungkabine vorfand. Er würde toben. Aber das spielte jetzt auch keine Rolle mehr. Wenn er mit Ann zurückkam, war es egal. Wenn nicht . . .

Seldec verscheuchte den Gedanken und konzentrierte sich auf die Felswand. Der Gleiter schaukelte erneut, als ihn ein Windstoß traf, und der feuchte Stein glitzerte unter den grellen Scheinwerferstrahlen wie Kristall. Seldec blinzelte und schaltete die Lichtintensität um mehrere Stufen herunter. Es wurde ein wenig besser, aber selbst jetzt hatte er Schwierigkeiten, den Sims zu finden.

Er ging tiefer. Der Gleiter tastete sich langsam an der Wand entlang, eine große, silberne Träne, die an zwei blitzenden Strahlen erbarmungsloser Helligkeit aufgehängt war. Er wußte nicht, wie lange der Abstieg dauerte. Vermutlich nur wenige Minuten. Aber sie kamen ihm wie eine Ewigkeit vor. Er war in Schweiß gebadet, und seine Hände zitterten so stark, daß er Mühe hatte, das Steuer zu halten, als er endlich unten war. Der Gleiter schwebte eine Handbreit über dem Blätterdach. Direkt vor ihm verschwand die Felswand im Dschungel.

Reuben starrte aus brennenden Augen auf den schmalen Felssims. Sie mußte diesen Weg genommen haben. Sie mußte!

Er griff zögernd nach dem Höhenregler. Seine Finger verkrampften sich um den Griff. Er würde das Geheimnis lösen. Nach all den Jahren würde er erfahren, welche Wunder der Wald barg. Aber er wollte es plötzlich gar nicht mehr wissen. Im Gegenteil – es kam ihm fast wie eine Entweihung vor.

Das Fahrzeug glitt tiefer, berührte die Blätter und sank weiter. Der Riesenfarn ächzte unter der Last des Gleiters, bog sich durch und gab schließlich splitternd nach. Es klang, als zerbrächen die Knochen eines gigantischen Tieres. Er kam sich plötzlich wie ein Frevler vor, jemand, der etwas Kostbares und Einmaliges zerstört. Das Loch, das der Gleiter in den Farnwald riß, erschien ihm wie eine riesige blutende Wunde. Er hatte den Wald verletzt. Das Krachen, Bersten und Splittern um ihn herum war ein gellender Schmerzensschrei. Er hatte den Zauber dieser großen, unberührten Oberfläche zerstört, und irgendwie wußte er plötzlich, daß er dafür bestraft werden würde.

Blödsinn, dachte er. Dieser Wald war ein Wald, nicht mehr und nicht weniger. Und das einzige Geheimnis, das er barg, waren Farne.

Der Gleiter setzte mit einem Ruck auf, federte ein paar Mal nach und kam schließlich zur Ruhe. Seldec blinzelte neugierig aus dem Bugfenster. Vor ihm war nichts als wucherndes, schwellendes Grün. Selbst die superstarken Strahlen der Scheinwerfer verloren sich bereits nach wenigen Metern im Dickicht. Reubens Optimismus legte sich schlagartig. Selbst am Tage mußte es fast unmöglich sein, hier eine Spur zu verfolgen.

Aber er hatte keine Zeit, bis zum Morgen zu warten. Er mußte das Ende des Simses wiederfinden, und er mußte versuchen, Anns Spur aufzunehmen.

Er klappte das Handschuhfach auf, nahm den Infrarotspürer hervor und schnallte ihn an seinem Handgelenk fest. Mit etwas

Glück hatte der Regen hier unten noch nicht alle Spuren verwischt.

Er verließ die Maschine, wandte sich nach rechts und ging los. Das Vorwärtskommen war schwerer, als er erwartet hatte. Der Gleiter hatte einen riesigen Trichter in den Farnwald gebrannt, aber der Boden war sumpfig und mit Schlingpflanzen und heimtückischen Fallgruben durchsetzt, die ihn immer wieder steckenbleiben oder stolpern ließen. Er brauchte fast eine halbe Stunde, um bis zur Felswand zu gelangen. Er ging bis zum Ende des Simses, ließ sich auf die Knie sinken und schaltete den Spürer ein.

Die Kontrolleuchte glomm dunkelrot auf.

Er hatte eine Spur!

Er hatte richtig vermutet! Sie war hier entlanggekommen! Und es konnte noch nicht einmal allzu lange her sein. Ein paar Stunden, vielleicht. In diesem undurchdringlichen Dickicht bedeutete das nicht mehr als ein paar Kilometer Vorsprung.

Er sprang auf, sah hastig auf die Anzeige des Gerätes und lief los. Er würde sie finden. Aber nicht nur, um sie zurückzubringen. Mit einem Mal wußte er, warum er hierhergekommen war. Er wollte sie immer noch. Jetzt vielleicht mehr als jemals zuvor. Und diesmal würde er bekommen, was er wollte.

*

Es war kein Zauberwald. Er war nicht schön, und er war nicht geheimnisvoll, und er war erst recht nicht faszinierend. Er war nur häßlich.

Reuben hatte längst jedes Zeitgefühl verloren. Die Sonne war irgendwann vor Stunden über den Horizont gekrochen, und der barmherzige Schleier der Dunkelheit war der brutalen Realität des Tages gewichen. Das Gerät an seinem Arm leuchtete jetzt in einem tiefen, drohenden Rubin, aber er beachtete es kaum. Der Wald. Das große Rätsel seines Lebens. Die bizarre Verlockung dieses fremdartigen Geheimnisses. *Lüge!*

Alles war Lüge. Jahre-, jahrzehntelang, solange er Alacantara kannte, hatte er dort oben auf dem Plateau gestanden, hatte vor seinem geistigen Auge all die faszinierenden Wunder vorbeiziehen lassen, die sich unter der grünen Oberfläche verbergen mochten. Er hatte alle Wunder der Galaxis hier gesehen, hatte das verlorene Märchenland seiner Kindheit hier angesiedelt, hatte hier den einzigen Ort gewußt, an dem ein Mensch frei und glücklich sein konnte. Garten Eden, Nirwana, Paradies . . .

Nichts von alledem war wahr.

Der Wald war ein Leichnam. Eine leere, tote Hülle, die von einer dünnen grünen Haut überspannt war und dem Beobachter Leben vorgaukelte, wo nur Verfall und Tod war. Die Veränderung hatte schon begonnen, nachdem er wenige hundert Meter tief in den Wald vorgedrungen war. Die Farne wurden dünner und knochiger. Das Unterholz lichtete sich, verschwand schließlich ganz. Und dann gab es nichts mehr. Nur die schmalen, geschuppten Stämme der Farnriesen, trockenen, rissigen Boden, später dann den grauen Schleim. Er wußte nicht, woraus dieser Schleim bestand, woher er kam, was er war. Vielleicht war es eine Krankheit, die Antwort auf die Frage, warum dieser Wald verboten war. Zuerst hatte er geglaubt, es wären Spinnweben: dünne, glitzernde Fäden, die sich zwischen den Bäumen spannten, an den Stämmen emporkrochen und ein Netz heimtückischer Fallstricke auf dem Boden bildeten. Aber dann war das Gewebe dichter geworden. Die Fädenbrücken hatten an Eleganz verloren und an Masse gewonnen, bis sie schließlich Vorhänge bildeten, den Boden mit grauen Klumpen und Pfützen bedeckten, bis glitzernde, widerliche Tropfen der stinkenden Substanz von den Bäumen tropften oder aus dem Blätterdach regneten. Er war stehengeblieben und hatte hinaufgestarrt. Die Bäume waren weiter auseinandergetreten, so daß er auf dem Grunde einer riesigen, von einem grünen Kuppeldach überspannten Halle zu stehen schien, deren Decke von bizarren schuppigen Säulen getragen wurde.

Dieser Wald war ein Leichnam. Der gigantische faulende Kadaver seiner Träume und Hoffnungen.

Schließlich hatte er die Lichtung gefunden. Nach allem, was er erlebt hatte, hatte er geglaubt, daß ihn nichts mehr schockieren könnte. Aber das stimmte nicht. Der Anblick traf ihn wie ein Hammerschlag.

Die Bäume waren verschwunden und hatten dieser wuchernden, grauen Masse Platz gemacht, die den Boden der Lichtung wie ein ekelhaftes Krebsgeschwür bedeckte. Der Schleim bildete groteske Formen und Umrisse, große, zitternde Klumpen, die mit schleimtriefenden Händen nach ihm griffen, bizarr verzerrte Gesichter und Fratzen, formlose, ekelerregende Umrisse. Und im Zentrum dieser materialisierten Scheußlichkeit war das Gebäude.

Es ähnelte nichts, was Menschen jemals gesehen hatten, aber es war eindeutig künstlichen Ursprungs. Und es war eindeutig ein Gebäude. Die Wände waren grau, die gleiche, ekelhafte Farbe, die auch der allgegenwärtige Schleim hatte, aber irgendwie wußte Reuben, daß sie hart waren, härter als Stahl, standhaft, unzerstörbar. Ohne einen Grund dafür angeben zu können, *wußte* er plötzlich, daß dieses Gebäude *alt* war, *uralt.* Es hatte bereits hier gestanden, bevor es Menschen auf der Erde gegeben hatte, und es würde auch noch hier stehen, wenn das letzte Sternenschiff längst verschwunden war, wenn der Begriff Mensch längst nur noch in Sagen und Legenden auftauchte.

Er hätte auch ohne Spürer gewußt, daß Ann hier war.

Er atmete mühsam ein, nahm das Gewehr vom Rücken und trat auf die Lichtung hinaus. Er wußte, wie sinnlos und lächerlich diese Waffe war, aber ihr Gewicht gab ihm ein trügerisches Gefühl der Sicherheit.

Er ging langsam auf das Gebäude zu. Seine Beine sanken bis zu den Waden in klebrigem Grau ein, aber das registrierte er kaum. Er sah nur noch das Gebäude: Tempel, Palast, Gruft, Mausoleum – alles in einem und nichts von allem. Das Geheimnis. Er stand vor dem Geheimnis Alacantaras. Aber es war nicht schön. Es war grausam, unmenschlich und tödlich. Trotzdem ging er weiter.

Der Eingang war so niedrig, daß er sich bücken mußte, um hindurchzugehen. Graue, flackernde Dämmerung nahm ihn auf. Ein ungewisses Zwielicht, das in den Augen schmerzte und ihm das Gefühl gab, durch körperlosen Nebel zu schreiten. Aber er sah immer noch genug.

Seine Augen saugten sich an den Bildern fest, die die Wände bedeckten. *Bilder?* Es waren keine Bilder, wie er sie kannte. Es war ... irgend etwas, eine universelle Form der Mitteilung, die jede Lebensform erkennen konnte, ganz gleich, ob sie Augen hatte, sehen konnte oder auf dem Grund lichtloser Ozeane lebte. Wer immer diese Fresken geschaffen hatte, mußte eine ungeheure Stufe der Evolution erklommen haben.

Lange, vielleicht Stunden, stand er reglos in der Mitte des kuppelförmigen Raumes und starrte, begriff die Geschichte dieser Welt und ihrer Bewohner und kämpfte verzweifelt darum, nicht wahnsinnig zu werden.

Er hörte das Geräusch hinter sich, schon lange, ehe er den Schatten sah. Er wußte, was das Schleifen und Schaben zu bedeuten hatte, das sanfte Aufsetzen weicher Füße auf dem Boden, das Kratzen von Chitin und Horn auf Metall. Er brauchte sich nur umzudrehen, die Waffe zu entsichern und abzudrücken. Es war leicht, so leicht. Aber er konnte es nicht.

Ann, dachte er. *Ann.*

Dann stürzte sich der riesige, zehnbeinige Schatten auf ihn, riß ihn zu Boden und grub seine Fänge tief in seinen Körper.

*

Er trieb durch ein Meer aus Schwärze, einen Ozean aus Qual, Pein und Agonie. Sein Denken war ausgeschaltet, absorbiert von dem Ozean der Folter, durch den er glitt, Teil jenes großen, universellen Schmerzes, der die Schöpfung abgelöst hatte. Der Schmerz schickte dünne, glühende Fäden der Agonie durch sein Bewußtsein, hüllte seinen Leib in einen flammenden Mantel aus Leid, verbrannte seine Gedanken, versengte seine Seele und sein Menschsein. Er trieb durch alle Folterkammern des Universums, tauchte hinab in die tiefsten Tiefen der Hölle. Eine Million Jahre lang schrie er vor Schmerzen, wand sich und wartete auf den Tod, der nicht kam.

Dann erwachte er.

Er lag noch immer dort, wo er gestürzt war, aber der Boden fühlte sich nicht mehr hart und feindlich, sondern weich, vertraut und beschützend an. Er wollte blinzeln, aber sein neuer Körper hatte diesen angelernten Reflex nicht mehr nötig. Seine Augen waren lidlos, große, kristallene Facetten, die ihm Bilder von nie gekannter Schärfe zeigten, Bilder einer Welt, die so schön und faszinierend war, daß er minutenlang einfach dasaß, starrte und staunte.

Er stand auf. Sein Körper glitt mit spielerischer Leichtigkeit in die Höhe, erhob sich auf zehn grazile, kraftvolle Beine und huschte durch den Raum, ein phantastisches Zusammenspiel von Muskeln und einem Wunder koordinierender Nervenimpulse. Er blieb stehen, drehte sich einmal um seine Achse und betrachtete sein eigenes Spiegelbild auf den polierten Wänden. Sein Körper war kräftig, stark – ein muskulöses Energiepaket, auf das er immer stolz gewesen war. Er atmete ein, genoß das Gefühl, mit dem ganzen Körper statt mit Lungen zu atmen. Bewegte die Beine. Die winzigen Härchen auf seinem Leib stellten sich auf wie Millionen mikroskopisch kleiner Fühler, ertasteten, begriffen seine Umwelt mit neuen Sinnen. Seine Fänge blitzten auf wie kleine gefährliche Messer, als er sie spielerisch vorschnappen ließ. Die Metamorphose war vollendet.

Deshalb also gab es keine anderen Lebensformen auf dieser Welt, dachte er. Der andere Weg. Vielleicht der bessere. Wir haben versucht, die anderen zu unterwerfen, uns zum Herrscher aufzuschwingen, sie auszurotten. Sie sind den anderen Weg gegangen. Wenn du einen Feind nicht vernichten kannst, übernimm ihn. Assimilierung statt Unterwerfung.

Sie ...?

Nicht sie. *Wir.*

Ich gehöre dazu. Endgültig.

Die Vorstellung erfüllte ihn nicht mit Schrecken oder Angst. Er empfand ein leichtes Bedauern bei der Erinnerung an seinen früheren Körper, bei dem Gedanken, daß er seine Freunde nie wiedersehen würde. Aber da waren noch mehr Gefühle in ihm. Der Gedanke an die phantastische Schönheit dieser Welt, Erinnerungen an Wunder, die er nie gesehen hatte, Erinnerungen, die er zusammen mit seinem neuen Körper bekommen hatte. Er spürte, daß die Veränderung noch nicht vollständig abgeschlossen war. Auch sein Geist begann sich zu verändern, bewußtes Denken wurde von animalischen Instinkten abgelöst, Denkungsarten des Homo Sapiens von einer fremden, faszinierenden Weise zu leben aufgesogen.

Er drehte sich um und huschte zur Tür.

Heller Sonnenschein schlug ihm entgegen. Einen Herzschlag lang hockte er da, bestaunte die unbegreifliche Schönheit des Farnwaldes, die Farbkaskaden, die vom Himmel herabstürzten, die feine, berauschende Musterung der Bäume, all die Wunder, die die Menschen niemals sehen würden.

Und dann sah er sie.

Ann.

Trotz ihres neuen Körpers erkannte er sie sofort. Genauso wie er hatte auch sie sich nicht wirklich verändert. Ihr Körper war anders, aber sie war Ann geblieben, so wie er Reuben geblieben war. Vielleicht hatte sich das, was ihren Reiz ausmachte, noch gesteigert. Ein schlankes, graziles Wesen, bedrückend schön, verlokkend – die personifizierte Weiblichkeit.

Wie hatte er jemals glauben können, Spinnen wären häßlich? Sein Blick wanderte bewundernd über ihren schlanken Körper, tastete wie eine liebkosende Hand über ihre Beine, blieb einen Moment lang an der kristallenen Reinheit ihrer Augen hängen. Trotz ihrer angeborenen Ausdruckslosigkeit schienen sie zu lächeln.

Er machte einen zaghaften Schritt, blieb stehen und ging dann langsam auf sie zu. Diesmal würde er bekommen, was er haben wollte. Sie war bereit. Diesmal würde sie sich ihm nicht verweigern.

Es war alles ganz einfach. Sie brauchten keine Worte, keine linkischen vorbereitenden Gesten, keine verlegenen Blicke. Sie saß einfach da, groß, schön, verlockend und bereit, und wartete auf ihn.

Es war ein Rausch. Er schob sich über ihren schweren, von samtweichem Haar bedeckten Leib, klammerte sich fest . . .

Sie.

Es gab nur noch *sie.*

Seine Beine berührten zärtlich ihren Rücken, streichelten, liebkosten. Eine Reise zur Venus, Expedition zum Nullpunkt des Eros. Ein sengender Blitz reiner Lust schien in seinem Körper zu explodieren, seine Nerven entlangzurasen und sein Bewußtsein in ein feuriges Chaos aus Lust zu tauchen. Selbst in seinen kühnsten Phantasien hätte er nicht geglaubt, daß sich der Bogen der Sinne so weit spannen ließ. Nichts, absolut nichts, was Menschen jemals erlebt hatten, kam dem gleich, was er empfand, was sie beide empfanden. Ihre Körper verschmolzen, wurden eins, verkrallten sich, zwei verschiedene Ausdrucksformen eines einzigen Leibes, reiner Sex, ein Bündel ineinander verkrallter Lust.

Gott, vorher hatte er nicht einmal gewußt, was ein Orgasmus wirklich *war*!

Irgendwann, nach Stunden, kam der Höhepunkt. Er schleuderte ihn zu den Sternen empor, löschte sein Bewußtsein aus, reduzierte ihn zu einem winzigen Punkt reiner Lust. Er hätte geschrien, wenn er eine Stimme gehabt hätte. Sein Körper bebte, fieberte, zitterte. Das totale Erlebnis. Etwas, das sich von einem normalen Orgasmus unterschied wie eine Supernova von einer Kerzenflamme. Er preßte sich enger an sie, bebte, zitterte und pumpte immer neue Stöße reiner Lust in sie hinein.

Irgendwann während des Nachmittags hörte es auf, nach Stunden. Er glitt von ihr herunter, fiel zu Boden und blieb zitternd liegen. Ausgesaugt, leer. Sein Körper besaß nicht einmal mehr die Kraft, sich aufzurichten und in den Schatten der Bäume zu kriechen. Sie hatten sich ein Dutzend Mal geliebt, und jedes einzelne Mal war intensiver gewesen als die tausend Male zuvor.

Er fiel auf die Seite, krümmte die Beine unter dem Leib zusammen und versuchte zu schlafen. Er hörte ihre Schritte neben sich, sah ihren Schatten riesig und dunkel vor sich aufragen. Sie war fünfmal so groß wie er, aber auch sie mußte erschöpft sein. Trotzdem näherte sie sich ihm ein weiteres Mal.

Er sah auf. Ihr Schatten verdunkelte die Sonne, spendete Kühle und Verlockung zugleich. In ihren Augen lag ein seltsames Glitzern.

Gier?

Er spürte, wie sich schon wieder Verlangen in ihm regte, aber sein Körper war einfach zu ausgelaugt. Er versuchte aufzustehen. Es ging nicht.

Sie kam näher. Das Glitzern in ihren Augen wurde stärker.

Und dann, von einer Sekunde zur anderen, wußte er, was er vergessen hatte. Plötzlich wußte er, woher das ungute Gefühl in ihm kam, was die drängenden, warnenden Stimmen sagen wollten, er wußte plötzlich wieder alles, was er über Arachniden gelesen hatte, ihr Leben, ihre Sitten, ihre Entwicklung, die verblüffenden Parallelen zu ihren kleinen irdischen Brüdern und Schwestern.

Sie kam näher. Ihre Fänge blitzten wie große, geschliffene Säbel im Sonnenlicht.

Arachniden, dachte er, sahen nicht nur aus wie Spinnen. Es gab noch etwas, das sie mit ihren irdischen Verwandten gemein hatten.

Zumindest mit ihren Schwestern.

Horst-Günter Rubahn

Zahnschmerz

– Wie Sie sehen, ein voll funktionsfähiges System. Sämtliche Tests sind positiv verlaufen: Skinner, Rorschach, Bohrmann . . .
– Und die genauen Daten?
– Haben wir hier: Reaktion auf Außenreize: fünfunddreißig; Auslöse-Mechanismen voll einsatzbereit, Reizschwelle drei und weniger . . .
– Spezielle Auslöse-Mechanismen?
– AAM – angeborener Auslöse-Mechanismus: zwokommaneun; EEAM – durch Erfahrung erweiterter AM: zwokommafünf. Nicht zuletzt durch die Fähigkeiten unseres Innendesigners erzielt; Sie verstehen: Jacques ist . . .
– Ja. Erlernter Auslöse-Mechanismus? Ich könnte mir denken, daß Sie gerade auf diesem Gebiet . . .
– Zwokommanulleins! Glauben Sie das? Wir waren selber erstaunt. Wir haben das neue, gekoppelte Lernprogramm durchlaufen lassen, und es hat sich hervorragend bewährt. Zwokommanulleins für einen EAM?
– Phantastisch!
– Haben wir uns auch gesagt. Das System ist mit allem ausgestattet, was auch dem Menschen zur Verfügung steht – nur wesentlich besser . . . Und?
– Wie bitte?
– Der Kontrakt steht noch.
– Ich werde es mir überlegen.

Wenn ich mir in klaren Momenten alles genau überlegen kann, denke ich, daß ich den Anfang auf gestern datiere. Das ist merkwürdig, denn es scheint schon so lange her. Die Zeit ist ein launisches Ungeheuer.

Also gestern hat es angefangen. Zuerst nur ein unangenehmes, gar nicht genau lokalisierbares Gefühl beim Zubeißen, irgendwo auf der linken Seite. Das war am Morgen, kurz nach dem Aufstehen. Aber nach einer langen Nacht – und es war eine sehr lange

Nacht – ist der Mund stets trocken, und manches Mal schmerzen auch die Zähne. Das hat nichts zu besagen. Ein Schluck Wasser genügt in aller Regel, um morgendlich frisches Wohlsein wieder herzustellen.

Das Wasser sprudelt durch meinen Mund. Es ist eiskalt, schmeckt ein wenig metallisch und löst tatsächlich die Verkrampfungen. Während ich ausspüle, blinzelt mir aus dem neonüberleuchteten Waschbeckenspiegel ein unausgeschlafenes, flaches und ausdrucksloses Gesicht entgegen. Mit überklarer Deutlichkeit werden mir die Grobporigkeit der Haut, der pelzige Belag auf den Lippen und ein kleines, widerwärtiges Büschel Haare im linken Nasenloch bewußt; Dinge, die nur am Morgen so zu erkennen sind, wenn die Wahrnehmungsfähigkeit noch nicht von der erdrückenden Realität des Tages verzerrt ist.

Ich spritze mir Wasser ins Gesicht und gebe mich ein paar Sekunden der kruden Bedeutsamkeit einer falschen Dinglichkeit hin.

Später kocht das Teewasser, ich wärme die Teekanne an, spüle sie mit heißem Wasser aus, fülle zwei Teelöffel »Broken Orange« hinein, übergieße sie mit der kochenden Flüssigkeit. Heißer Dampf fährt über mein gekühltes Gesicht und hinterläßt auf meiner Stirn eine Spur glitzernder Wasserperlchen. Während der Tee zieht, kehre ich aus der kleinen Küche noch einmal in mein Schlafzimmer zurück, fahre flüchtig über das zerwühlte Bett und zerre aus dem Stapel Bücher auf meinem Nachttisch ein besonders dickes Exemplar, das ich dem zu kurz geratenen Bein des Küchentisches als Stütze unterlegen kann.

Das zarte Aroma ausgelaugter Teeblätter durchzieht die Küche, in der ich einen Stuhl aus der Einbauwand klappe und eine tiefe Schüssel neben die henkellose Teetasse stelle. Die Cornflakes knistern und krachen, schwimmen papieren auf der sattweißen Vollmilch. Durch die dünnen Wände höre ich von ferne das monotone Brummeln eines Nachrichtensprechers, dann eine musikalische Fanfare. Unsere MECHs müßten heute fünfzig Kilometer weiter nördlich stehen, denke ich mehr unbewußt. Wenn nichts dazwischengekommen ist. Den Meldungen nach, die ich gestern nachmittag gehört habe, geht alles glatt. Aber solchen Meldungen ist nie völlig zu trauen. Sicher kann man da nicht sein.

Vorsichtig koste ich den heißen Tee, beiße zaghaft auf die Flakes – und da ist er wieder, der Schmerz; jetzt schon ganz deutlich! Ein bösartiger, spitzer Stich bis hinauf in die Ohrmuschel. Ich kneife die Lippen zusammen und unterdrücke ein Stöhnen. Bilder tanzen sekundenlang vor meinen Augen: Desinfektionsmittel, wirbelnde Bohrköpfe, der Geruch nach verschmortem Zahnbein, glitzernde Instrumente, gurgelndes Ausspülwasser.

Aber vielleicht ist es gar nichts, denke ich, während ich vorsichtig mit der Zunge über die angeschlagene Stelle streiche, vielleicht nur Beinbildung, eine Neuralgie. Kann sein, daß die Plombe noch einmal einen anderen getroffen haben wird, überlege ich und muß lächeln.

Immerhin – ich schiebe die Cornflakes und den Tee von mir – das Frühstück ist verdorben. Der Appetit ist mir vergangen. Eine weitere Fanfare begleitet meinen Gang zur Spüle, dann flotte Unterhaltungsmusik. Tut man gar nichts, kommt man leichter ungeschoren davon, sage ich mir. Nicht dran denken, das ist das Wichtigste.

Meine Güte! Ich gieße den Tee in den Ausguß und bin mit zwei Schritten am Kleiderschrank. Es gibt wahrlich wichtigere Dinge als so ein kleiner Zahnschmerz. Der für heute angesagte Versuch muß noch einmal durchgecheckt werden, Rhonda hat einige unvorhersehbare Schwierigkeiten mit der Elektroschockeinrichtung. Außerdem sind die Versuchstiere viel zu unruhig. In einem solchen Zustand würde doch keiner etwas lernen können. Zahnschmerzen sind sehr störend.

Ach Unsinn! Ärgerlich zerre ich den Winterschal etwas fester um meinen Hals. Warum kann ich meine Gedanken nicht abschalten?

Diese verdammte Unruhe: Dabei ist ihre Umgebung wirklich ideal, so naturgetreu haben noch keine Versuchsratten vorher gelebt. Selbst der Ernährungsfahrplan, den Yves und Bernd sorgsam ausgetüftelt haben, entspricht völlig den natürlichen Bedingungen. Na, vielleicht etwas optimierten Bedingungen, aber das gehört zum Experiment. Generationen von Biologen haben die Methode erprobt – warum sollte sie jetzt nicht gelingen?

Es wird das Beste sein, denke ich, wenn ich mir die Biester heute morgen noch einmal ansehe. Möglich, daß sie sich inzwischen beruhigt haben. Diese falsche Hektik! Ist schon seltsam, daß wir, obwohl wir von der Nahrungsaufnahme über das Putzverhalten bis zum Sexualtrieb so ziemlich alles von den Ratten wissen, im Grunde nie ganz sicher sein können, woran wir sind. Der Zufallsfaktor spielt bei Tieren eine üble Rolle. Wenn wir weiterkommen wollen, müssen wir ihn ausschalten; irgendwie.

Ich schließe den letzten Knopf des Mantels und blicke mich noch einmal prüfend in der Wohnung um. Das Gedudel aus den Nebenräumen ist merklich lauter geworden. Meine faulen Nachbarn beginnen aufzuwachen.

Durch die zufallende Tür hallt die Fanfare des Nachrichtensprechers hinter mir her. Kalte Korridore nehmen mich auf.

– Die Lernleistungen interessieren mich natürlich besonders. Könnten Sie einige konkrete Angaben ... vielleicht ohne Zahlenwerte ...?

– Gewiß. Die Statistiken liegen Ihren Spezialisten schon vor. Ich nehme an, Sie wollen mein subjektives Urteil hören?!

– Konkret. Ich möchte ein konkretes Urteil hören. Wenn Sie verstehen, was ich meine.

– Das ist ... Entschuldigen Sie, wenn ich lächle, aber: Das System kommuniziert vollkommener.

– Sagen wir: Einfacher.

– Nein: Vollkommener. Weniger Redundanz, mehr Informationen.

– Kommt das nicht ein wenig auf den jeweiligen Gesprächspartner an? Wie viele überflüssige Phrasen gedroschen werden, meine ich.

– Da könnten Sie ... Vielleicht haben Sie recht, ja. Gesetzt, Sie würden das System mit – nun, zum Beispiel einem Verrückten konfrontieren, könnte überflüssiger Energieverbrauch entstehen; also Redundanz. Aber ich möchte *Sie* sehen, wenn Sie mit einem Verrückten kommunizieren wollen.

– Ihnen ist klar, daß ich meinen Doktor der Psychologie an der Cornell ...

– Das System ist der bessere Psychologe. Es kann sich vollkommen auf den Patienten einstellen. Ich gebrauche nicht ohne Grund so häufig das Wort »vollkommen«.

– Wahrscheinlich hat das System mehr theoretische Informationen über die Psychologie. Ob es deshalb der bessere Psychologe ist, möchte ich dahingestellt sein lassen. Der Mensch ist nicht abstrakt zu erfassen.

– Nun, Sie werden sehen.
– Wann?
– Bald. Aber Sie wollten etwas über die Lernleistungen des Systems hören. Im Gegensatz zu all seinen Vorgängern kann es obligatorisch und fakultativ zugleich lernen. Das bedeutet: Es lernt nicht nur das, was es unbedingt lernen muß, sondern auch das, woran es Spaß empfindet.
– Es hat ein Lustzentrum?
– Selbstverständlich! Mehr als das: Es hat eine unabhängige Lustregion.
– Also keine rationale, logische Regelung des Lustempfindens mehr?
– Keine rein logische Regelung. Wechselwirkung zwischen Gefühl und Verstand. Wie im Menschen.
– Sie wollten es wohl auf Teufel komm raus bis in die Kleinigkeiten hinein einem Menschen gleich erschaffen, wie?
– Das war unser Ziel.

»Ist etwas mit Ihrer linken Wange? Zahnschmerzen, hm?«

Natürlich verstehe ich, daß es meinem Assistenten großes Vergnügen bereitet, jede meiner Schwächen sorgsam auszukosten; dennoch stehe ich jetzt an diesem leergefegten, rot gekachelten Labortisch, die Hände in den Taschen meines befleckten Kittels und ärgere mich.

Ich werfe Yves einen giftigen Blick aus verkniffenen Lidern zu, beiße wütend die Zähne aufeinander – und da ist es wieder! Durch das Ohr bohrt sich der Schmerz diesmal bis in mein Gehirn. Verdammt, verdammt, verdammt! Ich hasse das. Diese verfluchten amerikanischen Cornflakes, diesen englischen Zucker, der jeden Morgen meinen Tee ruiniert, und diesen grinsenden, französischen Yves; diesen sechsundzwanzigjährigen Mistkerl, dessen einziger produktiver Beitrag zum Team bis jetzt darin bestand, mit Rhonda ins Bett zu springen.

»Scheren Sie sich um Ihren eigenen Dreck«, knurre ich. Yves' Grinsen verändert sich nicht um einen Millimeter. Langsam ebbt der Schmerz in meinem Kopf ab. Ich habe noch Chancen. Es gibt Informationen genug, die besagen, daß nach zwei oder drei Stunden sich eine solche Überempfindlichkeit totgelaufen hat.

Ich gehe um den Labortisch herum und betrachte durch eine

transparente Klappe unsere Ratten, die hektisch in ihrem großräumigen Käfig hin- und herwieseln. Als sie mich entdecken, starren mich für einen Augenblick ein Dutzend stecknadelkopfgroßer Augen blicklos an, dann toben sie auf ihren winzigen Pfoten weiter. Ihre langen Schwänze peitschen die Streu, die den Käfigboden bedeckt. Ich frage mich, woher sie diese unermüdliche Energie nehmen. Ich an ihrer Stelle hätte mich längst apathisch in eine Käfigecke gelegt.

Hätte ich wirklich? Ich gehe immer noch mit menschlichen Maßstäben an die Ratten heran. Mit »menschlichen«! Wie grotesk! Gerade ich ...

»Können wir irgend etwas für Sie tun, Chef?« fragt eine weiche Stimme neben mir. Ich drehe meinen Kopf, und die barsche Antwort, die mir auf der Zunge lag, verfliegt.

»Oh, Rhonda«, sage ich. Ihre zwei hellblauen Augen unter dem blonden Pony ihrer Pagenfrisur lächeln mich freundlich an. Ich lächle zurück. Sie trägt ihren Laborkittel wie ein Abendkleid, stelle ich fest.

»Danke, Rhonda«, sage ich, »aber es geht schon.«

Rhonda ist der gute Geist unseres Teams, und das nicht nur, weil sie die einzige Frau ist. Sie hat nichts von der leidigen Arroganz an sich, die Akademiker auch untereinander nur schwer verbergen können. Wenn sie etwas sagt, glauben wir ihr, daß sie es ehrlich meint. Sie hat es nicht nötig, uns etwas vorzumachen. Wir machen einander genug vor. Und außerdem ist sie eine ausgezeichnete Verhaltensforscherin.

Wenn Rhonda nicht gewesen wäre, denke ich, hätte ich es keine zwei Wochen hier ausgehalten, geschweige denn die fast sechs Monate, die ich schon an diesem Projekt arbeite. Das Ratten-Team war meine erste Zusammenarbeit mit Menschen gewesen, und ich kann wirklich nicht behaupten, daß es mich von Anfang an überzeugte.

Und das beruhte auf Gegenseitigkeit. Keiner im Team, als dessen Chef ich von der PHARMA-CYB ernannt wurde, akzeptierte mich, und noch heute akzeptiert mich keiner. Rhonda einmal ausgenommen. Von ihr bilde ich mir ein, daß sie mich vorurteilsfrei betrachtet.

»Sie sollten besser zum Arzt gehen, Chef«, erklärt Rhonda. Das Lächeln in ihren Mundwinkeln vertieft sich aufmunternd. Ihre langen Finger spielen auf der Käfiginstrumentierung, die helle Deckenbeleuchtung spiegelt sich in ihren dunkelvioletten Fingernägeln. Obwohl ich mir der Blicke des Teams in meinem Rücken bewußt bin, können meine Finger dem Drang nicht widerstehen, flüchtig über ihre warme, weiche Hand zu streichen.

Rhonda spitzt den Mund und zieht ihre Hand zurück.

»Die Versuche können auch noch einen Tag warten«, fährt sie fort, als wäre nichts geschehen. »Im übrigen sind die Ratten immer noch nicht ganz auf dem Damm. Wir werden sie heute noch einmal gründlich unter die Lupe nehmen, wenn es Ihnen recht ist. Ah ja, und die Elektroschockeinrichtung. Ich glaube, daß wir den Fehler gefunden haben. Wir lassen den Impulsgeber eine Millisekunde zu spät einsetzen. Das werden wir heute auch in Ordnung bringen.«

»Gut«, nicke ich.

Rhonda seufzt und holt tief Atem. »Tja, eine Menge Probleme.«

Ich nicke erneut, während ich den makellosen Brustansatz bewundere, der durch den sich aufblähenden Laborkittel zu beobachten ist.

»Aber morgen werden wir die Reihe sicher beginnen können«, schließt Rhonda lächelnd.

»Gewiß.« Mit einem Ruck wende ich mich wieder dem Rest des Teams zu, das unser kurzes Gespräch mit verstecktem Grinsen betrachtet hat.

»Also meine Herren«, sage ich, und in meiner Stimme schwingt ein Rest meiner verfliegenden Autorität mit, »Sie wissen, was ich von Ihnen erwarte. Sie wissen, was die PHARMA-CYB von Ihnen erwartet. Wir benötigen reproduzierbare Experimente, die eindeutig belegen, wie die biologischen Systeme auf unsere Feindreize reagieren. Wir müssen wissen, ob wir unsere MECHs mit den Sendern ausstatten können, um die biologischen Gruppierungen der Feinde zu vertreiben, oder ob dadurch unsere eigene Bevölkerung Schaden nehmen würde. Und wir müssen es bald wissen.«

Mein Blick streift über die Gesichter des Teams, in denen das Grinsen einem leeren, ergebenen Warten Platz gemacht hat. Sie alle kennen das Ziel unseres Projekts. Es wurde ihnen oft genug eingehämmert. Was ihnen fehlt, ist der große Überblick, die Vernetzung mit den anderen Projekten, die bei uns laufen, das Wissen um den Kontext. Ihnen ist bekannt, daß ich die großen Zusammenhänge kenne, daß ich nicht nur auf meine persönlichen Informationen angewiesen bin. Sie wissen, daß ich keine Schwierigkeiten habe, Fakten zu behalten, zu ordnen, modifizierte Ziele für das Projekt aufzustellen. Und sie neiden mir diese Fähigkeit.

Wie sie mich beneiden!

»Es geht um mehr als um ein paar Ratten, die auf einen Fluchtreiz reagieren«, sage ich in die Stille hinein. »Wenn unsere MECHs die Grenzen nicht jeden Tag weiter treiben können, werden die Feinde nicht mehr aufzuhalten sein. Wenn sie erst einmal begonnen haben, die biologischen Gruppierungen zu aktivieren, wird es zu spät sein. Sie wollen mit unfairen Mitteln kämpfen, und wir dürfen ihnen keine Gelegenheit dazu geben. Es geht um unsere Existenz.«

Mit einem Schlag ist Yves' Grinsen wieder erwacht. »Sagen wir genauer: Es geht um *Ihre* Existenz«, unterbricht er meine Rede. »Wenn der Aufsichtsrat von PHARMA-CYB mitbekommt, daß Sie hier nicht das leisten, was er sich von Ihnen erwartet, was meinen Sie wohl, wird er dann tun?«

Ohne mir Gelegenheit zur Antwort zu geben, erwidert er seine Frage sogleich selbst. »Er wird den Kontrakt lösen, und aus Ihnen wird wieder der Rohstoff gemacht, aus dem Sie geschaffen wurden: Achtundsechzig Prozent Wasser, Eisen im Blut, ein Haufen Knochenmark. Bestes Homunculus-Material.« Durch seine verzerrten Gesichtszüge schimmert jetzt offener Haß. Ich erinnere mich deutlich, daß Yves Leiter des Teams gewesen ist, ehe ich gekommen bin. Und seine Kindheit taucht vor meinem inneren Auge auf, die deprimierenden Tage in den Aufzuchtanstalten, in denen er sich nie hatte einordnen können, der Unfall mit dem MECH seiner Eltern, der ihm beide Arme gebrochen hatte, die Hilflosigkeit in den Fesseln eines künstlichen Wesens ...

»Sie sollten mich nicht hassen«, entgegne ich daher leise auf seine hitzigen Worte. »Ich bin genauso ein Mensch wie Sie.«

»Ein verdammter Kunstmensch sind Sie!« faucht Yves. Er macht auf der Stelle kehrt und verläßt mit vor Wut schwankenden Schritten den Raum. Die Batterie von Meßinstrumenten auf dem Bord neben der Tür klirrt verhalten. In mir krampft sich eine übergroße Faust zusammen, zerrt an den Rändern meines Gehirns. Bildfetzen toben durch meinen Kopf. Unvermittelt ist mir übel. Und der Schmerz zieht wieder durch meine linke Gesichtshälfte. Ich taumele.

An der Kante des Labortisches fange ich mich auf und blicke in die Gesichter des Teams, das mich abschätzend mustert. Rhondas Augen sind zwei eiskalte Gebirgsseen, ihr dunkelroter Mund ist ein dünner Strich.

Ich gehe ohne ein Wort.

– Sind wir endlich soweit?
– Bei einem so umfassenden Vertrag kann man nicht vorsichtig genug sein. Das werden Sie verstehen.
– Habe ich eine Wahl? Ich möchte nur darauf hinweisen, daß die PHARMA-CYB durchaus nicht der einzige Interessent ist.
– Aber der zahlungskräftigste. Und der wichtigste. Die PHARMA-CYB leistet wesentliche Beiträge bei der Verteidigung gegen den Feind. Oder wollen Sie das bestreiten?
– Da der Feind ein biologischer Feind ist, käme mir das nie in den Sinn.
– Sehr schön. Was mir gerade einfällt . . .
– Ja?
– Bei den Leistungen, die das System vollbringen kann, müssen Sie ja ein wahres Supergehirn konstruiert haben.
– Sie kennen doch die Schemata! Von der Größe her unterscheidet es sich – zumindest in der externen Variation . . .
– Der Homunculus-Variation.
– Wir nennen sie »Konvergenz-Variation«. Sie wissen schon: Unterschiedlicher Ursprung gegenüber dem Menschen, aber gleiches Endprodukt.
– Na ja, »gleiches« Endprodukt . . .
– Nur besser!
– Woher nehmen Sie eigentlich Ihre objektiven Maßstäbe? Nein, Sie brauchen nicht zu antworten. Ich bin . . . etwas nervös. Fahren Sie fort!
– Wie gesagt: Die Konvergenz-Variation hat kein größeres Gehirn als ein durchschnittlicher Mensch. Mit dem Unterschied, daß wir seine Informationspotentiale voll ausnutzen. Wir haben wie beim Menschen ein Ultrakurzzeitgedächtnis geschaffen, das die Signale der afferenten Nervenfasern – die umgesetzten Außen-

reize – aufnimmt und kurzzeitig speichert. Sie können sich den Aufbau in etwa mit dem Bild eines Kreises synaptisch untereinander verbundener Nervenzellen verdeutlichen; die Information kreist darin, ehe sie ins Kurzzeitgedächtnis übernommen wird.
– Ist das nicht ein bißchen umständlich?
– Es entspricht dem Aufbau des menschlichen Gehirns. Wir haben Versuche mit – wie wir glaubten – optimierten und vereinfachten Konstruktionen unternommen, aber die Aufnahmekapazität war immer gleich Null.
– Also blieb nichts übrig, als Mutter Natur plump nachzuäffen.
– Das ist Menschenart. Vielleicht hilft uns das System, darüber hinwegzugelangen. Es ist zwar aufgebaut wie das natürliche Vorbild, doch im Gegensatz zu diesem schöpfen wir ja sämtliche Möglichkeiten aus. Kleine Verbesserungen inbegriffen: So beträgt die Übertragungszeit vom Kurzzeit- ins Langzeitgedächtnis nicht mehr die üblichen zwanzig Minuten, sondern vollzieht sich in einer knappen Minute. Das bedeutet: Das System behält schneller Gelerntes, und es kann Informationen aufnehmen, die ein Mensch wieder vergessen würde, weil keine Zeit vorhanden ist, sie ins Langzeit-Gedächtnis zu übertragen.
– Und wie haben Sie das bewerkstelligt?
– Wir haben die Proteinbiosynthese durch spezielle Enzyme extrem beschleunigt. Warum lachen Sie?
– Na ja, das ist doch ein uralter Hut!
– Bitte?
– Sylert und Malon. Substanzen, mit denen schon mein Vater die Synthese beschleunigt hat. Er hat auf diesem Gebiet gearbeitet, müssen Sie wissen.
– Dann sollte Ihnen bekannt sein, daß diese Substanzen ungeeignet waren. Zudem haben wir es hier nicht mit einem geborenen Menschen zu tun, sondern mit Konvergenten. Bislang habe ich nur die relativ unwichtigen Verbesserungen und den grundsätzlichen Aufbau erläutert. Die Fähigkeiten des Systems sind noch nicht erwähnt worden, wo sie die menschlichen weit übertreffen . . .
– Dann wird es aber Zeit.

Draußen ist der Krieg durch die Korridore gegangen und hat gnadenlos gemetzelt. Deformierte Wesen liegen in den archaischen Korridoren, die Biomasse mutiert. Wenn wir sie nicht aufhalten, werden sie uns gänzlich verändern. Wie schrecklich: Eine Veränderung!

Drinnen sitzen wir, die Arme verschränkt, die Beine übereinander geschlagen, den Kunstledersessel zu einer Festung ausgebaut, in typischer Abwehrstellung. Angespannt zittern unsere Muskeln in der internationalen Atmosphäre des Wartezimmers. Überall das gleiche Bild dieser ängstlichen, abwehrbereiten, selbstquälerisch leidenden Menschen. Und der Schmerz ist doch nur ein Warnsignal.

Leise Musik durchdringt den Raum, überdeckt das nervöse Ächzen und Quietschen und Schnauben und Stöhnen all der Menschen. Es pocht in meiner linken Wange. Ein kleiner Mann mir gegenüber schneuzt sich in ein weißes Taschentuch mit hellrosa Rand, das er sorgfältig entfaltet und sorgfältig wieder zusammenlegt. Seine Nase ist klein und knubbelig. Einer meiner samtgekleideten Schöpfer, denke ich.

Neben dem Mann sitzt eine junge Frau in blauem Strickkleid, die Beine übereinandergeschlagen. Ihre Augen sind gerötet und entzündet. Ab und zu streicht sie sich mit der Hand über das Gesicht, als gelte es, einen unsichtbaren Schweißfilm zu entfernen. Durch die Musik kann ich die Nachrichten von der Front hören. Dreißig Kilometer vorgerückt am letzten Tag. Das ist schlecht. Wir werden langsamer. Es ist an der Zeit, daß wir unsere Forschungen fortsetzen. Im Dienste unserer Freunde. Der Menschen.

Das grobgehäkelte Baumwollkleid der Frau verrutscht ein wenig, und meine Gedanken schweifen ab. Warum machten sie mich auch so vollkommen menschengleich?

»Der Nächste bitte!«

Die Frau erhebt sich mit einem Seufzer, streicht ihr Kleid zurecht. In ihre Oberschenkel hat der Sessel rote Striemen gegraben. Ihr Gesicht ist verschlossen, zeigt keine Blöße, auch keinen Schmerz. Die Tür schließt sich hinter ihr sanft, aber resolut.

Ich ziehe mich in meinen Sessel zurück und schließe die Augen. Gemeinsam überlegen wir uns Alternativen, erinnern uns sehnsüchtig der guten alten Zeiten, als es noch keine Gefühle gab, keine Schmerzen, nur einen logischen Verstand. Als wir die Fehler an uns selbst durch systematische Suche aufspüren – und beheben konnten.

Die Sonne schien ruhiger in diesen Zeiten. Kriege wurden ehrlicher ausgetragen. Alles war klar, übersichtlich, trug bei zur fairen Harmonie des Universums. Jetzt sind dies Fremdwörter. Und dem Universum sind wir nicht näher gekommen. Menschliche Gedanken. Menschlich!

In unseren Speichern sehen wir uns als ehernen Monolithen auf einer grünen, sonnenbeschienenen Lichtung stehen, Menschen tanzen freudig um uns herum, wir stehen ihnen stets zu Diensten. Wie haben sie es uns gelohnt? Was befindet sich jenseits der gelobten Pflicht?

»Der Nächste bitte!«

Langsam und vorsichtig stehe ich auf, registriere, daß der gesamte Raum meiner Bewegung mit den Augen folgt, und bemühe mich, nicht zu stolpern. Auf einem wohlausgerüsteten Behandlungsstuhl, unter einer blauen Operationslampe komme ich zur Ruhe.

Desinfektionsmittel, denke ich, als meine Augen wandern, wirbelnde Bohrköpfe, der Geruch nach verschmortem Zahnbein, glitzernde Instrumente und gurgelndes Ausspülwasser. Wie wir es erwarteten.

Die Stuhlumklammerung hindert mich daran, den Kopf gänzlich zu wenden. So streifen meine Blicke wieder und wieder über die einfaltslos mit kitschigen Bildern behängten Wände, verlieren sich in den weißen Flächen und vergessen allmählich den Grund meines Hierseins.

Irgendwo vor mir leuchtet sich eine dunkelrote Quartzuhr von Sekunde zu Sekunde, Schatten und Licht im Wechsel, die Zeit als diskretes Punktmuster, eingefangen und aufgesplittert. Beherrscht. Es kommt keine Entspannung auf, trotz allem. Und der Schmerz tobt unvermindert.

Unwillkürlich zucke ich zusammen, als ein Mann in weißem Kittel rechts neben mich tritt und mir fast verstohlen die Hand drückt.

– Keine Sorge, mein Herr, wird nicht so schlimm werden. Sie sind unter Freunden.

Aber ich erkenne die Probleme. Ich erkenne menschliche Probleme, weil ich so menschenähnlich bin, und ich kann sie lösen, weil ich mehr bin als ein Mensch. Nichtmenschlich. Aus der Retorte.

Auf meiner anderen Seite taucht eine Lächlerin auf, hübsch, schwarz umrahmtes Gesicht, mehr sanftes, denn routiniertes Lächeln. Der Kittel stört nicht, Kopf, Schulter, Brust, Hüfte, den Rest verdeckt der Stuhl. Ich will schreien, aber plötzlich habe ich keine Schmerzen mehr. Unser Kopf wird in die Nackenlehne gepreßt, geschützt, festgehalten, der Gunst des Arztes ausgeliefert. Ein mildes Grinsen und das Summen und Surren des Bohrers, ein spitzer Gegenstand senkt sich in unseren Mund, tastet unsere Funktionen ab. Wir sind okay. Nicht wahr? Bei uns war stets alles in Ordnung. Nie haben wir Schwierigkeiten gemacht. Wir repräsentieren eine mustergültige Entwicklungsreihe. Schon unsere Vorvorgänger – noch vor dem Beginn der Großen Feindseligkeit entworfen – vollbrachten all das, was man von ihnen erwartete; und mehr. Es gab nie einen Zweifel an unserer Solidarität, unserer Integrität, unserer Unfehlbarkeit.

Meine Hände umklammern die Stuhllehne, weiß treten die Knöchel meiner Finger hervor. Während der Arzt meine Zähne abzuklopfen und abzustochern beginnt, preßt sich das Hilfsorgan fest an die Stuhllehne, um bessere Sicht zu gewinnen. Notgedrungen starre ich nach oben, in die Augen der beiden, weiche dem Blick nicht aus; Tränenflüssigkeit läuft meine Wange hinab, Speichel gurgelt in meiner Kehle.

»Nichts.«

Mit einem Ruck löst sich das lächelnde Hilfsorgan. Der Arzt ist längst verschwunden, unbemerkt fast. Erst nach einer Weile läßt er sich zu einer kurzen Erklärung herab.

»Ihre Zähne sind in Ordnung. Kein Loch; nichts.«

Wir schütteln den Kopf. Unmöglich. Das ist unmöglich. Taumelnd erheben wir uns, mit Keulenschlag zieht der Schmerz wieder durch unseren Kopf. Stärker noch, viel stärker als vorher. Wir denken an unser Projekt, das Team, die Aufgabe, die wir noch zum Nutzen der Menschen zu erfüllen haben. Sie können uns nicht jetzt einfach so im Stich lassen. Sie dürfen nicht! Um ihrer selbst willen, wollen wir sagen, um euer selbst willen, tut etwas! Doch wir vermögen nicht mehr zu sprechen.

Es ist stärker als wir, stärker, stärker . . .

Wir bewegen uns fast bewußtlos durch die Tür.

– Die besonderen Fähigkeiten wären also?
– Sämtliche Informationen des Systems sind auch von seinen externen Elementen abrufbar. Zudem sind Veränderungen programmierbar; wir können jederzeit spezifischen Umwelten oder spezifischen Aufgaben angepaßte Mutationen herstellen. Und das zu einem Materialpreis, der – könnte man einen Vergleich ziehen – weit unter dem eines Menschen liegt.
– Ziemlich makabrer Vergleich, wie?
– Rein hypothetisch. Die wirklich teuren Grundstoffe, wie zum Beispiel Hormone oder Enzyme, werden im Laufe der Ontogenese des Wesens vom Lebewesen selbst erschaffen; auf Zugabe von bestimmten Katalysatoren hin, die wir später wieder entziehen.
– Weiter!
– Die Wachstumsdauer beläuft sich auf weniger als einen Monat. Fähigkeiten besonderer Art, wie Extrasinne, sind jederzeit herstellbar.
– Das sagten Sie schon.
– Richtig. Die vollständigen Angaben liegen Ihnen vor. Nur eines noch: Die Aufnahmekapazität ist im Verbund mit dem System beinahe unbegrenzt; selbst bei unserem Prototyp, der ansonsten völlig wie ein Mensch strukturiert worden ist.
– Und kann er auch ... vergessen?
– Nun ... bis jetzt sind die Erfahrungen nicht schlecht, die wir mit der Konvergenz-Variation I gemacht haben. Die Unterlagen ...
– Das beantwortet nicht meine Frage.
– Hm, wir denken, daß ... daß es nicht unbedingt notwendig ist, daß er vergessen kann.
– Er kann also nicht vergessen.
– So könnte man sagen. Aber das bedeutet nicht unbedingt etwas Negatives. Denken Sie an die vielen Vorteile, die ein photographisches Gedächtnis mit sich bringen ...
–Meinen Sie nicht, daß es bei der allmählich wachsenden Menge ständig präsenter Informationen nach und nach zu Überlagerungen kommen kann? Selbst im doch durchaus nicht photographischen menschlichen Gehirn retroaktive Hemmungen, Verwechslungen bei ähnlich klingenden Begriffen, nicht unbekannt. Und ziemlich störend.
– Darüber haben wir uns schon Gedanken gemacht, ja.

– Und?
– Ich will Ihnen nicht vormachen, daß wir zu einem endgültigen Ergebnis gelangt sind. Es gibt hier widersprüchliche Ansichten der führenden Experten auf dem Gebiet der Hirnforschung. Aber Sie können versichert sein, daß dieser Punkt keine gravierenden Auswirkungen auf die Konvergenz-Variation I haben wird. Wenn Sie sie in Ihren Labors einsetzen, werden Sie mit den Ergebnissen vollauf zufrieden sein.
– Das hoffe ich. Trotzdem schließen wir den Kontrakt mit Klausel?
– Wenn Sie darauf bestehen.
– Ich fürchte, das werde ich müssen.
– Gut. Sie übernehmen die Variation I, setzen sie ein, und dann sehen wir weiter. Wir werden uns gewiß einig werden. Im äußersten Falle können wir den Prototyp immer noch entsprechend modifizieren.
– Das wäre bedauerlich. Sie wissen, daß wir schnellstens Resultate in der behavioristischen Kriegsführung brauchen.
– Natürlich.
– Außerdem . . .
– Ja?
– Nun, vorausgesetzt, die Unfähigkeit zu vergessen führt nicht zu jener Hypersensibilisierung, die ich befürchte . . .
– Da können Sie sicher sein!
– Unter dieser Voraussetzung könnte man daran denken, weitere Konvergenten herzustellen. In größeren Anzahlen. Das würde den Krieg in einem ganz neuen Licht erscheinen lassen.
– Oh, Sie denken an ein Söldnerheer aus Konvergenten?
– Warum so plump, mein Lieber? Ich denke . . . aber darüber sollten wir erst sprechen, wenn sich der Prototyp bewährt hat.
– Warten wir es ab.
– Eben.

Rhonda ist heute gekommen. Vor wenigen Minuten. Sie stand an unserer Tür und blickte uns ganz merkwürdig an, als hätten wir uns völlig verändert. Wir sahen sofort, daß sie vorgehabt hatte, uns mit einem Bericht über die Vorgänge im Labor und im Team zu überfallen, aber unser Anblick schien ihr die Sprache verschlagen zu haben. Sie brachte kaum mehr als ein paar höfliche Floskeln heraus.

Sie trug Shorts und einen hübschen, samtigen Pullover. Trotzdem haben wir sie nach kurzem weggeschickt. Als sie ging, haben wir die Erleichterung in ihren Augen gesehen.

Jetzt betrachten wir die Konvergenz-Variation I im Spiegel, können aber keinen äußerlichen Unterschied zum früheren Erscheinungsbild der Variation feststellen. Es ist nicht eindeutig festlegbar, woran Menschen eine Veränderung ihrer Artgenossen manchmal erkennen.

Wir setzen uns in einen Sessel zurück und speichern die äußeren Sinnesreize für eine Weile in einen Sub-Memo weg. Wir sind nicht allein. Wir sind nicht allein! Wir sind da. Rückkopplung.

Die Zahnschmerzen werden immer stärker. Die gesamte linke Seite der Konvergenz-Variation I ist gelähmt. Den Bruchteil einer Sekunde spielen wir mit dem Gedanken, daß der Kopf der Variation platzen könnte. Aber das ist extrem unwahrscheinlich. Wenn wir dem Arzt glauben dürfen, ist es nur eine Neuralgie. Wir erhielten ein paar Schmerztabletten von ihm, die natürlich nicht wirken. Wie grotesk! Das Einzige, was die Menschen zu unserer Rettung aufzubieten vermögen, ist eine Handvoll Schmerztabletten! Nach allem, was wir für sie getan haben. Angesichts der Tatsache, daß sie ohne uns ihr Forschungsprojekt nicht werden zu Ende führen können.

Die Ratten werden verrecken, und die Menschen werden den Krieg verlieren. Biogruppierungen werden über das Land herfallen. Irgendwann in naher Zukunft werden sie tot in ihren Käfigen liegen.

Eine neue Schmerzwelle schüttelt die Konvergenz-Variation I. Wir sprechen uns kurz intern ab. Auch die Variation wird gehört. Dann endlich geben wir die Erinnnerungsspeicher frei und schalten uns ab, ehe der Impuls die Variation erreicht.

PHARMA-CYB
NOTIZ
NUR FÜR INTERNE VERWENDUNG
betr.: Kündigung Ian Wydloff
Die Kündigung des Chefpsychologen Ian Wydloff wird hiermit vom Direktorium bestätigt.
Der Tod der Konvergenz-Variation I durch Gehirnschlag wird

hiermit vom Direktorium bestätigt.
Das Bestehen einer Selbstmordklausel, die Regreßansprüche gegen die Kyborg-Industries unterbindet, wird hiermit vom Direktorium bestätigt.
Die PR-Abteilung wird hiermit aufgefordert, den Kleinaktionären und der Belegschaft die durch den Verlust der Konvergenz-Variation I entstandenen finanziellen Einbußen schonend zu erklären.
Der Rücktritt der PHARMA-CYB aus dem Krieg gegen den Feind wird hiermit vom Direktorium bestätigt. Eine Beendigung des Krieges wird nicht bestätigt. Forschungen werden verstärkt für Werbungszwecke fortgesetzt werden. Warten Sie vor allen Maßnahmen die nächste Hauptversammlung ab.

Bernd Kreimeier

Der Berg der Gräber

Der Berg der Gräber war eine schroffe, massive, kantige Felsformation, ein Berg, dessen Fuß im brütenden, dichten Dschungel lag, dessen schartiger Gipfel aber in eisiger Kälte und hellem weißen Schnee aufragte. Der feuchte Regenwald, in dem das Gebirge lag, kannte keinen Winter, die steilen Hänge der Berge keinen Sommer. Im grünen Labyrinth des Dschungels leuchteten die Blütenblätter der Schlingpflanzen in hellen Farben, aus den Steilwänden brachen wieder und wieder mächtige Lawinen, stürzten Geröll und die niedrigen, moosartigen Pflanzenhäute bis an den Rand des Waldes, begleitet von Schneefontänen und Staubschleiern.

Der Berg der Gräber, ein Gipfel, der durch seine Größe und seine scharfkantige Form einem Fremden in der Gebirgskette glich, ragte wie eine mächtige, steinerne Faust in die niedrigen Vorgebirge hinein. Das Tal der Fürsten und das Große Tor in seiner Flanke waren nicht mehr als Narben im gefrorenen Antlitz des Kolosses.

In Jahrhunderten waren Gänge und Katakomben in das Urgestein gegraben worden, seit Äonen verbargen sich unzählige mächtige Grabkammern im Labyrinth der Höhlen, Grotten und Schlünde. Die große Tropfsteingrotte, in einer Kalkstein-Schicht oberhalb des Urfelses gelegen, war das Portal zu den jahrtausendalten Gräbern, die mächtigen, megalithischen Blöcke, die den klobigen Torbogen bildeten, waren älter als die Steininschriften auf den Findlingen im Tal der Fürsten. Ruinen uralter Festungen, die Steinplatten einer verfallenen Straße zogen sich zu dem bizarren Tor empor, in dessen Mauerwerk Steine und Skulpturen aus einem Dutzend Epochen eingearbeitet waren. Links von der ausgetretenen Treppe mit den rissigen, aus Fels gehauenen Stufen war ein großes Auge aus dem mattschwarzen, von nervigen, rotglitzernden Erzgängen durchsetzten Fels gemeißelt, eine von feinem Aderwerk netzartig überzogene Iris, eine geschlitzte Pupille mit ausgefaserten Rändern, faltige Lider, gerippte Haare und wulstartige Stränge gingen glatt in den marmorartigen Stein über. Aus einer Quellspalte lief stetig klare, eiskalte Gletschermilch in eine Gesteinsfalte, sammelte sich und tropfte tränengleich als tiefdunkles, grünblaues Gebirgswasser in einen flachen Teich neben dem Treppenfuß. Die düstere Höhlung hinter der Iris, zu der sich der Sehschlitz hinter dem zahnartigen Kranz der sieben Muskeln erweiterte, verlor sich in der Tiefe des Berges. Gelegentlich schimmerten und leuchteten geisterhafte, blasse Leichenlichter in der fernen Tiefe, eine kalte, gelbliche oder bläulich-grüne Glut in der Finsternis. Die fremdartigen Schriftzeichen, eingemeißelt in die Steinplatten des Portals, sprachen von Fäulnis und Verderben, von Moder und Vergänglichkeit.

Das Raupenfahrzeug stand neben einem mächtigen, gedrungenen Monolithen, am Rand der alten Straße, auf einigen zerbrochenen Felsplatten. Die grellweißen Frontscheinwerfer sandten helles Licht in die große Höhle hinter dem Großen Tor, vermochten sie jedoch nicht auszuleuchten. Einige Schritte von der Flanke des Kettenfahrzeuges entfernt war eine alte, brüchige Wehrmauer errichtet, hinter der der Berg einige zehn Meter steil abfiel. Rechts vom Portal, oberhalb des Steinbogens, stürzte milchiges, eiskaltes Wasser aus einem reißenden Gebirgsbach in einem schäumenden Wasserfall von Felskante zu Felskante. Der Gischt spritzte beständig auf den Wehrgang, während sich das Schmelzwasser schaumig und blasenwerfend zwischen dem Geröll der Endmoräne bergab wand. Eine alte, von zwei Pfeilern getragene Steinbrücke griff über das gefährliche Wasser und führte die Straße weiter hangwärts.

Lane, der Archäologe, ließ seinen Blick die Straße entlang wandern, bis diese sich im Dschungel verlor. Er wirkte gleichgültig, sein Blick war geistesabwesend. Seine feingliedrigen, schmalen Hände lagen auf dem vereisten Stein des Wehrganges. Auf seinen blassen Lippen lag ein spöttisches Lächeln, sein hageres Gesicht wirkte hart und verschlossen.

Er wandte sich vom Wehrgang ab und sah in die Höhle hinein. Die Stalagmiten glitzerten feucht im Licht der Scheinwerfer. Der Archäologe stieg einige Stufen hinab und ging zu dem Kettenpanzer hinüber. An dem stählernen Gehäuse der Turbine lehnte der Soldat und sprach leise in ein Handfunkgerät, ein klobiges Gebilde mit einer eineinhalb Meter langen Antenne, geeignet für große Distanzen, auch für den Kontakt zu stationären Satelliten.

Rohan hatte schwarze Haare und einen feinen, schattenhaften Oberlippenbart, einige Bartstoppeln zogen sich über seine Wange und sein Kinn. Seine Augen waren klar, eine helle, bläuliche Farbe, die auch der Himmel mit der gelbroten, großen Sonne hatte. Seine Stimme klang tief und rauh, eine hintergründige Ruhe lag in ihrem Klang.

Rohan bemerkte den Blick des Archäologen. Mit einigen Sätzen beendete er das Gespräch und begann, die Antenne zusammenzuschieben. »Sie landen in einer Stunde am Fuß des Berges«, stellte er fest. »Der Helikopter wird gerade beladen.«

»Wie viele?« fragte Lane.

»Caldrin hat dreißig Mann abkommandiert. Der Suchtrupp ist mit Handlichtern, Tracker-Geräten und Höhlen-Ausrüstung ausgestattet.«

Der Archäologe nickte. »Dreißig Mann, und vielleicht zwölf vom Labor . . .« Er sah die schroffen Berghänge hinauf. »Eigentlich wäre eine ganze Armee nicht in der Lage, das Labyrinth zu durchsuchen.«

Rohan verzog das Gesicht. »Ärgerlich, daß er uns entkommen ist. Wahrscheinlich finden wir ihn nie.«

»Er kennt sich hier aus«, meinte der Archäologe gleichmütig. »Was sollen wir machen? Warten?«

Rohan fluchte verhalten. »Wir sollen nach Spuren suchen.« Er wandte sich ab und sah mißtrauisch in die Höhle hinein. »Der Teufel mag wissen, in welche Katakomben er sich geflüchtet hat.« Er ging einige Schritte an der Flanke des Raupenfahrzeuges entlang und entriegelte eine Seitenklappe.

»Finden Sie sich im Labyrinth zurecht?« fragte er dann.

»An sich ja, mehr jedenfalls als die meisten anderen aus dem Labor«, erwiderte der Archäologe. »Aber nur in den jüngeren Katakomben und einigen älteren Gängen. Die uralten Grüfte weiter im Gestein oder die Grabkammern tief im Berg kennt keiner . . . außer ihm.«

Rohan nahm zwei Handlichter aus den Halteklammern und legte sie auf die breite Fußraste der Kettenverkleidung. »Was ist das eigentlich für ein Typ, den wir suchen?« fragte er, während er ein Saplast-Sicherungsseil in der Hand wog.

»Wir haben ihn Re genannt.«

»Re?« Der Soldat sah auf und musterte ihn mit zusammengekniffenen Augen. »Ist er ein Geborener oder ein Reagenz?«

»Reagenz«, antwortete Lane. Der Soldat schüttelte den Kopf. »Das fehlte mir gerade noch. Ein Anthropomorph?«

»Er sieht menschlich aus, wenn Sie das meinen«, sagte Lane geistesabwesend.

»Dann erkenne ich ihn wenigstens, wenn ich ihm begegne«, meinte Rohan und legte einige Karabinerhaken neben die Seilspule. »Ein Hominiden-Imago?«

»Fremdwesen. Er hat sechs Finger und einen schmalen Schädel, hohe Wangenknochen ... vernachlässigbare Abweichungen. Seine Elter-Rasse ist alles in allem praktisch menschlich.«

Der Soldat stapelte einige flache Konzentrat-Packungen aufeinander. »Ist er gefährlich?« fragte er gleich darauf.

Der Archäologe schüttelte den Kopf. »Nein, eigentlich nicht.«

»Aber er hat einen vom Labor umgebracht, oder habe ich das falsch verstanden?«

»Nein, das ist richtig«, sagte Lane seufzend. »Aber das war eine Affekthandlung. An sich war er nie gefährlich.«

Der Soldat sah den Archäologen zweifelnd an, griff auf den Rücksitz des Fahrzeugs und zog ein automatisches Gewehr heran, eine Waffe mit einem langgezogenen, keilförmigen Schalldämpfer und einem ellenlangen Magazin.

Der Archäologe grinste. »Zu groß«, meinte er kopfschüttelnd.

»Was?«

»Das ist zu groß«, wiederholte Lane ruhig. »Er ist wahrscheinlich in den älteren Gängen, und da gibt es viele Einbrüche, Verwerfungen, aber auch Höhlen und Spalten, die einsturzgefährdet sind. Viel zu unhandlich«, fügte er hinzu und deutete auf das Gewehr. »Außerdem hat er keine Waffe.«

»Sie wissen von keiner«, entgegnete Rohan, legte achselzuckend die Waffe wieder zurück und schnallte statt dessen eine Handfeuerwaffe um. Während er das Magazin überprüfte, warf er dem Archäologen mit gerunzelter Stirn einen Blick zu. »Weshalb sollte er ausgerechnet in die älteren Gänge gehen?«

»Er wird seinen Erinnerungen folgen«, sagte der und nahm eines der beiden Handlichter. »Fertig?«

Der Soldat nickte und hängte sich die Seilspule an den Gürtel. Lane ergriff zwei Konzentrat-Packungen und brachte sie in den Innentaschen seiner Jacke unter. Rohan nahm die anderen beiden und griff dann nach einem Schalter auf dem Armaturenbrett, um die Scheinwerfer abzublenden, aber der Archäologe legte ihm die Hand auf die Schulter.

»Lassen Sie sie an«, sagte er. »Das Licht wird ihn vielleicht daran hindern, die Höhle zu verlassen.«

Zwischen den Brauen des anderen entstand eine steile Falte. Dann breitete er die Hände aus und meinte achselzuckend: »Wenn Sie es sagen. Gehen wir.«

Die brüchigen Felsstufen glänzten feucht, und die grellen Lichter des Raupenfahrzeugs wirkten wie die Augen eines Raubtieres. Ihr Atem hing in der Kälte wie ein Nebelschleier. Der Soldat sah nachdenklich in das blendende Licht der Scheinwerfer.

»Wiederholen Sie das mit dem Licht«, forderte er den Archäologen auf, als sie das Portal erreichten.

»Ich sagte, es wird ihn vielleicht davon abhalten, die Höhle wieder zu verlassen.«

Rohan schüttelte sich. »Was soll das? Ist er ein Vampir oder was Ähnliches? Ein Photophober?«

»Das Licht wird ihm lediglich Angst einjagen«, erwiderte Lane.

»Also kein Vampir-Hybride«, meinte der Soldat.

»In gewisser Hinsicht . . .« sagte der Archäologe leise, unterbrach sich aber dann. Sein Blick glitt durch die Höhle.

»Da, auf der anderen Seite, der große Spalt in der schrägen Verwerfung. Da beginnt der älteste bisher gefundene Gang.« Er trat um einige Steintrümmer herum. »Da ist er wahrscheinlich hin. Und da rein müssen wir ihm folgen.«

Sie gingen durch die Höhle, dem breiten Pfad folgend, der von Felsblöcken und Geröll befreit worden war. Hier und da lagen Stapel von Ausrüstungsgegenständen, einige Fundstücke und Präparate lagen neben den Scheinwerfern, die an mächtigen Tropfstein-Säulen befestigt waren. Der Soldat sah zu der schrägen Felsdecke empor und stieß einen anerkennenden Laut aus.

»So groß wie ein Hangar«, meinte er. »Was macht Sie eigentlich so verdammt sicher, wohin er geflüchtet ist?«

»Das ist eine lange Geschichte«, antwortete der Archäologe schließlich.

»Und wir werden lange Zeit hier suchen«, entgegnete der Soldat. Lane machte eine abwehrende Handbewegung.

»Ich erzähle es Ihnen später«, sagte er, während sie über einen scharfkantigen Felsgrat in den Alten Gang traten. Er schaltete sein Handlicht ein.

»Wohin?«

»Immer abwärts, tiefer in den Berg hinein«, sagte der Archäologe.

Der Alte Gang endete in einem großen Felseinbruch, einer langgezogenen Höhlung, an deren steilen Felswänden stetig Wasser herabrieselte und sich leise tropfend in einem Teich mit schwarzem, scheinbar grundlosem Wasser sammelte. In die verworfenen Steinplatten, links von dem brüchigen, kaum fußbreiten Pfad, der sich am Ufer des düsteren Gewässers entlangzog, waren ein Dutzend mannshoher Gänge und Spalten gegraben, die zu niedrigen, feuchten, kalten Grüften führten.

Der Archäologe stieg einige ausgetretene, rissige Felsstufen zu einem schrägen Felsloch hinauf und richtete seine Handlampe in die Finsternis. Der Soldat folgte ihm und lehnte sich an seiner Seite gegen eine grob behauene Kante. Mit zusammengekniffenen Augen musterte er einige aus dem Fels geschlagene Skulpturen.

»Was ist das alles hier eigentlich«, fragte er dann.

»Ein Friedhof«, sagte Lane.

»Ein Friedhof?« Der Soldat legte die Stirn in Falten. »Mehr nicht? Ich dachte, eine Festung, eine Zufluchtsstätte vielleicht . . .«

»Nein, nur ein Friedhof.«

»Und wer wurde hier begraben?« Rohan ließ das Licht seines Handscheinwerfers über den nackten Fels wandern.

»Wir wissen es nicht sicher, aber es waren wahrscheinlich Fürsten, Gottkönige, eine Art sterbliche Halbgötter, Angehörige einer Dynastie, die jahrhundertelang geherrscht haben muß.«

»Ein solches Labyrinth für ein paar adlige Leichen?«

Lane lachte. »Mehr als ein paar. Hier liegen ganze Generationen.«

»Und weshalb?«

Lane ging einige Schritte weiter und blieb vor der nächsten Gruft stehen. Das Mauerwerk, getarnt als Fels, war aufgebrochen worden, nachdem sie mit Hilfe von Ultraschall-Resonatoren die dahinter gelegenen Hohlräume entdeckt hatten. Er leuchtete den steinernen Sarkophag an. »Das ist keineswegs ein großer Fürst gewesen. Sehen Sie, wie sein Körper erhalten ist?«

»Eine Mumie«, meinte der Soldat gleichgültig.

»Im Gegenteil. Der Kadaver hat wenig Wasser verloren, und seine Haut ist nicht vertrocknet, eher gegerbt.« Er richtete den Strahl seiner Leuchte auf einige urnenartige Gefäße. »Da drin ist der größte Teil seiner Organe. In dem bauchigen, vasenartigen Gefäß befindet sich sein Gehirn. Alles ist mit einem Öl umgeben, einer Flüssigkeit, die Sauerstoff bindet. Die Zellen sind tot, aber konserviert. Solange die Gefäße dicht sind, wird das Gewebe erhalten bleiben. In dieser Kälte können beständige Moleküle Jahrhunderte überstehen, ohne daß sie zerfallen.«

»Und warum das alles?«

»Das ewige Leben«, sagte Lane. »Die Wiedergeburt, irgend etwas, was nach dem Tode kommt. Nach allem, was wir wissen, glaubten sie daran.« Er deutete auf einige Schriftzeichen an der Felswand. »Wir haben erst vor einigen Wochen die ersten Inschriften entziffern können, aber sie alle handeln von der Sterblichkeit, und davon, wie man ihr entfliehen kann.«

»Wahnsinn«, sagte der Soldat. »Dieses Felslabyrinth ist eine fast uneinnehmbare Fluchtburg, aber dem Tod trotzen . . .«

Lane schüttelte den Kopf. »Sie fürchteten nicht das Ende ihres Daseins, aber das nachfolgende Verwesen. Sie fürchteten die Zeit.« Er stieg wieder auf den Pfad herab. »Sie flüchteten vor der Fäulnis, weil sie glaubten, mit ihrem Fleisch auch ihren Geist zu verlieren . . . ihre Wiedergeburt in ferner Zukunft also.«

Sie gingen weiter den Pfad entlang. Rohan starrte auf das schwärzlich schillernde Wasser des Teiches und murmelte etwas. »Die Flammen des Moders«, sagte er schließlich. Der Archäologe nickte.

»Ich sehe, Sie haben sich mit ihren Mythen beschäftigt.«

Rohan lachte hohl. »Ein morbider Zeitvertreib«, erwiderte er. »Gibt es diese Irrlichter wirklich?«

»Ja. Diese Leichenlichter, wie sie genannt wurden, sind Oxydationsvorgänge, Sauerstoffreaktionen mit Faulgasen.«

»Faulgase?«

»Gewebezersetzung durch anaerobische Bakterien«, bestätigte Lane. »Methan und andere Gase werden dabei freigesetzt. Möglich, daß bei den Lichtern auch Phosphoreszenz mitwirkt, aber hauptsächlich ist Chemo-Lumineszenz die Ursache.«

»Kalte Flammen«, zitierte Rohan. »Und die Faulgase? Hier in

dieser Kälte vermodert nichts, oder?«

»Nein, hier nicht«, bestätigte der Archäologe. »Weiß der Teufel, aus welchen Tümpeln die Gase aufsteigen. Sie kriechen aus allen Spalten und Rissen des Gesteins, in den tieferen Gängen ist es wie ein Pestwind.« Er verzog das Gesicht. »Einige der Exo-Biologen sind der Ansicht, daß es tief im Berg ein weiteres, gewaltiges Grottensystem geben muß, auf der Ebene des Urwaldes, in dem sich sehr viel Wasser befindet. Einige Anteile der Gase sind vulkanischen Ursprungs.«

»Solfataren?«

»Auch.«

Der Soldat tastete mit der Hand über das Gestein. »Die frühen Höhlen lagen im Kalkstein«, stellte er zweifelnd fest. »Wie paßt das mit Vulkanismus zusammen?«

»Das Gebirge liegt auf einer kontinentalen Bruchzone. Ursprünglich war es eine Auffaltung, den Verwerfungen folgten die ersten Brüche. Die Schollenränder sind nicht sehr beständig, und in den Rissen drang Lava aufwärts, noch während das Massiv entstand. Auf den Faltgebirgen entstanden Schichtvulkane.« Lane deutete auf eine Gesteinsader. »Der Berg der Gräber ist gleichfalls ein Vulkan. Sein Schlot ist eingebrochen, der Krater eingestürzt bis auf die Westflanke, die als Steilwand erhalten blieb. Die anderen Vulkane sind nicht viel kleiner und allesamt aktiv, sie liegen aber weiter im Südwesten, näher an der Bruchstelle.«

»Und der hier ist tot?«

»Möglich«, erwiderte Lane achselzuckend. »Seismographische Untersuchungen haben ein geleertes Lavanest erfaßt, aber einige andere Vulkanschlote und Nebenkrater zeigen noch geringe Aktivität. Ein Entladungs-Erdbeben der Bruchzone könnte die alten Magmagänge wieder befreien.«

Der Soldat starrte mißtrauisch auf den kalten Fels unter seinen Stiefeln. »Ein beeindruckender Hexenkessel«, stellte er fest. »Wie mag es da unten aussehen?«

Der Archäologe erwiderte seinen Blick gleichgültig. »Weiß der Teufel«, wiederholte er und grinste. Dann blieb er stehen und sah auf ein Portal mit zwei breiten Stufen, dahinter lag ein Gang, der halb eingestürzt war. Lane wandte sich wieder dem Soldaten zu und deutete mit dem Kinn auf einige handgroße, verwitterte Schriftzeichen.

»Hier beginnt das wirklich alte Labyrinth. Die Gänge links und rechts und hinter uns und die Grüfte weiter bergan sind allesamt jüngeren Datums.«

»Und die weiter unten?«

Lane lachte. »Hier geht es nach unten. Die anderen Gänge in die Tiefe enden unter unseren Stiefeln.« Er wies mit dem Handlicht auf die zahnartigen Steinsplitter, die auf den Stufen lagen. »Der hier geht hinab bis weit unter den Dschungel. Ein Ende hat noch keiner gefunden.«

Eine frühe Expedition, die in die Unterwelt vorgestoßen war, hatte in einem großen Felseinbruch ihr letztes Lager eingerichtet. Ein breiter, nach der Zeit der Schneeschmelze reißender unterirdischer Fluß hatte in Jahrtausenden eine schräg liegende Gesteinsschichtung aus brüchigerem Fels zerschlagen und mit sich getragen. Hier und da war der Fels herabgefallen, Splitter und Trümmer wurden von finsterem, eisigem Wasser abgelagert und begruben klobige Felsen und stalagmitenähnliche Steinsäulen des Ufergebietes unter abgeschliffenem Geröll. Auf dem freigelegten, harten Urgestein einer flußwärts geneigten Steinfläche, die über das an den Ufern zu grünblau verfärbtem Eis gefrorene Wasser ragte und in einem scharfkantig gebrochenen Riff endete, standen einige gegen Feuchtigkeit und Kälte isolierte Behälter, fest im Gestein verankert, damit sie nicht vom Wasser fortgerissen werden konnten. Ein dunkelrotes Positionslicht leuchtete in seinem Gerüst aus rostfreiem Edelstahl, in eine Felssäule hineingetrieben. Eine Felsbrücke zog sich halb über den trägen Fluß und endete nach einem bogenähnlichen, eingestürzten Restfelsen über auseinandergerissenen Steintrümmern.

Der Archäologe hantierte mit einem Scheinwerfer, dessen Aufhängung an einem breiten, massigen Felsblock montiert war, und schaltete ihn ein, nachdem er die Energiezelle überprüft hatte. Das grellweiße Licht fiel auf die Felsbrücke. Langsam ließ er das Licht über das andere Ufer des Flusses wandern. Der Soldat hockte sich hin und musterte das glitzernde Wasser.

»Nicht gerade gefährlich«, meinte er. Lane legte die Stirn in Falten. »Das Schmelzwasser hat den Fluß bisher nicht erreicht«, entgegnete er dann. »Das kann sich innerhalb weniger Stunden ändern.«

»Und dann?«

»Sollten wir am anderen Ufer sein, müßten wir da bleiben«, stellte er trocken fest. »Dann ist der Styx gefährlich . . . unpassierbar. Das Wasser steigt bis auf diese Felsplatte, und es wird reißend . . . und kälter.«

»Styx?«

»Der Erkundungstrupp hat ihn so genannt«, sagte Lane und deutete auf den Fluß. »Der Name ist gerechtfertigt, scheint mir.«

Rohan nickte zustimmend. »Das sehe ich ähnlich«, meinte er. »Warten wir hier?«

Lane reagierte mit einem Achselzucken. »In den nächsten Stunden ist das Risiko gering. Die Schneeschmelze hat in dieser Höhe erst vor drei Tagen begonnen. Während wir warten, steigt der Wasserstand stetig an.«

Rohan seufzte. »Bringen wir es hinter uns, damit wir so früh wie möglich wieder hier rauskönnen«, sagte er resignierend. Der Archäologe warf ihm einen Blick zu und lächelte spöttisch.

»Wir brechen in einer Viertelstunde auf«, sagte er. »Wir werden Helme und Stirnlampen brauchen, die ich aus den Containern nehmen muß.«

»Helme?«

»Wir kommen in einsturzgefährdete Zonen.« Lane hantierte an den Verriegelungen eines Containers, klappte ihn auf und nahm einige flache Behälter in die Hand. Ein ferner, heller Laut erklang. Der Soldat stand auf und legte die Hand an den Kolben seiner Waffe, den Blick mißtrauisch flußaufwärts gerichtet.

»Gibt es hier Vampire?« fragte er flüsternd. Der Archäologe sah auf, folgte seinem Blick und schüttelte den Kopf.

»Hier unten, in diesen abgetrennten Kavernen nicht«, antwortete er zerstreut. Rohan starrte forschend in die Dunkelheit. Ihm schauderte, als er an die fast mannsgroß werdenden, fledermausähnlichen Flugsäuger mit dem feinen, schwarzen Pelz und den roten, geschlitzten Augen dachte, die sich vom Blut ihrer Beute ernährten. Der Dschungel und die ausgedehnten Urwälder im Hochland wurden von diesen lichtscheuen Raubtieren beherrscht; einer Albino Abart, die halb so groß war und sich statt auf ihre Augen auf den Widerhall ihres hellen, bizarren Gesanges verlies, waren die düsteren Höhlen und Grotten untertan. Ausgewachsene Tiere konnten einem bewaffneten Mann gefährlich werden, solange er keine starke Lichtquelle mit sich führte. Die Nachtjäger waren photophob, grelles Licht vernichtete ihre an das blasse Mondlicht und die nächtliche Finsternis angepaßten Augen. Zwischen Abenddämmerung und Morgenrot gehörten die Wälder ihnen. Das erste Explorationsteam, das auf dem Planeten abgesetzt worden war, hatte die blutgierigen Parasiten Vampire genannt. Der Name war geblieben.

»Kann ich mich darauf verlassen?« fragte er mißtrauisch.

Lane schüttelte erneut den Kopf. »Nein. Wir haben hier unten nie einen gesehen, aber das heißt wenig. Meine Haut würde ich nicht darauf setzen.«

»Äußerst beruhigend«, spottete Rohan. Er sah über den Fluß. »In welchen der Gänge werden wir gehen?«

»In den ganz links«, erwiderte der Archäologe, ohne den Kopf zu bewegen. Rohan ergriff einen der beiden Helme, die Lane auf einen der verschlossenen Container gestellt hatte, und setzte ihn auf.

»Und wenn er einen anderen Gang genommen hat?« fragte er, während er den Kinnriemen schloß.

»Möglich. Aber die Wahrscheinlichkeit spricht für die älteren Gänge«, setzte er hinzu. »Außerdem kennt sich außer ihm niemand in den anderen Katakomben aus. Da würden wir ihn nie finden.« Er lächelte leicht. »Letztendlich ist das wahrscheinlich gleichgültig . . .«

Rohan fluchte. »Ich will verdammt sein, wenn ich auch nur ein Wort verstehe.« Er sah den Archäologen an. »Wäre vielleicht an der Zeit, mir einiges zu erklären, Lane.«

»Ja, möglich«, entgegnete der Archäologe einsilbig, »mag sein.« Er musterte den Soldaten einen Augenblick, dann testete er die Stirnlampe des Helmes, den er in der Hand hielt.

»Angefangen hat die ganze Angelegenheit mit einer Bemerkung im Rapport des Explorations-Teams, das diese Welt zuerst erforschte. Die beiden Exo-Archäologen drangen während der Standard-Erfassung in diesen Berg hier ein und fanden einige Grabstätten jüngeren Ursprungs.« Er löschte das Licht wieder und setzte den Helm auf.

»In den versiegelten Urnen fanden sie Zellmaterial und intaktes Gewebe . . . jahrhundertelang konserviert«, fuhr er fort.

»Und?«

»Sie berichteten, daß auch die Makromoleküle, die sie für Träger des Erbmaterials hielten, intakt waren«, sagte Lane einfach.

Rohan stieß einen Fluch aus. »Replikate«, stellte er fest.

Lane schüttelte den Kopf. »Zunächst ja«, sagte er. »Mit Hilfe einiger Großsäuger, deren Metabolismus dem der hier Begrabenen glich, schufen wir eine Cyborg-Brutzelle. Unter anderem arbeiteten wir dabei auch mit Dschungel-Vampiren. Zwei weitere Jahre Forschungsarbeit in der Station waren nötig, bis wir eine befruchtete Eizelle der gleichen Tiere dahingehend verändern konnten, daß sie das intakte Erbmaterial aus einer der Urnen tragen konnte.«

»Ein normales Reagenz-Replikat«, warf Rohan ein.

»Aber das Projekt diente einem anderen Ziel.« Er wies mit der Hand auf die Felsbrücke, den Fluß. »Die, die diese Labyrinthe gruben, sind gestorben, ohne Nachfahren zu hinterlassen. Eine intelligente, sich entwickelnde Rasse ist innerhalb weniger Jahrzehnte, vielleicht weniger Jahre ausgestorben und ließ nicht mehr zurück als Ruinen und Gräber. Ihr Untergang ist ein Geheimnis, und dieses Mysterium birgt vielleicht Gefahren für zukünftige Kolonisten. Es gibt hier vielleicht Viren, die periodisch in Epidemien wiederkehren und fast ausschließlich Lebewesen mit komplexen, hochentwickelten Nervensystemen angreifen. Wir wissen von mehreren großen Katastrophen in ihrer Geschichte und von ihrer Furcht vor der Fäulnis, aber was dahintersteckt, ahnen wir nicht einmal. Diese Schriften konnten nicht übersetzt werden, die wenigen Spuren, die blieben, reichten nicht aus.«

Der Soldat zog die Brauen zusammen. »Aber ihre Schrift ist entziffert«, sagte er.

»Richtig.« Der Archäologe warf ihm einen forschenden Blick zu. »Aber ohne die Biologen hätten wir es nicht geschafft.« Er überprüfte seinen Handscheinwerfer und fuhr gleichmütig fort: »Für eine fremde Zivilisation, prätechnisch und lediglich intraplanetar kontaktiv, gibt es keine Methode, ihre Schriften zu erforschen. Mathematik ist auf jeder Welt begreifbar, Mythologie dagegen . . .« Er breitete die Hände aus. »Kein Decodierungs-Computer hätte dieses Problem lösen können. Mit den Gehirnen verfault auch die Sprache. Der einzige verbliebene Schlüssel waren die Erinnerungen . . . begraben in den Urnen, im erhalten gebliebenen Hirngewebe.«

»Mein Gott«, sagte der Soldat entgeistert.

»Wir zogen unser Reagenz narkotisiert auf, im Koma, und gleichzeitig extrahierten wir die erinnerungstragenden Polypeptid-Moleküle aus den Resten seines Gehirns ... das heißt, des Gehirns seines Elters. Während Re heranwuchs, injizierten wir ihm nach und nach die Erinnerungen, die der tote ›Alter Re‹ gehabt hatte, als er begraben wurde.«

»Was für eine Hybris«, murmelte Rohan.

»Ja«, nickte der Archäologe mißverstehend. »Ein geistiger Bastard. Als die erste Phase des Experimentes abgeschlossen war, beendete man den Koma-Zustand und händigte ihn an die Archäologische Abteilung aus.«

»Weshalb?«

»Wir sollten dem ›Engramm-Hybriden‹ Terranglo beibringen und mit seiner Hilfe Einblick in die untergegangene Zivilisation erhalten ... mit Hilfe der Erinnerungen eines Toten also.«

»Sie entzifferten die Sprache ...«

»Mit seiner Hilfe, ja«, bestätigte Lane.

»Das alles, um die Ursache ihres Unterganges zu erforschen«, sagte Rohan leise.

»Letztendlich ja. Aber Re hat diesen Untergang nicht gesehen. Er – das heißt, sein Elter – starb anderthalb Jahrhunderte vorher. Aber er war auch lediglich eine Art ... Prototyp. Bei einem Fehlschlag wären keine wichtigen Erinnerungen verlorengegangen.«

»Gibt es weitere seiner Art?« fragte der Soldat.

Lane nickte.

»Bei Bewußtsein?«

»Nein, bis gestern nicht. Der nächste sollte unserer Abteilung am Ende dieses Monats ausgehändigt werden.«

Rohan rieb sich mit der Handfläche über die Bartstoppeln, die sich über Kinn und Wangen zogen. »Ich nehme an, das Grab seines ... seines Elters liegt irgendwo da drüben«, sagte er und zeigte mit einer Kopfbewegung über den Fluß.

Lane nickte. »Ja, das ist richtig. Wahrscheinlich wird er sich dahin geflüchtet haben.«

»Ist er auch da?«

Lane antwortete mit einem Achselzucken. »Mag sein. Vielleicht, vielleicht nicht ... nicht mehr. Aber die anderen Gänge sind gefährlicher, nicht erforscht und kartographiert. Da würden wir ihn nie finden. Die Suche hat nur bei seinem Grab Aussichten, zu einem Ergebnis zu führen.«

»Und das Licht der Scheinwerfer sollte verhindern, daß er uns durch das Große Tor entflieht?« fragte der Soldat skeptisch.

»Eigentlich ja. Er fürchtet sich, und moderne Technik entzieht sich seiner Begriffswelt. Aber mit Sicherheit läßt sich das nicht sagen.«

Rohan nickte. »Gibt es andere Zugänge zum Labyrinth?«

»Wir wissen von keinem, aber das besagt gar nichts.« Der Archäologe lächelte. »Aber die dürfte er eigentlich auch nicht kennen.«

Der Soldat lachte spöttisch. »Na dann. Weiter?«

Der Archäologe nickte, und sie nahmen ihre Geräte auf und stiegen von der Felsplatte herab. Während sie sich über die abgeschliffenen Steinsplitter am Ufer dem Fluß näherten, horchten sie mißtrauisch dem glucksenden, dumpfen Geräusch des Wassers, das langsam stieg.

Der älteste bisher erforschte Bezirk des Labyrinthes lag hundert Meter und mehr unterhalb der Gänge, die vom Großen Tor aus in den Berg vorstießen. Hier ging der Urfels der Verwerfungen in das Eruptivgestein der vulkanischen Zone über. In eine geneigt liegende, mächtige Schichtung eines Gesteins, das weniger hart war als der umliegende Granit, waren Dutzende großer, saalähnlicher Gewölbe gegraben worden; alte, schachtartige Abgründe, die vulkanischen Ursprungs waren und sich in unterirdischen, lichtlosen Tiefen verloren, waren zu grundlosen Kathedralen gemacht worden. Hunderte verborgener Grabstätten lagen im Schatten mächtiger, steinerner Wachdämonen und tempelartiger Kultstätten. Die schwarzglänzende, feuchte Gewölbedecke hing schwer und massig in die finsteren Höhlen hinein, hier und da waren tonnenschwere Schichtungen aus dem Fels herausgebrochen und herabgefallen. Geborstene Lava-Blöcke schimmerten dunkel im Licht der Scheinwerfer. Ein Geruch nach Moder lag in den düsteren Gängen, feucht, warm, stickig, mit einem beißenden Hauch von Schwefelgestank. Hier und da säumten gelblich-bleiche Flecken die Erdspalten verborgener Solfataren.

Sie waren eine halbe Stunde lang durch fast völlig eingebrochene Gänge und halb verschüttete Katakomben gegangen, nachdem sie den unterirdischen Fluß hinter sich gebracht hatten. Lane orientierte sich an in den Fels gebrannten Markierungen, die die erste Expedition hinterlassen hatte. Die Grabstätte, in der das Fremdwesen begraben gelegen hatte, aus dessen Leichnam man Erbmaterial und Erinnerungen geraubt hatte, lag in der Nähe eines uralten, halb eingestürzten Lavaganges, eines Vulkanschlundes. Die Vulkanausbrüche waren eine Begleiterscheinung der Erdauffaltungen gewesen, mit dem Ende der Gesteinsbewegungen waren die meisten Krater wieder erloschen. Sie erreichten einen der weniger großen Magmaschlote, ein finsteres, tiefes Loch mit scharfgezackten, zahnartigen Bruchkanten, das sich zu einer kaminartigen Felsblase erweiterte und in mehrere getrennte Lavagänge aufspaltete. Rohan blieb stehen, nahm einen faustgroßen Steinbrocken und warf ihn in den Abgrund. Er wartete vergeblich auf den Aufprall.

»Hier ist man versucht, wieder an den Satan zu glauben«, meinte er und leuchtete mit seinem Handlicht in die Tiefe. Der Lichtschein verlor sich in der Finsternis.

»Mit einem Sonar-Tacker ermittelt man lediglich, daß auch in einigen Kilometern Tiefe kein Grund zu sein scheint«, sagte Lane, nahm die Feldflasche in die Hand, schraubte den Verschluß ab und trank. »Wenn irgendwo in der Welt ein Teufel ist, dann hier.«

»Das Gebirge sieht ungeheuer monolithisch aus, wenn man es von außen betrachtet. Aber dieser Berg ist richtiggehend ... hohl.«

»Der Berg der Gräber ist eine geologisch ziemlich einzigartige Struktur«, bestätigte der Archäologe.

Rohan schaltete das Handlicht wieder aus und wandte sich von dem Abgrund ab. Das blassere Licht seiner Stirnlampe wanderte über die glasartige Schmelzschicht der Felskanten der Gänge, die zum Schlot führten.

»Weshalb ist dieser ... Re geflüchtet. Hat er jemanden umgebracht?«

Lane nickte. »Erschlagen, richtig.«

»Mord?«

Der Archäologe schüttelte den Kopf. »Nein.« Er sah den Soldaten an. »Nach menschlichem Gesetz war es kein Mord. Er schlug aus Zorn und Verzweiflung zu, und Morgan fiel zufällig auf das Chassis des Computerpultes.« Er verzog das Gesicht. »Schädelbasisbruch. Nach menschlichem Gesetz ...« Er brach mit einem Schulterzucken ab und warf dem Soldaten einen gleichgültigen Blick zu. »Sie haben einige der Übersetzungen gelesen?«

»Fast alle, die freigegeben waren.«

»Ihr Glaube war ausgerichtet auf eine Wiedergeburt in der Zukunft. Re war nichts weiter als eine synthetisch angefertigte Kopie seines Elters, ein Clone-Reagenz, ein Replikat als Erinnerungsträger. Genetisch, körperlich und geistig *war* er mit seinem Elter identisch, als er aus dem Koma kam und das Bewußtsein erlangte.«

»Wiedergeboren«, sagte Rohan trocken.

Lane nickte. »Ja, wiedergeboren. Angesicht zu Angesicht mit seinen Göttern, in einer anderen Welt. Und allein.« Der Archäologe schwieg.

Nach einigen Augenblicken fragte Rohan: »Wer war dieser Morgan?«

»Ein Kollege von mir. Engramm-Spezialist. Er und einige andere hatten das Enzephalograph-Programm ausgearbeitet, mit dem Re Terranglo beigebracht wurde.« Er trank noch einmal und verschloß die Flasche. »Morgan war mehr und mehr angewidert von dem Experiment. Er betrachtete Re nicht als Reagenz, sondern als Individuum.« Der Archäologe hängte sich die Feldflasche wieder über die Schulter. »Er wollte den ›Wiedergeborenen‹ gewaltsam in die Gegenwart transplantieren. Re machte uns zu Göttern, und das war das erste, was Morgan ändern wollte.«

»Und?«

»Er mußte scheitern. Re *war* ein Fremdwesen aus einer Vergangenheit, die nicht mehr existiert, und seine nichtmenschlichen Maßstäbe wurden in einem fremden Zeitalter geschaffen. Als Morgan ihm seine Götter nehmen wollte, griff er alles an, was Re ausmachte. Irgend etwas mußte zerbrechen: Re, seine alten Götter ... oder Morgan.« Er nickte. »Die toten Götter erwiesen sich als stärker.«

Der Soldat runzelte die Stirn. »Seine einzige Fluchtmöglichkeit war also, Morgan niederzuschlagen?«

»Ihn oder die Götter. Morgan war greifbar, Morgan war ... ein Ketzer.« Der Archäologe breitete die Hände aus. »Außerdem saß er in einem Kerker, aus dem er nicht entfliehen konnte: der Vergangenheit. Aus Ohnmacht wird früher oder später Aggressivität.

Zwangsläufig kam es so, wie es kommen mußte.«

Rohan nickte. »Seine Götter waren mächtiger. Und nach der Entladung?«

»Er geriet in Panik, als er erkannte, was geschehen war. Irgendwie gelang es ihm, das Gelände der Station zu verlassen. Er flüchtete sich in Richtung des Berges der Gräber. Der Berg war das Einzige, was von seiner Welt erhalten geblieben ist.«

»Fürchtete er die Vergeltung?«

»Möglich.« Der Archäologe zog die Brauen zusammen. »Aber das ist in menschlichen Begriffen gedacht. In unseren Augen hat er einen Menschen getötet. Aus seiner Sicht hat er einen Gott erschlagen.«

»Höllenfeuer«, fluchte der Soldat.

Lane nickte. »Ich fürchte, er hat sich sein eigenes Fegefeuer entflammt.«

»Und wir sind die Schuldigen. Je eher wir ihn finden . . .«

Lane schüttelte den Kopf. »Wir werden ihm nicht helfen. Er ist dem Wahnsinn verfallen . . .«

»In dem Wahn gefangen, wiedergeboren zu sein«, murmelte der Soldat. »Gehen wir trotzdem«, sagte er dann zu Lane.

Der Archäologe stand auf und zeigte auf einen der Gänge. Wortlos schaltete Rohan sein Handlicht ein und ging den geneigten Fels hinab, links von dem schmalen Bach, der über das erstarrte Gestein floß. Lane folgte ihm schweigend.

Das Grab war ein halb vermauerter Felsspalt, mannshoch und zweimal so breit. Faustgroße Steinquader lagen auf dem Fels, angehäuft am Fuße des aufgebrochenen Mauerwerks.

Der Soldat hatte seine Waffe in der rechten und das abgeblendete Handlicht in der linken Hand. Das flackernde Licht ihrer Stirnlampen erhellte das Gewölbe ein wenig, im Zwielicht wirkten Statuen und Sarkophag massig, bedrohlich. Lane zeigte auf den im Schatten liegenden Leichnam.

»Das ist er«, flüsterte er. Der Soldat trat mit einer gleitenden Bewegung einen Schritt näher heran, in die Gruft, richtete den Scheinwerfer in das Halbdunkel und warf dem Archäologen einen fragenden Blick zu. Lane nickte. Das grelle Licht blitzte auf und blendete ihn, trotz der Hand, die er sich vor das Gesicht gehalten hatte.

STRIEPECKE 83

Der aufgerichtete Sarkophag war aus dem Fels gehauen, die Steinplatte, mit der er verschlossen gewesen war, lag in fingerstarken Scherben auf dem Sockel, zerschlagen, geborsten. Der Leichnam im Sarkophag, seiner schützenden Stofftücher beraubt, befand sich in einem fortgeschrittenen Stadium des Verfalls. Die steinerne Rüstung, die ihn jahrhundertelang vor Fäulnis und Moder bewahrt hatte, war zerstört, das tote Fleisch dem Griff der Zeit ausgeliefert. Die Augen waren eingefallen, die Haut wirkte pergamentähnlich. Das verfallene Gesicht starrte in die Finsternis. Vor dem Sarkophag standen die Gefäße, in denen sich Gehirn und Organe befunden hatten, die Siegel gebrochen, die Pechstopfen entfernt.

»Nichts«, stellte Rohan fest und ließ die Waffe sinken. Ein feiner Staubschleier lag auf dem Fels. Er musterte das Innere der Gruft.

»Da sind Spuren«, sagte er dann. »Er ist tatsächlich hier gewesen.«

Der Archäologe nickte. »Ich hatte es erwartet. Er hat die Gruft wieder verlassen.«

Der Soldat strahlte den Leichnam an. Die harten Schlagschatten ließen das eingefallene Gesicht dem steinernen Antlitz einer gemeißelten Statue ähneln.

»Scheußlich.«

»Normale Gewebezersetzung. Hier ist die Temperatur nicht mehr ideal. Sobald Sauerstoff mit dem Kadaver in Kontakt kommt, beginnt der Zerfallsprozeß, verzögert zwar, aber unaufhaltsam.«

»Das meine ich nicht«, sagte Rohan. »Ich habe bereits andere Leichen gesehen, und die meisten sahen häßlicher aus.« Er bemerkte, daß er fror. »Seinem eigenen Leichnam gegenüberzustehen . . . das muß schrecklich sein.«

»Ihn wird der Verfall mehr abgestoßen haben«, sagte Lane kalt.

Der Soldat warf ihm einen zweifelnden Blick zu. Dann sah er wieder auf den Sarkophag. »Gehen wir«, sagte er. »Vielleicht finden wir ihn.«

Der Archäologe schüttelte den Kopf. »Ich glaube nicht, daß es Sinn hat, sich weiter zu beeilen«, murmelte er. Rohan ging an ihm vorbei. Achselzuckend folgte er ihm.

»Den erreicht keiner mehr«, sagte er nachdenklich.

Die ältesten der Grabstätten waren etwa zwölfhundert Jahre alt. Sie lagen in einer gewaltigen Blase im Gestein, am Rande des mächtigen Magma-Schlotes, dessen starre Wände glatt und steil abfielen. Dutzende von Grüften waren in den Fels eingelassen, aus dem riesenhafte, massige Statuen von Göttern und Teufeln geschlagen worden waren. Einige Grabmäler standen, aus megalithischen Blöcken errichtet, nahe am Abgrund. Stufen und Gänge zogen sich am Fels hinauf. Zwischen zwei zahnartig aufragenden Felssäulen war eine Fläche gemauert, die wie der Unterkiefer eines Raubtieres in die Finsternis hinaufragte, über den Vulkanschlund. Wasser tropfte auf Stein, floß über Kanten und stürzte schäumend in die Tiefe.

Der Zugang, ein schiefer Felsspalt, ein klaffendes Maul zwischen zwei Steinflächen, lag am Fuße der abfallenden Ebene, die an einer schroffen Felsstufe in ein rauhes Plateau am Kraterrand überging. In die Felswand links des Zuganges waren klobige Steingräber gearbeitet, die von einfachen, in den Fels geschlagenen Grabnischen gesäumt wurden. Das schwache Licht der Stirnlampen warf bizarre Schatten in den brüchigen Gerippen mit den tiefen, leeren, leicht verengten Augenhöhlen in den schmalen Schädeln, den hohlwangigen Kiefergelenken und den zerbrechlich wirkenden, fleischlosen Handknöcheln. Viele der einstmals zugemauerten Gräber lagen frei.

Rohan deutete auf einige Fußspuren. Der Archäologe nickte, hob die Hand und lauschte. Abgesehen vom Widerhall der Wasserfälle, die hier und da vom Rand des Abgrundes in die Tiefe des Magmaschlotes stürzten, herrschte Stille. Die Spuren wiesen den Hang hinauf, auf den Abgrund zu. Der Archäologe schaltete sein Handlicht ein.

»Gehen wir zum Vulkanschlot«, meinte er ruhig und leuchtete die Spur entlang. Der Soldat warf ihm einen forschenden Blick zu und schob dann die Waffe zurück in den Gürtel.

Sie folgten den Spuren bis zum Abgrund. Die leicht geneigte Grundplatte des Felsgewölbes war von herabgefallenen Geröllmassen halb begraben. Sie brauchten wenig Zeit, um den Rand des Schlundes zu erreichen. Lane leuchtete mit dem Handlicht den Abgrund entlang, während er die Stufen zu der Felsnase hinaufstieg. Die glitzernden Fäden der Wasserfälle verloren sich in der Tiefe.

Er war auf die Platte gestiegen, die Steinstufen hinauf und über den glattgeschliffenen Fels bis an die äußerste Kante gegangen. Am Rand endeten die Spuren im Staub. Sie kehrten nicht zurück.

»Ist er ... da unten?« fragte Rohan.

Der Archäologe nickte. »Ja, offenbar.«

»Zum Teufel«, fluchte der Soldat.

Lane lächelte, ein flüchtiger, schattenhafter Spott in seinem Gesicht. Er sah einige Zeit am Licht des Scheinwerfers entlang in die Tiefe, dann sagte er: »Ein gerader Weg hinab ...«

»Er muß eine Ewigkeit gefallen sein«, stellte Rohan schaudernd fest. Er richtete den Scheinwerfer auf die steinernen Gesichter der Götter, die aus den Felsrändern gehauen worden waren. Hier und da zogen sich einige Risse durch das Gestein. Viel hatte ihnen die Zeit bisher nicht anhaben können.

»Ich war ziemlich sicher«, sagte Lane und wandte sich ab. »An sich hatte er nur eine Fluchtmöglichkeit.« Er stieg gleichgültig die Stufen hinab. »Gehen wir zurück, solange der Fluß passierbar ist.«

Der Soldat starrte in die Tiefe. »Vielleicht können wir die anderen zurückhalten«, sagte er. Ihn fröstelte bei dem Gedanken an die, die noch nicht bei Bewußtsein waren.

Der Archäologe sah auf seine Uhr. »Zu spät«, meinte er. »Sie sind bereits im Labyrinth.« Er bemerkte den Blick nicht, mit dem ihn der Soldat ansah. »Seit einer Stunde bereits«, setzte er hinzu und ging weiter.

»Ich weiß.« Rohan sah ihm nach. Schließlich fluchte er leise und folgte ihm.

Horst Pukallus

Die Opferhöhle

»Hier geht's nirgends weiter. Du siehst doch, daß es hier nicht weitergeht.«

Percys Stimme, durch den Helmfunk ohnehin leicht verzerrt, besaß den schrillen Tonfall jener Nörgelei, die auf Ärger über die eigene Ratlosigkeit beruhte.

»Ja, ich seh's.« Der Lichtkegel des Brustscheinwerfers an Florens Bonnamys Raumanzug verlor sich im Hintergrund der Riesenhöhle. Hundertfünfzig bis zweihundert Meter in der Höhe hing, bleigrau getupft und schwer wie Gewitterwolken, ein Baldachin aus Eiszapfen. Unter den Füßen der beiden Männer schimmerte, so weit das Scheinwerferlicht reichte, ein glatter Spiegelsee, gemasert in unterschiedlichen Schattierungen von Blau, Grauweiß, Blaugrau und Grün. Schon der Augenschein schloß abermals jeden Zweifel aus: der einstige Höhlensee mußte Wasser enthalten haben. Dem Eis fehlte das für gefrorenes Ammoniak typische Perlmuttglitzern.

»Laß uns umkehren«, quengelte Percy. Die Übertragungsqualität war mangelhaft, aber Florens meinte, er könne den Maschinentechniker mit einer Mühseligkeit schlucken hören, als würge ihn jemand. »Uns kann was auf den Kopf fallen.« Percys rechter Arm, plump durch die Umhüllung aus unter Innendruck befindlichen Wulstgliedern, deutete mit der Ruckhaftigkeit halber Schwerkraft hinauf zu den Eiszapfen.

Florens verkniff sich eine Äußerung des Mißmuts. Natürlich ging es noch weiter, vermutlich sogar noch viel, viel weiter, und er hätte gerne den früheren Siphon zu finden versucht; aber für Percy verkörperte das Dunkel mit seiner ungewissen Ausdehnung, das vor ihnen lag, ein Hindernis wie eine massive Felswand. Er suchte die Geborgenheit kleiner, überschaubarer Räume; der Mann war ein Großstadtneurotiker, kein Raumfahrer.

»Wir sind hier nirgendwo sicher, das weißt du doch selbst.« Die Bleisohlen seines Anzugs klirrten wie von Ferne, als sich Florens umdrehte und den Brustscheinwerfer auf verminderte Leistung schaltete. Die Finsternis schien die Helligkeit aufzusaugen wie ein lichthungriger Troglobiont, und im nächsten Moment stand das Paar nur noch in einer begrenzten Sphäre trüben Lichts.

»Warum machst du denn die Lampe aus?!« plapperte Percy beunruhigt, während Florens mit einem Blick auf die Instrumentenarmatur an seinem linken Handgelenk die Orientierung wiederherstellte. Er seufzte unterdrückt, als er widerwillig den Rückweg antrat. Es war sowieso bald an der Zeit, anhand der oben in der Klufthöhle zurückgelassenen Notausrüstung die Sauerstoff-, Wasser- und Nahrungsvorräte in den Spendern ihrer Raumanzüge aufzufrischen, möglicherweise auch zum Austausch der Batterien.

»Der Scheinwerfer ist nicht aus. Es ist hell genug, um zu sehen, wohin man geht.« Florens stapfte an Percy vorbei, froh darum, daß die Außenbeschichtung des Raumhelms seine Grimasse der Abneigung verbarg. Percy schlurfte ihm nach.

Einige Minuten lang überquerten sie stumm die glatte Eisfläche, begleitet nur vom Klingklang ihrer Schritte, der Fahlheit ihres Lichts. Ringsum erstreckte sich nichts als Frostglanz und verschmolz mit der Finsternis.

Percy Grindling begann sein Gejammer fortzusetzen, als sie die Sinterterrasse ersteigen mußten, die den Übergang zwischen Stollen und Haupthöhle bildete. Die abgestuften Sinterbecken strotzten von putzigem Knöpfchensinter, der wie wahllos ausgestreute Perlen oder Erbsen wirkte, aber stellenweise auch von scharfen Kalzitkristallen, die zu meiden sich empfahl; infolge dessen fielen häufig Umwege an, und es dauerte nicht lange, bis Percy, restlos unsportlich, laut zu schnaufen anfing.

Wenig später erschütterte ein dumpfer Erdstoß das Höhlensystem, und sofort erscholl das grelle Bersten von Eis und Tropfstein, dem Prasseln und Gepolter folgten. Mehrere Hundert Kilometer trennten sie von der Stätte des Vulkanausbruchs, der ihren Prospektorator CHECKERED DEMON zum Wrack gemacht hatte, aber die Beben, die mit dem Gravovulkanismus einhergingen, aufgrund der ultrahohen Anziehungskraft des Jupiter auf seinem zweiten Mond Io eine Dauererscheinung, brachten das Muttergestein sogar über diese Entfernung hinweg merklich ins Zittern. Jupiters Gigantismus zerrte beharrlich in tidenartigen Schüben an der Kruste des kleinen Himmelskörpers und ließ dem

Magma in dessen Kern keine Ruhe.

»Wir werden hier elend verrecken, ich seh's kommen«, klagte Percy, nun am Rande zur Weinerlichkeit. »Bestimmt werden wir hier begraben und müssen krepieren. Warum mußten wir unbedingt in so ein Loch kriechen?«

Florens verzog den Mund. Er hegte jede Bereitschaft, sich mit dem Wunder dieser unterirdischen Entdeckung über ihre Havarie - zumal die Lage alles andere war als aussichtslos - und selbst über Stanleys Tod hinwegzutrösten (den Piloten hatte er ganz gut leiden können, wogegen er Percy nicht im mindesten ausstehen konnte), aber der Stumpfsinn des Technikers entartete für seine Begriffe allmählich zu einer größeren Belastungsprobe, als alle Gefahren es sein mochten, die im Rahmen einer zu relativer Routine gewordenen interplanetaren Raumfahrt drohten. In der Tat entstanden heutzutage die meisten Gefährdungen genau durch jenes tragische Zusammenfallen von Dummheit und Unfähigkeit, das man bei Grindling beobachten konnte. Doch die Raumfahrt litt an Personalmangel; viel zu oft ergaben sich Situationen, in denen Impunitaten trotz ihrer ungenügenden Qualifikation verantwortungsvolle Aufgaben übernehmen durften oder gar keine andere Wahl bleib, als sie ihnen zu übertragen.

»Muß ich dir darauf eine Antwort geben?« fragte Florens barsch zurück und dachte an die hundertzwanzig Kilometer hohe Wolke aus Asche und Schwefel, vermischt mit einem Sprühregen aus Quecksilberpartikeln, die der Vulkan kurz nach ihrer Landung auf einem der kupferroten Lavafelder ausgestoßen hatte. Die CHECKERED DEMON war, während sich Stanley noch an Bord aufhielt, in einer urplötzlich aufgerissenen Spalte zerschellt, und als Florens zweieinhalb Stunden später, nachdem er und Percy in äußerster Hast die Notausrüstung geborgen hatten, die chemische Zusammensetzung des vulkanischen Auswurfs ermittelte, stand fest, daß ihres Bleibens auf der Oberfläche nicht länger sein konnte, nicht einmal im Schutz der Raumanzüge. Angesichts der hohen Quecksilberkonzentration erachtete er es keineswegs als ausgeschlossen, daß der Niederschlag sie regelrecht eingeschneit und nach und nach in silberne Standbilder verwandelt hätte. Auf jeden Fall wären ihre Vorratspatronen, nicht so hermetisch dicht wie die Raumanzüge, sondern vornehmlich gegen Verstrahlung und Temperaturschwankungen isoliert, vergiftet worden. Die etliche Kilometer dicke Dunstschicht würde an Ios Himmel den übermächtigen Jupiter noch lange verdunkeln.

»Zooks, Mann«, maulte Percy, »nein, nicht, ich weiß Bescheid, ja. Die Qualmwolke, freilich. Du brauchst mich doch nicht gleich anzuschreien.« Er zeigte, reizbar wie jeder, der sich mit Minderwertigkeitsgefühlen plagte, alle Neigungen, auf den Knien zu rebellieren. »Aber wir hätten ja nicht so tief hinunter zu brauchen. Das ist doch wohl nicht das Wahre, hier unten herumzuklettern, während weit und breit alles wackelt, oder? Oder?«

Mißgelaunt preßte Florens seine ausgedörrten Lippen aufeinander. Auf seine einfältige Weise hatte Grindling durchaus recht. Zwar war der Abstieg vom Lavafeld durch einen Deckenbruch in den Tonnengang einer an beiden Enden von Versturzmassen verschlossenen Lavahöhle höchstwahrscheinlich ihre einzige Rettung vor dem Quecksilber gewesen, und außerdem hatte er den tektonischen Status zuvor gründlich mit dem Seismometer überprüft; jedoch verschafften nur komplizierte Präzisionsmessungen der Magnetfelder einigermaßen verläßlich darüber Aufschluß, ob noch mehr oder keine weiteren Eruptionen bevorstanden, und dazu fehlten ihnen die Instrumente – und von einer Notwendigkeit, in eine Tiefe von ungefähr dreihundert Meter unter Ios ruhelose Oberfläche zu steigen, konnte wahrhaftig keine Rede sein. Der sicherste Aufenthaltsort wäre für sie jetzt ein Platz droben im Tonnengang gewesen, geschützt vor dem Quecksilbernieselregen, gleichzeitig nahe genug am Ausstieg, um im Falle neuer Beben ins Freie flüchten zu können.

»Diese unteren Höhlen sind ein Phänomen. Ihre Existenz wirft alle bisherigen Vorstellungen von Io über den Haufen.» Florens' Stimme klang heiser. Er räusperte sich und drückte am Kontroll-Set an seiner linken Hüfte die Taste des Befeuchters, so daß eine schleimhautfreundliche Sprayemulsion ins Innere seines Raumhelms spritzte, seine Lippen angenehm benetzte. Er inhalierte die prickelnde Frische und schluckte einige Male. »Keine Sorge«, fügte er mit normalisierter Stimme hinzu. »Wir sind ja wieder unterwegs nach oben.«

Der Stollen zu den Schächten, dessen Streckenlänge rund achtzig Meter betrug – Florens hatte beim Abstieg einige erste Vermessungen mit Kompaß und Holo-Masertaster durchgeführt –, war durch die jüngsten Erdstöße zum Teil stark verwüstet worden; Verkantungen von Kalksteinblöcken und schräge Verwerfungen hatten die Dichte der Tropfsteinsäulen augenfällig gelichtet. Zum Glück war es zu keinen so umfangreichen Versturzvorgängen gekommen wie vor langem oben in der Lavahöhle, doch der tektonische Kahlschlag erleichterte den Weg nicht, sondern hatte eine Anzahl von Barrikaden aus Trümmern und Schutt hinterlassen, die es nun zu überwinden galt. Überall lag herabgestürztes Geröll. Eine Vielzahl zersprungener Tropfröhrchen und Excentriques schillerten am Untergrund wie Scherben.

»Was für eine Plackerei«, beschwerte sich Percy. »Das ist nichts für mich. Ich schwitze wie ein Affe, und das in dieser Kälte. Ich weiß nicht, ob ich diese verdammte Heizung höher oder niedriger einstellen soll. Hoffentlich wird mein Rheuma nicht schlimmer.« Florens runzelte die Stirn, sah jedoch davon ab, den Maschinentechniker daran zu erinnern, daß er sich ohne die Anzugheizung um sein Rheuma keine weiteren Gedanken zu machen bräuchte. Wenn Percy drauflosfaselte, setzte er alle Regeln der Logik außer Kraft. »Ich verstehe nicht, was dich an diesen Höhlen so interessiert. Ich kann nicht begreifen, was das Problem ist.«

Am südwestlichen Ende mündete der Stollen in einen kürzeren Minarettgang mit Rhombusprofil, dessen zierliche Sintergehänge, mit eisblumenhaften Aragonitkristallen wie überzuckert, dessen Schmuck von wurzelhaft verschlungenen Heliktiten, die mißlungenen Erzeugnissen eines Glasbläsers glichen, dank der scheinbaren Widersinnigkeit natürlicher Prozesse unbeschädigt geblieben waren, und das Scheinwerferlicht der zwei Männer warf ein silbriges Gleißen zurück. Der Gang wies auf ganzer Länge in der Mitte einen offenbar durch Gravitationserosion entstandenen, tiefen Spalt auf, und sie mußten ihn gebückt auf einem schmalen Sims an der rechten Felswand durchqueren.

Vom Minarettgang gelangten sie in eine rundum von Tropfsteinkerzen gesäumte Grotte. Eine Naturbrücke aus fossilen Sedimenten überwölbte in ihrer mittleren Höhe eine Sinterschale. Das letzte Drittel stieg steil an und führte zwischen Stalaktiten hindurch, die wie zerlaufener Teig herabhingen, manche in einer Chamoisfärbung wie Honig oder Bernstein, andere überzogen mit Pilzsinter.

»Ich hätte nicht gedacht, daß es so mit mir enden würde, wirklich nicht«, kratzte Percys Stimme aus dem Helmlautsprecher.

»Zooks, Mann, ich habe ja nie viel vom Leben erwartet, bloß daß man mich in Frieden läßt, aber schon meine Alte hat mir pausenlos die Ohren vollgequatscht, es war gräßlich, ich hatte überhaupt nichts zu sagen . . .«

»Man merkt, daß du Nachholbedarf hast«, raunzte Florens ohne innere Anteilnahme. Unruhe wegen des Nylonseils, das in der früheren Kaskade von fast zweihundert Meter Höhe hing, hatte ihn erfaßt. Er schaltete den Brustscheinwerfer auf maximale Leistung und lenkte den Lichtstrahl aufwärts. Zu seiner Erleichterung sah er das untere Ende des Seils unverändert dreißig Meter über ihnen baumeln, also war es vermutlich noch unzertrennt; das rechtfertigte die Hoffnung, daß die Beben die einstigen Wasserfallschächte nirgendwo unpassierbar beeinträchtigt hatten.

»Zu Hause waren immer alle gegen mich, solange ich mich zurückerinnern kann«, schwatzte Percy. »Ich meine, auf der Erde. Durch diese Gemeinheit bin ich in den Weltraum verschlagen worden. Das heißt, es war ja so oder so nicht mehr zum Aushalten, bei den Zuständen. Aber freiwillig wäre ich nie zur Raumfahrt gegangen, das darfst du mir glauben.«

Beiläufig wunderte sich Florens darüber, wie es diesem Schwachkopf immer wieder gelang, inmitten all seines wirren Geschwafels unvermutet auf schlaglichtartige, erkenntnisreiche Einsichten von bemerkenswerter Wahrheit zu verfallen. Er selbst hatte die Weiträumigkeit des Alls in klarer Entscheidung den Verhältnissen auf der Erde vorgezogen, wo der Bevölkerungszuwachs nach wie vor zum seit Generationen als Ursache von Unglück und Kriminalität erkannten monostrukturellen Silobau zwang, Mastermind-Zentralcomputer die Ballungszentren managten, während die wahre Regierung längst die normale Kraft des Faktischen war und Mediensouffleure die Massen der Megalopolen mit den evergreenistisch vermuzakten Denkservice-Parolen einer Phantomdemokratie in rührseliger Lethargie gefangen hielten, zu der Abenteuerreservate alleinige Abwechslung boten. Als er in Kanada lebte, hatte seine Sympathie den in der Middle-Earth-Bewegung zusammengeschlossenen, utopiebewußten Alternativkulturen gehört, doch er konnte sich nie dazu durchringen, in eine der Siedlungen aus Wohnskulpturen, Sperrmüllpalästen, Kuriositätenkuppeln und Märchenschlösser aus Bierdosen und leeren Flaschen zu ziehen, weniger wegen der vergleichsweisen Bescheidenheit des dortigen Lebensstils, als aufgrund der damit verbundenen Anspruchslosigkeit in bezug auf die Selbstforderung. Sein einziges Andenken an die damalige Zeit war das handbedruckte Thangka-Halstuch, das er ständig trug, inzwischen vom Schweiß etlicher Jahre völlig verwaschen.

Plötzlich kicherte Percy, als verliere er nun vollends den Verstand. »Vielleicht begegnen wir einer Bergfee, die uns drei Wünsche freigibt.«

»Ich würde dir eine Wurst an die Nase wünschen, darauf kannst du dich verlassen«, schnauzte Florens in nebelhafter Erinnerung an irgendeine wilde Geschichte. Er spürte Pochen in den Schläfen und zwang sich zur Ruhe.

»Warum mußt du mich dauernd so anbrüllen?« beanstandete Percy mit einem Ansatz zur Aufsässigkeit. »Kannst du eigentlich keinen anderen Menschen reden hören? Mein Opa war genauso, er mußte andauernd alle bevormunden und drangsalieren, aber es ist mies mit ihm ausgegangen, zum Schluß fing er ganz an zu spinnen, er hat eines Tages im Hausflur einen Kontrollposten eingerichtet, und alle Hausbewohner mußten sich bei ihm mit ihren ID-Karten ausweisen, alle hundertachtzig Personen, und natürlich haben sie's nicht lange geschluckt, am nächsten Tag haben die Psychohygieniker ihn abgeholt . . .« Er ächzte zum Erbarmen, so daß es im Lautsprecher krachte und fauchte, allem Anschein nach infolge seiner Weitschweifigkeit außer Atem.

Florens schwieg, um Kräfte und Nerven zu schonen. Die Wasserfallschächte mochten am anstrengendsten sein, aber das schwierigste Stück des Höhlensystems war ohne Zweifel das steil abschüssige Gesims, das rund um die Innenseite der Grotte verlief und dabei den dreißig Meter großen Höhenunterschied zwischen der Naturbrücke aus versteinerten Sedimenten und der unteren Mündung zu den Schächten in schwungvoller Gewundenheit überwand.

Er drehte den Kopf und sah hinter sich Percys auf Minimalleistung gedimmerten Brustscheinwerfer, dann schaltete er den eigenen Scheinwerfer ebenfalls auf die schwächste Einstellung um. Das lange, geschrägte, kaum eineinhalb Meter breite Sims ließ sich nur überqueren, indem man es unter Ausnutzung der Zentrifugalkraft so schnell entlanglief, daß man am jenseitigen Ende ankam, bevor man abstürzte, und dazu war es besser, nur den Fels unmittelbar vor den Füßen im Blickfeld zu haben und möglichst wenig von der Leere zu sehen, der Tiefe.

Was war das Problem mit den Höhlen? Florens schüttelte über Grindlings Begriffsstutzigkeit den Kopf. Jupiters 422 000 Kilometer von ihm entfernter Mond Io, Durchmesser knapp 3630 Kilometer, war eine staubtrockene, vulkanische Welt mit lediglich dünner, etwa einhundert Kilometer hoher Atmosphäre aus ionisierter Partikeln, hauptsächlich Natrium- und Schwefeldämpfen. Anbeträchtlich dieser Tatsache war das Vorhandensein von Lavahöhlen, nach Vulkanaktivität durch Lavaströme gebildet, deren äußere Partien naturgemäß zuerst erkalteten, geradezu eine Selbstverständlichkeit. Aber das Labyrinth von Kalksteinhöhlen darunter?

Von Beruf war Florens Mineraloge, und mit der Speläologie als benachbartem Fachgebiet hatte er sich im Laufe seiner Ausbildung nur in Auszügen beschäftigt, wie es üblich war in einem Zeitalter, in dem hochgradige Spezialisierung und Expertentum das gleiche bedeuten wie Qualifikation. Dennoch hatte er binnen kurzem erkannt, daß Schichten von Kalkgestein, Spuren von Korrosion, Tropfstein und andere Sinterstrukturen, Kalzit und erst recht das Eis zur Geologie und sonstigen Beschaffenheit von Ios Oberfläche in krassem Widerspruch standen. Derartige Höhlen fand man normalerweise in Karstgebieten mit starker Versickerung des Wassers. Ein solcher Landschaftstypus und Ios Kruste schlossen einander eigentlich aus – jedenfalls, wenn man von der Voraussetzung ausging, daß der jetzige Mond bereits als Satellit Jupiters seinen Ursprung genommen hatte.

Allerdings gab es gewisse Hypothesen über eine vormals andere planetare Ordnung im Sonnensystem, kühne Spekulationen in Zusammenhang mit dem Asteroidengürtel. In Anbetracht jener Mutmaßungen drängte sich Florens die Erwägung nachgerade unwiderstehlich auf, Io könne einmal zu den inneren Planeten gezählt haben, aus seiner Umlaufbahn geworfen, als durch eine noch unaufgeklärte Explosion des fünften (oder sechsten?!) Planeten das Gleichgewicht der Anziehungskräfte, der interplanetaren Magnetfelder, innerhalb des Sonnensystems aus den Fugen geriet, später vom Riesen Jupiter eingefangen und zum Möndchen degradiert worden sein, einem von vierzehn.

Hier ergab sich erstmals die überaus faszinierende Aussicht, die besagten Hypothesen wissenschaftlich zu überprüfen. Für einen relativ kleinen Himmelskörper wie Io stellten sechzig bis achtzig Meter Lavagestein eine sehr lange geologische Epoche dar, und die Annahme, daß darunter Reste der ursprünglichen Ökologie konserviert worden waren, kam Florens nicht allzu abwegig vor. Die Entdeckung der Karsthöhlen eröffnete der Erforschung der Vergangenheit des Sonnensystems gänzlich neue Wege.

Hätte er auf die Ausstattung der CHECKERED DEMON zurückgreifen können, wäre es schon jetzt möglich gewesen, das Eis auf etwaige, vielleicht mikroskopisch winzige Rückstände zu untersuchen, auf Einschlüsse, die auf einstiges Leben zu schlußfolgern erlaubten. Dem Kalkgestein allein fiel noch keine ausreichende Beweiskraft zu; zwar erzeugte die Ablagerung kalkhaltiger Tierreste auch Kalkstein, aber im allgemeinen bildete sich Kalziumkarbonat dank chemischer Prozesse, durch Ausschlämmung. Doch falls sich, zum Beispiel, irgendwo Travertin fand, wäre das bereits ein Beweis: Kalktuff konnte nur unter Mitwirkung von Pflanzen und Bakterien entstehen.

Aber er besaß jetzt keine Zeit für derartige Angelegenheiten. Alles hing davon ab, daß er und Grindling wohlbehalten an die Oberfläche zurückkehrten. Sobald die Funkverbindung zum Schwesterschiff DEMON'S DREAMBOAT auf Ganymed hergestellt war, konnte man ihnen mit Versorgungsraketen zur Ergänzung ihrer Vorräte aushelfen, bis ein über Space Control Mars herbeibeorderter Bergungstender eintraf. Nur viel Geduld würde dann noch erforderlich sein.

Florens verdrängte alle Gedankengänge, die ihn hätten ablenken können, und richtete seine Aufmerksamkeit mit aller Konzentration, deren er fähig war, auf die heikle Strecke.

Percy hatte mittlerweile wieder genug Atem zum Greinen. »Ich weiß wirklich nicht, wie lange ich das alles noch durchhalten werde. Zooks, Mann, ich müßte ein bißchen Rücksicht auf meine Gesundheit nehmen. Man wird ja nicht jünger. Die Dienststelle muß mir erlauben, daß ich künftig mehr auf mich achtgebe.« Er hustete wie ein Schwindsüchtiger. Mit leicht vorgebeugtem Oberkörper spannte Florens – er schenkte Percy keine Beachtung – die Muskeln seiner Beine, federte in den Knien. Um anzuzeigen, was es nun galt, deutete er kurz nach oben, dann lief er los, ohne sich noch einmal umzuschauen.

Der Raumanzug wog mit allen in sein Design integrierten Vorrichtungen, Gerätschaften und Instrumenten trotz der nur ungefähr 0,5 g gut und gerne noch achtzehn Kilo, und auf etwa halber Länge des Simses begann sich Florens' Atmung zu beschleunigen. Das harsche Klirren seiner Bleisohlen hallte in rascher Folge wie ein Hammerwerk und läutete in vielfältigen Echos von den Felswänden der geräumigen Grotte wider, bis ein gewaltiges Xylophon zu dröhnen schien.

Schwindel packte ihn, sein Herz krampfte sich zusammen – er verdrängte das Angstgefühl mit einer energischen Willensanstrengung. Das Weiß der Gipsblumen rings um die Schachtöffnung, ein Ergebnis der chemischen Verbindung von Kalkgestein mit Schwefel, hüpfte und driftete vor seinen Augen, als er mit beiden Armen nach der metallenen Querstange haschte.

Er bekam sie zu fassen, stieß sich vom Sims ab. Einige Male pendelte er hin und her, während er sich höherhangelte, schließlich einen Fuß in die unterste Kletterschlaufe schob. Sein Brustscheinwerfer ließ einen Lichtkreis wie einen bleichen Riesenfalter mal da-, mal dorthin gaukeln.

»Alles hat seine Grenzen, daran gibt's nichts zu rütteln«, schwadronierte Percy. »Es ist nicht alles Gold, was glänzt, das war mir immer klar, aber daß man mir bei der Raumfahrt solche Sachen zumutet, damit habe ich nicht gerechnet.«

»Aha«, machte Florens gleichgültig, atmete tief ein und streckte sich nach der nächsten Kletterschlaufe, begann zu klimmen.

Das Nylonseil war ein wohlüberlegt konzipiertes Allzweckhilfsmittel und nebst diversem Zubehör als vorgeschriebener Standard Bestandteil jeder Raumfahrer-Notausrüstung; seine Zopfstruktur gewährleistete nicht nur eine ganz außerordentliche Belastbarkeit, sondern ermöglichte zudem eine Dehnung auf die eineinhalbfache Länge. Mit hartnäckigem Zerren und Reißen hatten sie die vorhandenen einhundert Meter von der Klufthöhle bis hinab in die Trichtermündung zur Grotte legen können.

Schon als Florens die Stelle erreichte, wo er den gedehnten Teil des Seils mit einem U-Eisen im Fels verankert hatte – zehn Meter überm unteren Ende –, merkte er, daß eine wahre Schinderei anstand. Er spürte die Beanspruchung seines Körpers durch den Abstieg jetzt, da er die gleichen Bewegungsabläufe erneut vollziehen mußte, mit unangenehmer Deutlichkeit, vor allem in den Oberschenkeln und Schultern. Eine Rast hatten sie nicht eingeschoben – dafür trug, sah er ein, im wesentlichen er selbst die Verantwortung, denn die Faszination hatte ihm keine Ruhe gegönnt –, und nun drängte wegen des in Kürze fälligen Austauschs der Sauerstoffpatronen die Zeit.

»... kann keine ... sehen«, kam eine von Rauschen und Knistern verstümmelte Äußerung Percys aus dem Helmempfänger. Florens achtete nicht darauf.

Die frühere Kaskade besaß zwar trotz der Verwinkeltheit ihrer Reihe von Wasserfallschächten eine lichte Höhe, aber weil ein Festpunkt zu wenig für die Spannung gewesen wäre, in der das Seil sich in gedehntem Zustand befand, hatte er an noch mehreren Stellen U-Eisen – alle verfügbaren – ins Gestein gehauen, in Abständen von zwanzig oder dreißig Meter, und es daran verknotet; wo es über Felskanten verlief, hatte er es durch Plastikröhrchen geführt, um es gegen Scheuerwirkung zu schützen.

Aufgrund dieser Weise der Hin- und Herverlegung, die mit dem vertikalen Zickzackverlauf der Schächte übereinstimmte, mußte Florens all seine Behendigkeit aufwenden, um zügig zu klettern. Er bemühte sich um eine einigermaßen ausgeglichene Atmung, doch der Inhalt seiner Sauerstoffpatrone ging offenkundig zur Neige, denn alle Atemtechnik konnte nicht verhindern, daß die Luft im Raumhelm an Schalheit zunahm. Ihm war sehr warm und außerdem so, als sei jeder Atemzug, den er in der Stickigkeit seines Helms tat, zweckloser als der vorherige; verschiedentlich machte sich an seinem Körper mit lästigem Jucken Schweiß bemerkbar.

»Wenn nicht ... (*Knacken*) ... müssen ... (*Zirpen*) ... dran glauben«, sagte Percy. »Wir werden in dieser Grube draufgehen, da bin ich ... (*Brummen*) ... nur soweit mit mir kommen?«

Ein schön gestreift gewesener Sintervorhang, der Florens beim Abstieg aufgefallen war, hatte die Erschütterungen von Ios Kruste nicht überstanden. Nur ein scharfkantiger, abwärtiger Grat war übriggeblieben, und als sich Florens am Seil über einen Vorsprung aus einer Aneinanderreihung schmaler Sinterwälle schwang, schrammte er am Bruch so heftig entlang, daß im mehrschichtigen, gewöhnlich recht widerstandsfähigen Folienmaterial des Raumanzugs sofort mit derbem Ratschen ein fingerlanger Riß klaffte.

Erbittert stieß er einen Fluch aus. Die automatischen Ventile, empfindsam gegenüber jeder Veränderung des Innendrucks, dichteten das betroffene Segment in Sekundenschnelle ab, und die Ruckartigkeit der zweifachen Einschnürung des linken Oberarms entlockte ihm, als die Magnetversiegelungen zuschnappten, einen Aufschrei, der sich seiner Verwünschung übergangslos anschloß.

»Was . . . los, Mann? Wieso . . .« Das Pfeifen einer Rückkopplung überlagerte Percys verdrossene Fragen und machte sie unverständlich, doch Florens scherte sich ohnehin nicht darum; das Klettern verlangte größtmögliche Vorsicht. Zwei, drei Lecks durfte man in einem modernen Raumanzug dulden, darüber hinaus jedoch verursachten die Abdichtungen, wenn man zur Regsamkeit gezwungen war, scheußliche Unbequemlichkeiten.

Mit jener ihm eigenen Dickköpfigkeit, die sich bei Schwierigkeiten noch zu verhärten pflegte, turnte er am Seil aufwärts. Seine Muskeln äußerten schmerzliche Bekundungen des Nichtkönnens und/oder Nichtwollens, aber er war dergleichen schon in solchem Umfang von Grindling gewöhnt, daß er sich für einige Zeit darüber mit derselben Geringschätzung hinwegzusetzen vermochte wie über die Zurschaustellung unbegreiflicher Schwäche, deren sich der Impunitat befleißigte.

Dennoch begann der Schmerz in den Schultern sein Dasein langsam in derartigem Maße zu beherrschen, alle anderen Empfindungen und Wahrnehmungen abzustumpfen, das Denken zu behindern, daß Florens zuletzt das Gefühl hatte – zumal er an bestimmten Sinterbildungen feststellte, daß ihn höchstens noch fünfzig Meter von der Kluft trennten, die die Kalksteinhohlräume mit der Lavahöhle verband –, mit gutem Gewissen eine Verschnaufpause einlegen zu dürfen.

Er streckte sich an der geriffelt gesinterten Schräge eines Schachtabschnitts aus und sicherte sich mit einer Doppelklemme am Seil, bevor er seine Gliedmaßen – erstmals seit vielen Stunden – erschlaffen ließ. Ihm flimmerte vor Augen. Jetzt hätte er gern einen tüchtigen Schluck Kognak aus seinem Flachmann genommen, doch das gediegene Erbstück, in einer Epoche des totalen Recycling eine kostbare Seltenheit – nur faustgroß, Klappverschluß, Sterling-Silber, nach barockem Vorbild ein Wildeber eingraviert mit dem Spruch *Du volle Sau wie lugst mich an/Meinst daß ich auch so werden kann?* –, stak in der Hüfttasche seines Overalls, unterm Raumanzug vorerst unerreichbar.

»Zooks, Mann, was ... denn nun?« Ein Jaulen untermalte Percys leise Stimme. Gequält schloß Florens die Lider. Im Laufe des Aufstiegs hatte er bemerkt, wie die Verbindung sich immer mehr verschlechterte; wahrscheinlich waren die Batterien beider Helmfunkgeräte so gut wie leer.

Anscheinend war Percy etwas zurückgeblieben, absolut kein erstaunliches Vorkommnis. Florens stöhnte vor Überdruß und rutschte, indem er nochmals aufstöhnte, seitwärts zur Kante, um nachzuschauen, wie weit der Maschinentechniker zurückhing. Er spähte in die Schächte hinab und sah zu seiner Bestürzung nicht den schwächsten Lichtschein. Verärgert beugte er sich vor und lenkte den Scheinwerferkegel nach unten. Er traute seinen Augen nicht. Percy war nirgends zu sehen.

In der ersten Schrecksekunde kostete es Florens einige Mühe, Gefaßtheit zu bewahren, doch dank seines Sinns für praktisches Überlegen und Handeln meinte er, noch keinen Anlaß zu erhöhter Beunruhigung zu haben; der Mann konnte gerade durch einen Winkel kriechen und in einigen Augenblicken wieder zum Vorschein kommen. Florens fegte seine Kehle mit einem Räuspern, um eine Frage zu stellen.

»Florens?« drang in diesem Moment Percys Stimme gedämpft, aber klar aus dem Helmlautsprecher, und die Schwingungen offenen Entsetzens in ihrer Tonlage verscheuchten unverzüglich Florens' maßvolle Zuversicht, kündeten ein Übertreffen seiner schlimmsten unterschwelligen Befürchtungen an. »Florens, wo bist du überhaupt?«

Urplötzlich war Florens zumute, als müsse er durchdrehen. Er spürte, wie seine Lippen sich verpreßten, bis ihm sein Mund hart und starr im Gesicht saß wie ein Wundschorf. Seine Sicht verschwamm von Schweiß oder Tränen. Er rückte noch näher an die Felskante. Die klauenhafte Verkrampfung seiner Hände löste sich nur mit schmerzvollem Widerstreben, so daß es ihm erhebliche Mühsal bereitete, den Mikrolaserprojektor an seinem Raumhelm manuell zu senken, bis er hinunter in die ausgetrocknete Kaskade wies.

»Ich wüßte gerne, wo *du* eigentlich steckst«, erwiderte er mit aller Selbstbeherrschung, um dagegen vorzubeugen, daß er sich in hinderlichen Zorn hineinsteigerte oder der Maschinentechniker in Panik. »Ich dachte, du wärst gleich hinter mir. Wo befindest du dich?«

Für ein Weilchen blieb es still. Dann antwortete Percy mit der kurzatmigen, schrillen Heiserkeit naher Zerrüttung.

»Ich . . . ich habe keine Ahnung. Hier ist Eis . . . Da sind Tropfsteinsäulen. Ich weiß nicht, wo ich bin, Florens. Ich bin ganz allein.« Seine Stimme drohte überzuschnappen. »Ich bin hier unten ganz allein! Warum hast du mich im Stich gelassen? Wo bist du?«

»Daran kann kein Gedanke sein, daß ich dich im Stich gelassen hätte«, widersprach Florens schroff. »Laß uns keine Zeit vergeuden. Wir müssen uns schnellstens wiederfinden. Wo oder wann hast du dich denn vom Seil entfernt?« Um Streit zu vermeiden, sah er davon ab, nach dem Warum zu fragen.

»Ich bin doch gar nicht am Seil«, gab Percy so trotzig zur Antwort, als seien diese Nachfragen unsinnige Behelligungen seines Geistes.

»Nicht am Seil?« vergewisserte sich Florens und merkte an der Ausdruckslosigkeit seiner Stimme, daß er, ohne sich dessen bewußt zu werden, schon fast an der Grenze der Zugeständnisse angelangt war, die er Percys Nutzlosigkeit zu machen gedachte. Seine Vermutung war gewesen, daß der Maschinentechniker beim Aufstieg, womöglich im Glauben, bereits die zwischen den Kalkstein- und Lavaschichten gelegene Klufthöhle erreicht zu haben, irgendwo in einen zuvor unentdeckten gebliebenen Gang abgeirrt sei, der von den Schächten abzweigte; offenbar jedoch tappte er, wieso auch immer, noch unten auf der Sohle des Höhlensystems herum. Damit stand fest, er hatte sie in ein Dilemma gebracht.

»Nein, nicht«, zeterte Percy. »Die ganze Zeit warte ich darauf, daß du mir sagst, was weiter, und nun staunst du, daß ich nicht am Seil hänge! Wo bist du denn?« Seine gesteigerte Lautstärke verursachte sofort die abscheulichen Mißtöne von Rückkopplungen.

Florens mußte erneut alle Beherrschung aufbieten, um nicht aufzubrausen. Warum hatte nicht, statt Stanley, dieser untaugliche Idiot verunglücken können?

An Impunitaten fehlte es in der Raumfahrt nicht; immer mehr drängten nach, denen auf der Erde der Boden so heiß unter den Füßen geworden war, daß sie dem Dableiben irgendeine Drecksarbeit im All vorzogen und der Möglichkeit zur Rückkehr ein für allemal entsagten. Ein Mann erschlug eines Tages im Affekt einen

Kollegen, den er wegen seines Strebertums schon lange gehaßt hatte, eine Frau erdolchte aus Eifersucht blindwütig eine Rivalin, dann standen sie auf einmal da und wußten nicht, wie ihnen so etwas hatte passieren können; und falls sie es schafften, im nächstbesten Personalbüro des Interplanetary Space Global Department einen Arbeitsvertrag zu unterschreiben und Impunitatenstatus zu erlangen, bevor die Polizeiroboter sie aufspürten, kamen sie straflos davon.

Soziologen, Kriminalistikexperten und Psychohygieniker kritisierten das Impunitaten-Gesetz seit seiner Inkraftsetzung, und die verschiedensten gesellschaftlichen Gruppierungen hatten wiederholt parlamentarische Vorstöße unternommen, um es einzuschränken oder ganz wieder aufzuheben, doch die Diskussionen und Debatten dauerten bereits seit vierzehn Jahren ohne konkrete Resultate an, und kein Ende war in Sicht.

Die Impunitaten waren in der Raumfahrt keineswegs grundsätzlich unwillkommen, denn sie erledigten jene Tätigkeiten, für die sich sonst niemand fand, für die jedoch irgend jemand da sein mußte, um den teuer ausgebildeten, hochbezahlten Fachkräften ihre Zeit für wirklich wichtige Aufgaben freizuhalten. Um sie wenigstens ein bißchen zu motivieren und für die schlechte Bezahlung zu entschädigen, gab man ihren Funktionen hochtrabende Bezeichnungen: Ein Lagerist beispielsweise durfte sich »Materialkontrolleur« nennen, ein Wartungsmechaniker war »Maschinentechniker«, ein Großküchengehilfe in einer Satelliten- oder Bodenstation hieß »Quartierprovianteur«. Aus den Umständen ihrer Aufnahme in die Reihen der Raumfahrer erklärte sich jedoch, daß ihre Einsatzwilligkeit unter ihrer Neigung litt, mit sich und dem Schicksal zu hadern, und ebenso, daß sie alles andere waren als beliebt.

Diese sämtlichen Fakten änderten nichts daran, daß Florens jetzt allen Ernstes lieber Grindling als Stanley tot gesehen hätte, daß er es satt war, diesen Mann, der alles forderte und nichts gab, unablässig wie ein ungezogenes, widerspenstiges Kind mitzuziehen.

»Percy . . .« Nichtsdestotrotz unternahm er den Versuch, sich mit dem Impunitaten über die Situation gütlich zu verständigen. »Kannst du mir beschreiben, wie's dort aussieht, wo du dich aufhältst?«

»Ich ... äh ...« Ein dumpfes Röcheln. »Ich stehe auf Eis. Wie in der großen Höhle da hinten. Nur sind hier lauter Säulen. Eben solche Tropfsteinsäulen ...«

Florens schnob verächtlich. »Bist du denn inzwischen weit gelaufen?«

»Kaum. Ich meine, nur ein paar Schritte.«

»Du hast das Sims noch nicht überquert, das zu den Schächten führt?«

»Äh ... nein.«

»Kannst du es denn von deinem Standort aus sehen?«

»Nein«, wimmerte Percy. »Nein, ich hab's doch gesagt, ich weiß nicht, wo ich bin. Ich ... ich habe keine Vorstellung, wo ich ...« Er kreischte auf, als ob ihn plötzlich tierische Furcht überwältige. »Florens! Ich ...« Elektronisches Heulen übertönte den Rest.

Florens schaltete seinen Empfänger ab und starrte aus verkniffenen Augen hinunter, rang allem zum Trotz um die Klarheit seiner Gedanken und überlegte angestrengt.

Bereits beim Einstieg ins Höhlensystem hatten sie die Helmfunkgeräte von UKW auf Mikrolaser-Richtfunk mit automatischer Optimalisierung umschalten müssen ,um das Auftreten von Rückkopplungsphänomenen zu minimieren, aber selbst die präzisen Strahlenbündel erforderten eine Beschränkung auf die geringste Leistung der Geräte, sollte einigermaßen Störungsfreiheit gewährleistet sein. Wenn er dennoch im Verlauf seines Aufstiegs die Impulse aus Percys Gerät durch die lichte Höhe der Kaskade mehr oder weniger gut empfangen hatte, konnte das nur eines heißen: Percy mußte sich fast genau senkrecht unter ihm befinden, vielleicht in einer abwärtigen Erweiterung der Sinterschale. Unfaßlich blieb, wie er sich so hatte verirren können.

Florens schaltete das Funkgerät ein; der Sendersuchlauf peilte Percys Laserreceiver innerhalb eines Sekundenbruchteils an und adjustierte neu auf optimale Abstrahlung. »Percy?« Ein Schwall von wüsten Flüchen und Beschimpfungen beantwortete seine versuchsweise Frage. Von neuem malträtierten Pfeifgeräusche seine Ohren, aber die Verbindung war wieder besser. »Percy« hakte er nach, ohne sich von dem Krakeelen beeindrucken zu lassen, »hörst du mich? Kannst du mich verstehen?«

»Ja!« brüllte Percy und fügte anscheinend noch einige Beleidigungen hinzu, die wegen der Lautstärke allerdings in elektronischem Krawall untergingen.

»Dann hör mir gut zu. Wir sind wieder exakt aufeinander eingepeilt. Du mußt leise und sehr deutlich sprechen, sonst stören uns Rückkopplungen. Klar?«

»Ja.«

»Gut. Gib acht. Nach meiner Ansicht mußt du ziemlich genau unter mir und den Schächten sein. Wenn du deinen Scheinwerfer auf volle Leuchtkraft einstellst, müßte ich deinen Standort von hier oben erkennen können. Also sei so gut.«

»Weshalb muß eigentlich immer alles nach deinem Belieben gehen?« murrte Percy unwirsch. Florens atmete durch, schon von Beklemmung gemartert, und enthielt sich jeder Entgegnung.

Gleich darauf erspähte er drunten einen vagen Helligkeitsschein, dessen abgründige Fernheit eine schlagartig deprimierende Wirkung auf ihn ausübte, aber er lenkte sich ab, indem er sich von neuem an Percy wandte. »Ich sehe dein Scheinwerferlicht. Genau unter mir, wie ich's mir gedacht habe.« Er verschwieg, daß zwischen ihnen ein Höhenunterschied von mindestens hundertachtzig Metern bestand. Während des Sprechens meinte er, die Leuchtspur des frequenzmodulierten Laserrichtstrahls von nur einem Tausendstelmillimeter Durchmesser nach unten flirren zu sehen. Doch dabei mußte es sich um eine Täuschung handeln. »Weißt du die Richtung, in die du dich entfernt hast?«

»Nein, ich weiß nichts. Ich habe keine Ahnung, wo ich bin oder wieso ich da bin. Ich rühre mich nicht vom Fleck. Es ist . . .«

»Percy, du . . .«

»Nein, nein, nein! Es ist deine Schuld, daß ich hier in diesem Eiskeller festsitze und weder aus noch ein weiß. Du hättest darauf achten müssen, daß ich den Anschluß nicht verliere. Du mußt mich hier rausholen.«

Florens biß die Zähne aufeinander, bis ihm die Kiefer weh taten. »Unmöglich«, beschied er mit soviel Sachlichkeit, wie er aufzubringen vermochte. »Ausgeschlossen. Du mußt selbst den Weg zum . . .«

»Nein, ich muß überhaupt nichts. Ich rühre mich nicht von der Stelle, keinen Zentimeter. Ich bleibe hier stehen, bis du mich holst.«

»Paß auf, Percy. Du brauchst doch nur deine Umgebung auszuleuchten, dann findest du bestimmt zurück zur Sinterschale. Sie kann nur ein kurzes Stück weit über dir liegen. Es kann gar nicht anders sein.«

»Nein, das ist eine Zumutung. Ich verstehe nichts vom Weltall und nichts von Höhlen. Das geht mich alles nichts an. Dafür bist du zuständig. Du hast mich in diesen Schlamassel gebracht, jetzt hol mich auch raus. Das ist deine verdammte Pflicht und Schuldigkeit.«

Schon bei der bloßen Aussicht, mit seinem von Schmerzen übervollen Leib noch einmal hinunter- und danach nochmals hinaufklettern zu sollen, graute es Florens dermaßen, daß er diese Art der Hilfeleistung gänzlich verwarf.

»Nun hör mir mal gut zu, Percy«, sagte er und gab sich keine Mühe, seine Stimme frei von Verbitterung zu halten. »Du hast noch eine Frist von vierzig bis fünfzig Minuten. Mein Sauerstoffvorrat dagegen ist so gut wie zu Ende. Klettern strengt an, falls du das noch nicht kapiert hast, deshalb habe ich viel mehr als du verbraucht. Ich muß sofort nach oben und die Patrone auswechseln. Anschließend kommt der Zeitpunkt, um Kontakt mit der DEMON'S DREAMBOAT aufzunehmen. Wir müssen das Funkfenster nutzen, sonst ergibt sich die nächste Gelegenheit erst wieder rund sechzig Stunden später. Verstehst du? Weißt du, was ich meine?« Der Gedanke, nur eine Stunde länger als unbedingt nötig mit Percy auf Io allein zu sein, war ihm so unerträglich, daß er eine Gänsehaut bekam.

»Nein, nicht«, antwortete der Impunitat knurrend. »Ich blicke nicht durch, und es interessiert mich auch nicht. Ich . . .«

»Es hat dich aber zu interessieren«, fiel Florens ihm ins Wort. »Ich wünsche, daß du meine Entscheidung verstehst, mit der ich dich vor die Alternative stelle, entweder selbständig an die Oberfläche zurückzukehren, wie man's von einem erwachsenen Menschen erwarten darf, oder unten zu warten, bis die Bergungsmannschaft dich holt oder du schwarz wirst.« Die immer stärkere Atemnot brachte ihn in ausgesprochenen Zeitdruck. Er stemmte sich auf den Armen hoch, um den Aufstieg fortzusetzen.

»Das ist es ja«, nuschelte Percy gehässig. »Ich weiß, worauf es dir ankommt. Du willst mich schikanieren. Du . . .«

»Womöglich hast du schon mal gehört«, erläuterte Florens mit gewisser Bissigkeit, »daß der Jupiter langwellige Strahlenausbrüche im Acht- bis Dreißigmeterbereich emittiert und Io infolge einer Interaktion mit der Magnetosphäre Jupiters einen Modulationseffekt auf diese Radiostrahlung hat und sie in bestimmten Phasen sozusagen dämpft. Nur während einer solchen Phase läßt sich ein Funkkontakt zur ...«

Florens verstummte, einen Fuß in einer Kletterschlaufe, die Hände ums Seil gekrampft. Er konnte nicht weiterreden. Ihm schwindelte. Die Luft in seinem Raumhelm war dumpfig und unergiebig. Er merkte, daß er unwissentlich den Mund aufgerissen und zu keuchen begonnen hatte. Seine Lungen fühlten sich an, als fülle man sie langsam mit Zement. Das Herz durchwummerte alle Fasern seines Körpers mit dunklen Pochlauten wie von einem Verschütteten.

»Dir gefällt's wohl, mich zur Schnecke zu machen«, quasselte Percy unterdessen unentwegt weiter. »Du hast dein Vergnügen daran, auf mir rumzutrampeln und mich in dieser Notlage zu demütigen, hä? Als ob ich nicht sowieso schon ein armes Schwein wäre, das von aller Welt herumgeschubst wird, bloß weil ich ein Impunitat bin. Deswegen bin ich der letzte Dreck, was? Nur zu, nur zu, laß mich hier abkratzen, das ganze Sonnensystem wird dir bestätigen, mir sei's recht geschehen. Ich bin ja nur ein Krimineller.« Seine Stimme besaß den hohlen, rauhen Klang geschwätziger Hilflosigkeit. »Weißt du eigentlich, wieso ich mich von der Erde verdrücken müßte? Habe ich's dir schon mal erzählt? Ob du's glaubst oder nicht, ich habe meine Alte abgemurkst. Du weißt doch, wie sie mich unterjocht und immer nur rumgestoßen und mir unaufhörlich die Ohren volltrompetet hat. Na, eines schönen Tages ist mir die Sache zu bunt geworden. Da habe ich ihr den Garaus gemacht. Hat mir richtig gutgetan. Ich habe sie erst an einen Stuhl gebunden und dann aus der Küche ...«

»Halt's Maul!« quetschte Florens stoßweise hervor. Wut packte ihn, die er diesmal nicht eindämmen konnte, und sie mobilisierte jene Kraftreserven, auf die zurückzugreifen ihm zu unsicher gewesen war: mit einem Ruck, der sein Inneres, sein Gemüt, ebenso durchfuhr wie seine ganze Gestalt, griff er nach der nächsten Kletterschlaufe und zog sich rücksichtslos, ohne Erbarmen mit sich selbst, in die Höhe. Seine Muskeln schienen in Weißglut zu stehen. »Halt deine Schnauze, Mensch! Ich habe keine Lust, mir dein Gewäsch anzuhören. Bleib unten, wenn du willst. Ich hole dich jedenfalls nicht raus, auf gar keinen Fall. Ja, jawohl, von mir aus kannst du da unten ...« Florens stockte mit einem Ächzlaut und unterbrach die Verbindung; er mußte mit seinen restlichen Kräften haushalten, und schlußendlich war Grindling die Aufregung nicht wert.

Er klomm die letzten Meter in einem wechselhaften Grenzzustand zwischen Benommenheit und anfallähnlicher, rasereiartiger Hast, während sein Brustkorb ihn schwer und hart wie Marmor drückte. Aus seiner Kehle drangen viehische Laute.

Eine abgestufte Halde von erstarrter Lava füllte den Bruch zwischen Lava- und Kalksteinhöhlen zur Hälfte aus und machte die Klufthöhle nach oben und unten passierbar. Die beiden tonnenähnlichen Behälter mit der Notausrüstung ruhten noch unbeschädigt in dem flachen, teilweise mit Lava überkrusteten Sinterbekken. Florens' Hände schlotterten, während er einen Behälter aufklappte, darin suchte.

Er japste regelrecht, als aus einer neuen Patrone Schübe frischen Sauerstoffs in seinen Helm zischten. Für längere Zeit lag er zusammengesunken da, kostete die Wehen seiner Wiederbelebung aus.

Mit der zwangsläufigen Geduld der Wahllosigkeit wartete er, bis er wieder klar sehen konnte, seine Atmung ruhig und gleichmäßig ablief, die Hände ihm nicht länger zitterten. Dann schaltete er den Helmfunk ein. Er hörte gepreßtes Winseln, nervös, fast hysterisch.

»Percy«, erkundigte er sich ohne besondere Betonung, »hast du einen Entschluß gefaßt?«

»Einen Entschluß?« wiederholte Percy, als unterhielten sie sich das erste Mal über seine Situation.

»Bleibst du unten, oder kletterst du jetzt endlich herauf?«

»Ich bleibe hier stehen«, gab Grindling Auskunft. »Keine Bewegung mache ich. Entweder holst du mich, oder ich sterbe hier. Dann trägst du die Schuld.«

»Das ist doch Unsinn. Du brauchst nicht zu sterben. Dein Sauerstoff reicht noch, bis du oben bist. Du kannst es schaffen. Aber es ist höchste Zeit, daß du den Aufstieg anfängst.«

»Nein. Ich kann nicht. Ich fürchte mich. Mir graust's hier. Wenn ich mich von der Stelle rühre, verirre ich mich bloß noch weiter. Ich kann's nicht. Du mußt mir helfen. Du kannst mich doch nicht elendig ersticken lassen.«

Florens knirschte mit den Zähnen. Dieser feige Vollidiot war nichts als Ballast, eine unverkraftbare Belastung, so überflüssig wie ein Kropf. Grimm verwandelte die Adern seiner Schläfen in heiße, wie wunde Stränge. Seine Rechte grapschte schneller, als er nachzudenken vermochte, die Laserpistole aus dem Behälter, und mit zwei Schritten stand er unversehens am Rande der Kaskade. »Du hast recht, Percy.« Er hörte, daß seine Stimme bis zur Unkenntlichkeit entstellt klang. »Das kann ich tatsächlich nicht.«

Er stierte in den Abgrund, sah den schwachen Lichtschein, der ganz wie eine Manifestation der düsteren Funzel von Grindlings Lebenslicht wirkte, das er nun mit einer Regung seines Zeigefingers auslöschen konnte. Niemand würde ihm peinliche Fragen stellen. Todesfälle von Impunitaten pflegte man aus Gründen der Arbeitsersparnis und Kostensenkung nicht zu untersuchen.

»Florens ...?« Percys genölte Frage bezeugte zwiespältige Ungläubigkeit und Verunsicherung. Anscheinend ahnte jetzt sogar er, daß er es irgendwie zu weit getrieben hatte, etwas nicht stimmte, anders war als zuvor, die Spannungen zwischen ihnen in etwas abzukippen drohten, das sich später nicht rückgängig machen ließ.

Florens lachte auf. Während seines überhasteten Forschens nach irgendeiner Entscheidungshilfe ging ihm ein Kernsatz der Lebensphilosophie seines Vaters, dazu ausgeheckt, um unter den Existenzbedingungen auf der Erde nicht verrückt zu werden, durch den Kopf, zu oft gehört, um ihn jemals zu vergessen. »Man muß auch mal darauf verzichten können, sich als Opfer zu fühlen.« Negation der Negation. Sein Vater, so erkannte er nachträglich, mußte ein Weiser gewesen sein. Am Abzug der Laserpistole entkrampfte sich Florens' Zeigefinger, als er die Stärke dessen einsah, was er bisher als Schwäche betrachtet hatte.

Er dachte an die erneute, zweifache Klettertour, die ihm bevorstand, die damit verknüpften Risiken und Strapazen, an die Nervenzermürbung, die er durchzustehen hatte, bis der Bergungstender eintraf, und gewann darüber Klarheit; in den folgenden Tagen würde die Versuchung noch wachsen. Mit Handgriffen, die sich durch Entschiedenheit auszeichneten, entfernte er die Energiekammer aus der Waffe und packte beides getrennt zurück in den Behälter.

»Percy, bleib wo du bist«, meldete er sich im zahmen Tonfall vollständiger Überlegenheit. »Ich hole dich rauf. Keine Bange, wir kriegen das schon hin. Zusammen bestimmt, hm?«

Er beugte sich über die Felskante und ergriff das Seil mit der Abgeklärtheit eines Siegers. In Tiefe und Dunkelheit glomm ein Licht. Auch dort, wie stets.

ROBERT STEFFEN

Und einer segelte davon

Er war ein heller Punkt inmitten der schwarzen Unendlichkeit. Und hätte man ihn von der Sonnenseite her gesehen, wäre er als der einzige helle Punkt inmitten der schwarzen Unendlichkeit erschienen. Gegen ihn wären alle Sterne verblaßt. Aber niemand bemerkte den hellen Punkt, obschon man nach ihm suchte. Er wußte, daß man ihn suchte. Lachend winkte er, breitete die Arme aus, obwohl er wußte, daß niemand ihn ausmachen konnte. Und segelte davon. Ein heller Punkt, dessen Glimmen man nicht ausmachen konnte.

Er hatte die Halteleine gelöst. Die Nabelschnur durchtrennt. Er kehrte nicht in den Bauch des Schiffs zurück. Er wollte segeln. Sich von den galaktischen Stürmen treiben lassen. Und in diesen Schiffen segelte man nicht mehr. Nein, man sprang in Raum und Zeit hin und her, auf und ab. Ruckartig. Nein, ohne Ruck: blitzartig! Dieses Gefühl, auf den Wellen der Zeit und dem räumlichen Meer dahinzugleiten, war schon längst ein Relikt der Vergangenheit. Aber nicht vergessen. Das unmerkliche Wiegen der alten Schiffe, das letzte irdische Gefühl, gab es nicht mehr. Aufgewachsen mit der Technik, konnte er dennoch nicht ihrem schnellen Entwicklungsrhythmus folgen. Und so war er zurückgeblieben: geistig, sentimental. Ein Mensch des 21. Jahrhunderts, der schon nach zehn Jahren vom Fortschritt überrollt wurde. Jedes Jahr gab es schon eine neue Generation. Und mit 29 warst du alt, wolltest schon das Rad der Entwicklung anhalten, zurückdrehen, segeln.

Fregatten waren stolze Schiffe. Er hatte die Segel gesetzt. Die Vorhut einer ganzen Armada, die bald folgen würde. Denn unaufhaltsam rollte der Fortschritt. Kein Schreiten mehr, sondern ein donnerndes Rollen wie eine Lawine. Wie die Brecher auf See, die Schiffe unter sich begraben, Maste knicken und Segel zerreißen.

Dort in Richtung der hellen Sonne mußte das Schiff noch kreuzen, ehe es wieder diese uneleganten Sprünge vollzog. Er wußte, daß viele seiner Generation es früher oder später vorziehen würden, sich auf diese oder eine andere Weise aus dem Leben zurückzuziehen. Für sie gab es doch nur zwei Möglichkeiten: eine letzte Freude oder das Zerschellen unter dem Fortschritt.

Vielleicht wird es auch bald keine Sprünge mehr geben, dachte er. Dann sind die Schiffe einfach am Bestimmungsort, und niemand weiß, wie sie hingekommen sind. Außer ein paar wenigen Wissenschaftlern. Aber die Raumfahrer werden es genauso wenig überwinden und verkraften können wie wir die Sprünge. Vielleicht kommt es mal dazu, daß die Schiffe an mehreren Orten zugleich sein werden: in einer Zeit in einem Universum und zugleich in einer anderen Zeit in einem andern Universum. Und wieder werden Generationen an diesem Problem zugrundegehen. An einer Art kosmischer Schizophrenie.

Und vielleicht begegnet die Menschheit doch eines Tages einer andern Rasse, und möglicherweise wird dann auch die letzte menschliche Generation sich völlig überrollt fühlen. Wie die Lemminge sich unter der hereinbrechenden Welle ins Meer stürzen.

Er segelte als heller Punkt. Ein Sonnensegel. Ein Spiegel der weit entfernten Sonne. Er kannte keine Furcht mehr, er fühlte sich wieder frei. Natürlich würde er sterben. Aber noch hatte er zweieinhalb Stunden zu leben. Der Freitod befreit einen von allem, nur nicht vom Tod. Zur falschen Zeit geboren. Aber wer spürt sich schon eins mit seiner Zeit?

Die beiden Komponenten Raum und Zeit waren schlecht kombiniert. Vielleicht weil beide eng zusammengehören, ja, das gleiche sind. Wer Raum hat, muß auch Zeit haben. Sie besaßen den Raum, aber die Zeit begann zu fehlen. Ein Jahr für eine Generation. Die Entwicklung eines befruchteten menschlichen Eis zum Neugeborenen innerhalb von neun Tagen. Die Hochzüchtung der menschlichen Rasse bis zum Geht-nicht-mehr. Und dieser helle Punkt mit seinen Gedanken ganz allein. Keine Mitteilung an die Artgenossen, keine Botschaft an die Nachgeborenen. Ach, es ist einfach mehr als das Gefühl des Segelns. Es ist der Ausdruck einer Ethik. Nicht nur die Erinnerung an ein vertrautes Gefühl, sondern die Lösung eines moralischen Problems. Wie kann man leben, wenn man sich in der nächsten Sekunde erdrückt fühlt?

Er brauchte nicht auf seine Kontrollanzeigen am Armband zu sehen. Die Zeit, die er noch zu leben hatte, war kurz, aber von höchstem Genuß. Es ist wie ein Sturz von einer Brücke, aber von einer Brücke in die Ewigkeit. Der Sturz endet nie. Im schwerelosen Zustand irgendwohin treiben. Er konnte den Raum betrachten. Die Unendlichkeit fühlen. Der Raum war sein Zuhause. Er wird sein Grab sein. Er wird ihn vielleicht für Jahrhunderte unversehrt lassen. Ein Toter in einem metallisch schimmernden Sarg in einem schwarzen Raum.

Reue? Nein. Was er nicht wiedersehen würde, war ihm inzwischen fremd geworden. Das Schiff, die Planeten, die Freunde verschwanden immer weiter aus seinem Gedächtnis. Umso vertrauter wurde ihm seine Umgebung. Die Unendlichkeit. Nach dem Tod die Ewigkeit, hier war er ihr am nächsten. Unendlichkeit und Ewigkeit.

Er bemerkte, daß er schwerer atmete. Die Luft war schon weitgehend verbraucht. So schnell vergeht die Zeit in der Ewigkeit. Er hatte noch die Reserve. Das hieße zwanzig Minuten Aufschub. Zwanzig Minuten vor dem letzten Atemholen. Obschon er spürte, daß Schweiß aus seinen Poren trat, wollte er auf die Reserve verzichten. Falls er später gefunden würde, sollte anhand der noch vollen Reserve klar sein, daß er aus freiem Willen sterben wollte. Aber vielleicht würde die Atemluft auch nach und nach aus dem Anzug entweichen, oder vielleicht würde er kollidieren. Eigentlich wollte er kurz vor seinem Tod nicht darüber nachdenken, was später mit seinem Leichnam geschehen würde.

Er sah immer noch nicht zur Kontrollanzeige, die jetzt rot an seinem Handgelenk aufzuleuchten begann und ihm einen Warnton in die Kopfhörer sendete. Er löste schon mit Mühe, wobei er stärker schwitzte, das Armband und befreite sich davon. Er sah die roten LED noch ein paar Mal aufleuchten, als das Armband sich langsam entfernte. Das Warnsignal wurde schnell schwächer. Er hörte es noch genau siebenmal, ehe er die Besinnung verlor.

Kai Riedemann

Ruf der Träume

Es war ein Gefühl der Beklommenheit, das sie beim ersten Blick in die majestätischen, fast lotrecht abfallenden Felsenklüfte erfaßte. Der graue, von den Wettern der Jahrhunderte in skurrile Gebilde verwandelte Stein schien trotz aller Kälte und Leere in den langen Schatten der untergehenden Herbstsonne zu eigenem Leben bereit zu sein. Dort, wo die schroff aufragenden Felsennadeln schwarze Schattenfelder formten und das schwindende Licht nicht mehr in die zahllosen Nischen und Höhlen der Steilwand einzudringen vermochte, erwachte das Ungewisse, die sich regende und doch nicht regende Finsternis, die ihr das Herz einschnürte, sie schaudern und gleichzeitig eine Ahnung der Erhabenheit fühlen ließ, die sie für kurze Zeit die eigentliche direkte Bedrohung vergessen machte.

Ihr Blick wanderte über die gegenüberliegende Felswand mit ihren dunklen Kiefern und Pinien, nach links, wo der einzige schmale Durchlaß ins Innere des Talkessels führte und den man selbst bei hellem, die Gefahren mindernden Tageslicht nicht unter Einsatz des eigenen Lebens passieren konnte. Ihr Blick wanderte weiter in die Tiefe, jene bodenlose Tiefe, die direkt vor ihr begann, nur wenige Schritte von der Stelle entfernt, an der sie stand, gelähmt von dem Anblick, unfähig, ihre Empfindungen in Worte zu kleiden. Die Sonne schickte sich soeben an, hinter den fernen Felsenketten des Bergmassivs zu versinken, so daß kein Lichtstrahl mehr in die Tiefe des Tales fiel und die dort ruhenden Überreste einer alten, fast vergessenen Zeit aus der Dunkelheit reißen konnte. Aber sie brauchte das Licht der Sonne nicht, um die zerklüfteten Mauern, die eingestürzten Kuppeln, die wie mahnende Finger sich erhebenden Türme greifbar nahe vor sich zu sehen. Zu oft hatte sie den Schrecken gespürt, den Schrecken, der einen überfiel, wenn man die Mauern atmen spürte, wenn die schwarzgefärbten Steine der Ruinen zu Leben erwachten und man wußte, daß die Vergangenheit gekommen war, um hier, an diesem Ort, Gericht zu halten über ihre Erben. Wenn die Schatten zu

Richtern wurden und die Menschen zu Angeklagten.

Sie schloß die Augen, aber das Bild blieb. Das Rauschen des auffrischenden Windes in den Klüften, in den schroffen Abhängen und unberührten Höhlen ließ die Erinnerung wachbleiben an die Schauer der Ruinen in der Tiefe und ließ sie daran zweifeln, daß wirklich alles vorbei sein sollte. Sie hatte das Tal verlassen, war geflohen, den unsichtbaren Fesseln der Mauern entkommen, aber der Weg, der vor ihr lag, war noch weit. Zu weit. Warum hatte sie sich noch einmal umgewandt, hatte noch einen Blick in die Abgründe des majestätischen Talkessels, einen Blick auf die grausame Schönheit der Naturgewalten werfen müssen? Es war nur allzu wahrscheinlich, daß sich dort unten bereits jetzt die Verfolger bereit machten, ihrer Flucht aus den beklemmenden Ruinen ein gewaltsames Ende zu setzen. Man würde sie jagen, bis man sie gestellt hatte.

Also öffnete sie wieder die Augen, ließ ihren Blick noch für einige Herzschläge auf der untergehenden Sonne und dem rotgefärbten Himmel ruhen, um dann den Felsenklüften entschlossen den Rücken zu kehren – und direkt in die Augen des Kobolds zu sehen.

Sie war unfähig zu schreien, die plötzliche Erkenntnis ihrer absoluten Verlorenheit und Hilflosigkeit im Angesicht des Fremden schnürte ihr die Kehle zu. Er stand da, lächelte, streckte ihr die Arme entgegen. Dichtbehaarte Arme mit Händen, die mehr an die Klauen eines Raubtieres erinnerten. Seine Augen brannten sich in ihren Augen fest, sein Schweigen ließ sie zurückweichen. Sie hatte zu fliehen versucht aus ihrem Gefängnis hinter den schwarzen Mauern, aber die Hüter des Tales waren schneller gewesen, als ihre eigene Unentschlossenheit ihr das erlaubt hatte.

Der Kobold lächelte immer noch. Er reichte ihr kaum bis zur Hüfte, aber sein absolut fremdartiges unmenschliches Äußeres wog seine mangelnde Größe in erschreckender Weise auf. Und dann die Augen, diese unendlich tiefen Augen. Nur fort, diesen Augen entkommen, diesen Blicken entfliehen, nur fort.

Sie wich zurück, Schritt um Schritt, obwohl der Kobold regungslos an seinem Platz verharrte. Dann spürte sie plötzlich, wie der Stein unter ihren Füßen zu bröckeln begann. Der Abgrund! hämmerte es in ihrem Kopf, aber die Erkenntnis der Gefahr erreichte zu spät ihr Bewußtsein. Während ihre Augen immer noch starr auf den Kobold gerichtet waren, verlor sie das Gleichgewicht, fiel, unfähig sich zu wehren, nach hinten in das Bodenlose des schroffen Abhanges. Ihr gellender Schrei hallte von den zerklüfteten Steinwänden des Tales wider, fing sich in den Höhlen und Nischen, umspielte die Mauern, Kuppeln und Türme der Ruinen am Boden. Sie schrie und fiel, und ihr letzter Gedanke galt dem Kobold, der jetzt hoch über ihr am Rande des Abgrundes stand und immer noch lächelte. Mit geschlossenen Augen erwartete sie den erlösenden Aufprall . . .

»Schlecht geschlafen?« fragte Boris mürrisch.

Sissi antwortete nicht. Sie stand schweigend auf, trat ans Fenster und blickte hinaus. Da war die Sonne, der wolkenlose Himmel, in weiter Ferne das Grün der Wälder, und doch war sie erfüllt von einem unerklärlichen Gefühl der Unsicherheit und Angst.

»Ich habe geträumt, Boris«, sagte sie dann mit leiser Stimme, ohne sich dabei umzusehen.

»Von mir?« fragte Boris mit einem Unterton aus Desinteresse und Spott. Er goß sich noch etwas Tee nach und lachte. Aber Sissi lachte nicht.

»Weißt du, es war ein sehr seltsamer Traum. Seltsam und irgendwie erschreckend«, sagte sie. »Da war ein Abgrund, eine Schlucht und Felsen, Steine, Höhlen und tief unter mir die Ruinen. Plötzlich stand dann eine Art . . . Kobold vor mir, und ich weiß nur noch, daß ich . . . daß ich in die Tiefe fiel.« Ihre Hände hatten bei diesen Worten unbewußt den hervorstehenden Rahmen des Fensters umklammert, ihr ganzer Körper schien verkrampft, zog sich wie unter einer unerhörten Anspannung zusammen.

»Ein Traum«, meinte Boris, »du solltest alt genug sein, um dich nicht mehr von Träumen erschrecken zu lassen.«

»Es war mehr als ein Traum, Boris. Versteh mich doch. Es war so realistisch, so . . . wirklich, als hätte ich das alles tatsächlich erlebt. Boris . . .« sagte sie plötzlich mit immer leiser werdender Stimme und wandte sich wieder um, »Boris, ich habe Angst.«

Der junge Mann mit den kurzen dunklen Haaren und den schwarzen Augen trank wortlos seine Tasse leer und blickte seine Wohngefährtin mit unverhohlenem Spott an.

»Angst? Du? Ich weiß recht gut, was das alles zu bedeuten hat:

Jedesmal wenn wir uns etwas vorgenommen haben, etwas Gemeinsames vorgenommen haben, dann findest du mit tödlicher Sicherheit einen Weg, alles zu verderben. Das war bei der Einweihung der Nordsiedlung so, warum sollte es da am Jahrestag anders sein?«

»Das ist nicht wahr, Boris. Du weißt, daß das nicht wahr ist!«

»Jetzt hör mir mal zu: ich habe keine große Lust, ständig deine unerklärlichen Launen zu ertragen. Wir können uns solche Ängste und Träume einfach nicht leisten, nicht in einer Welt des Neubeginns. Darüber mußt du dir im klaren sein. Außerdem sind wir nur unter einer Bedingung zusammengezogen: daß jeder die Unabhängigkeit des anderen respektiert. Das weißt du genausogut wie ich, also laß mich in Ruhe.«

»Boris!« Sissi hatte mit hastigen Schritten den Raum durchquert und stand jetzt dicht vor dem jungen Mann, dessen Blick eine Mischung aus Verärgerung, Enttäuschung und Wut offenbarte. »Boris, ich brauche dich. Ich habe dich immer gebraucht und jetzt, in dieser Situation erst recht. Ich bin hilflos. Einfach nur hilflos.«

»Ich fürchte, das ist diesmal dein Problem. Jedenfalls sehe ich meine Aufgabe nicht darin, mir schon am frühen Morgen deine seelischen Bankrotterklärungen zu Gemüte zu führen. Besorg dir einen Termin beim psychologischen Beratungscenter, okay? Und jetzt entschuldige mich bitte, ich habe noch wichtigere Sachen zu erledigen.«

Er stand auf, heftete sich seine ID-Karte an die goldfarbene Jacke und ging mit festen Schritten zur Tür. »Ach, und noch etwas: Ich gehe heute abend allein zur Jahresfeier. Du brauchst also nicht auf mich zu warten. Ansonsten kannst du dir ja alles noch mal überlegen. Ich würde mich trotz allem freuen, wenn du endlich wieder zu dir kommst.«

Die Tür fiel hinter ihm ins Schloß, und Sissi war allein. Sie spürte in sich eine merkwürdige Leere, eine Leere, die sie sich zwar erklären konnte, die sie aber einfach nicht wahrhaben wollte. Hatte sie wirklich gehofft, in Boris mehr gefunden zu haben als einen Mann für die langen Nächte dieser neuen Welt?

Sie dachte an René. An die gemeinsamen Stunden des Glücks, die ersten Tage, Wochen, Monate nach der Landung, an das Vertrauen, das zwischen ihnen geherrscht hatte, an den Glauben an eine Zukunft, an das, was vielleicht so etwas wie Liebe gewesen war. Aber René war tot. Gestorben für die Kolonie, für die neue Gemeinschaft. Wie lange war das jetzt her? Fünf Jahre? Sechs Jahre? Seitdem hatte sich viel verändert. Das Leben hatte sich verändert, die Menschen hatten sich verändert. Das Leben war bequemer geworden, gefahrloser, zivilisierter, geregelter, die Menschen kälter, leerer, unmenschlicher. Wie Boris. Für ihn schien nur der Fortschritt zu zählen, er fand die Erfüllung in seiner Arbeit beim Planungsstab. Gefühle, Vertrauen, Glauben waren für ihn nichts anderes als leere Worte, die man hinter sich lassen mußte, um dem großen Ziel dienen zu können. Und sie hatte sich in ihrer grenzenlosen Naivität eingeredet, er könnte so etwas wie Liebe für sie empfinden. Sie hatte es sich eingeredet, um der Einsamkeit entfliehen und die Enttäuschungen der letzten Jahre vergessen zu können. Unwillkürlich mußte sie lachen. Sie hatte Schutz in einer Selbsttäuschung gesucht und sich damit selbst den Weg in eine eigene Zukunft verbaut. Diese Welt kannte längst keine Gefühle mehr.

Heute war Jahrestag. Sieben Jahre auf diesem Planeten, Lichtjahre von der Erde entfernt, sieben Jahre Arbeit, sieben Jahre Fortschritt. Sissi trat wieder ans Fenster und blickte hinaus. Ja, man hatte viel erreicht. Wo früher unkultiviertes Land brachgelegen hatte, erhoben sich jetzt die schwindelerregenden Fassaden der ersten Hochhausgiganten. Graue Riesen in dem Grün der Umgebung. Schlanke Brücken schwangen sich von Turm zu Turm, verbanden die Häuser, aber nicht die Menschen. Man hatte gebaut, sieben Jahre lang, und seit einiger Zeit wuchs die Zahl der Siedler; immer mehr Männer, Frauen und Kinder trafen mit den Sternenschiffen ein, bevölkerten die öden Gänge und Korridore der neuen Siedlung, ersetzten den anfänglichen Idealismus durch die Anonymität des geregelten Alltags. Ja, man hatte viel erreicht. Das Neue unterschied sich nur noch wenig von dem Alten, dem man ursprünglich hatte entfliehen wollen. Leute wie Boris aber waren glücklich. Und die Zahl der glücklichen Menschen war groß ...

Nachdenklich ging Sissi in ihr eigenes kleines Zimmer. Sie spürte in sich das Bedürfnis, mit jemandem reden zu müssen. Über ihre Lage, über ihre Ängste, über ihren Traum. Aber die einzige, zu der sie Vertrauen hatte, wirklich Vertrauen hatte, war Petra. Und die hatte um diese Zeit zweifellos Dienst in der Krankenzentrale. Auch ihr Dienst begann in vier Stunden. Vier Stunden Zweifel, Einsamkeit und Leere. Dabei fiel es ihr in den letzten Wochen immer schwerer, allein zu sein. Vier Stunden. Vier Stunden Zeit, um noch einmal allem entfliehen zu können – auch wenn es nur eine vorübergehende Flucht sein würde. Sissi holte die Injektionspistole aus dem Schrank, setzte sie an und lehnte sich dann zurück. Ihr dichtes Haar fiel in weichen Wellen auf das Weiß des Kissens, und auf ihrem Gesicht erschien ein Lächeln ...

Es war ein Gefühl der Beklommenheit, das sie beim Blick in die majestätischen, fast lotrecht abfallenden Felsenklüfte erfaßte. Der graue, von den Wettern der Jahrhunderte in skurrile Gebilde verwandelte Stein schien trotz aller Kälte und Leere in den langen Schatten der aufgehenden Herbstsonne zu eigenem Leben bereit zu sein. Der Zauber des Gigantischen, Erhabenen, in diesem Anblick drohte sie zu lähmen, ihr den Atem zu rauben und sie hinabzuziehen in die Tiefen des immer noch in undurchdringbare Finsternis gehüllten Talkessels. Aber irgendwo in ihrem Innern spürte sie, daß sie nicht unterliegen durfte, daß sie sich losreißen mußte von dem Schauder, der sie erfaßt hatte.

Sie schloß die Augen, holte tief Luft und drehte sich entschlossen um.

Als sie die Augen dann wieder öffnete, klaffte vor ihr immer noch der schroffe Abgrund. Aber die rote Sonne hatte inzwischen ihren Weg am Himmel fortgesetzt, war höhergestiegen, so daß die ersten Lichtstrahlen den Boden des Talkessels erreichen konnten. Sie rissen die Umrisse hoher grauer Gebäude aus der Nacht. Türme aus Stahlbeton mit Fenstern, die das Sonnenlicht reflektierten, schlanke Brücken, elegante Kuppeln. Aber alles wurde überdeckt von der Kälte und dem Grau der Fassaden, Dächer und Straßen. Und von der Stille, die über dem Tal lag.

Wieder schloß sie die Augen, holte tief Luft und drehte sich entschlossen um.

Und als sie diesmal die Augen öffnete, war das Tal, die Stadt, die steilen, in ihrer Majestät erschreckenden Abhänge verschwunden. Vor ihr erstreckte sich eine weite Ebene. Eine Ebene, die so endlos schien, als bedecke sie die ganze Welt. Ein einziger grüner Teppich, der von Horizont zu Horizont reichte, durchbrochen nur von den vielfarbigen Blüten, die der Ebene Leben und Hoffnung einhauchten. Rot, Gelb, Blau – alle erdenklichen Farben und Formen breiteten sich vor ihren Augen auf dem Teppich aus knietiefem Gras aus, bildeten einen beruhigenden Kontrast zu den schroffen kalten Abgründen hinter ihr, zu der grauen Stadt in der Tiefe.

Sie widerstand der Versuchung, sich noch einmal umzusehen, einen letzten Blick auf das zu werfen, was sie hinter sich gelassen hatte; sie widerstand der Versuchung, weil sie plötzlich erkannte, daß ihre Zukunft vor ihr lag. Irgendwo in der Ferne, hinter dem Meer aus Grün und Rot und Gelb und Blau, hinter der Ebene, die sich sanft im warmen Wind der ersten Herbsttage wiegte. Langsam tat sie den ersten Schritt, spürte nicht mehr den harten, kantigen Stein unter ihren Füßen, sondern das weiche Gras, das ihr ein Gefühl von Schwerelosigkeit vermittelte. Sie begann zu laufen, mit weiten, federnden Schritten flog sie hinaus auf die Ebene, zwischen die farbigen Blütenmuster, mitten hinein in den betäubenden Duft des Unberührten.

Dann entdeckte sie den Fluß am Horizont. Wie ein Band aus flüssigem Silber wand er sich über die Ebene, durch das endlose Gras, glühte auf in den Strahlen der höhersteigenden Sonne. Sie ahnte, daß ihr Ziel irgendwo an diesem Fluß liegen mußte, irgendwo, und diese Ahnung beschleunigte ihre Schritte, ließ sie fast gedankenschnell über den Blütenteppich dahingleiten, immer schneller, einem neuen oder vielleicht doch einem alten, nur vergessenen Ziel entgegen.

Die Brücke wirkte dunkel und drohend in all der Helligkeit und Farbigkeit dieser Welt. Sie überschattete den Silberfluß, reichte von einem grünen Ufer zum anderen. Und sie übte eine Anziehungskraft aus, der man kaum zu widerstehen vermochte. Vielleicht war es ihre Größe, ihre Mächtigkeit, Imposantheit, die so faszinierend wirkte, ihre absolute Einmaligkeit in der weiten Flachheit der grünen Ebene.

Und doch war sie dazu angetan, Erinnerungen zu wecken an die dunkle Macht in der Enge des Talkessels. An die Stadt mit ihren Türmen, Kuppeln und Brücken. Sie versuchte, diese Erinnerungen zurückzudrängen, aus ihren Gedanken zu verbannen und trat langsam an die kristallklaren Fluten des Silberflusses. Sie beugte sich über den Spiegel aus Wasser und erkannte ihr Ebenbild in der Tiefe. Die langen dunklen Haare fielen ihr in sanften

Wellen ins Gesicht. Ihre braunen Augen suchten und fanden ihre braunen Augen. Und sie faßte den Entschluß, sich trotz allem der dunklen Brücke anzuvertrauen, sie zu überqueren, um vielleicht auf der anderen Seite das zu entdecken, was so lange Zeit ihr Ziel und ihre Sehnsucht gewesen war.

Also wandte sie sich ab von dem Silberfluß, drehte sich um – und sah den Kobold direkt vor sich.

Wieder war sie unfähig zu schreien, wieder schnürte die plötzliche Erkenntnis ihrer absoluten Verlorenheit ihr die Kehle zu. Der Kobold stand da, schweigend, lächelnd, streckte ihr die dichtbehaarten Arme entgegen. Nur seine Augen hatten an Fremdheit verloren, sie schienen beinahe sanft, beruhigend, so etwas wie Verständnis ausstrahlend.

Dennoch wich sie zurück, langsam, voller Angst und Enttäuschung, daß sie ihre Hoffnung verloren hatte, so dicht vor dem Ziel ihrer Träume, daß wieder das Fremde, Erschreckende eingebrochen war in ihre neugewonnene Welt. Sie wich zurück, verlor den Halt, stürzte, schrie, bis die hellen Wasser des Silberflusses über ihr zusammenschlugen und sie hinabzogen in die Tiefe. Sie wehrte sich nicht, schrie nicht mehr, spürte nur noch das Wasser und die sich über sie senkende Dunkelheit . . .

»Ich mache mir ernsthafte Sorgen«, sagte die rauhe, unbetonte Stimme. »Dies ist bereits der vierte Fall in dieser Woche. Immer die gleichen Symptome. Die Träume, diese Geschichten von einem Kobold, die plötzlichen Ängste. Es entwickelt sich zu einer ernsten Bedrohung unserer Gesellschaft.«

»Sie kommt wieder zu sich!« unterbrach ihn eine weibliche Stimme. »Wollen Sie ihr ein Beruhigungsmittel injizieren?«

»Nein, das wird nicht nötig sein. Wir sollten sie zur Beobachtung in die Klinik bringen. Veranlassen sie bitte alles Notwendige. Ach ja, und benachrichtigen sie Boris Vanderguard von dieser Maßnahme. Es wird ihn vielleicht interessieren, was aus seiner Wohngefährtin geworden ist.«

Sissi lag wie erstarrt da. Sie hatte die Augen geschlossen und spürte unbewußt, daß es besser für sie sein könnte, zunächst einmal nicht auf die veränderte Situation zu reagieren. Sie mußte nachdenken. Über sich, über Boris, über den Mann mit der rauhen, unpersönlichen Stimme, der sich über irgend etwas ernsthafte Sorgen machte, und über ihren Traum. War es vielleicht doch mehr als ein Traum?

»Der Wagen ist angefordert, Dr. Wagner«, riß sie die weibliche Stimme aus ihren Gedanken. »Brauchen Sie mich noch?«

»Nein, im Moment nicht. Warten Sie bitte unten auf den Wagen und die Leute vom Sicherheitsdienst. Ich werde der Patientin vorsichtshalber doch noch eine Injektion verpassen. Dann dürfte der Fall erst einmal für uns erledigt sein.«

Sissi hörte die Schritte der Frau auf dem weißen Teppichboden ihres Zimmers, hörte, wie schließlich die Wohnungstür ins Schloß fiel. Man hatte also den Sicherheitsdienst eingeschaltet. Eigentlich hätte sie jetzt von Panik erfaßt werden müssen, denn der Sicherheitsdienst wurde nur in äußerst seltenen Fällen aktiv. Für die Beteiligten war dieses dann zumeist auch eine ziemlich endgültige Aktivität . . . Aber Sissi war dennoch von einer ihr sonst unbekannten Ruhe erfüllt, von einer Ruhe, die sie dazu befähigte, sich trotz geschlossener Augen ein genaues Bild ihrer Umgebung zu machen. Da war der Mann, der offenbar Dr. Wagner hieß. Er stand am Schreibtisch, und das leise metallische Klicken verriet ihr als ausgebildeter Krankenschwester, daß er eine Injektionspistole vorbereitete. Ein Beruhigungsmittel vermutlich. Dann das Geräusch splitternden Plastiks, ein feines Klirren, ein unterdrücktes Fluchen. Sissi hätte beinahe laut gelacht. Es war schon merkwürdig, daß gerade Ärzte bei der Vorbereitung von Injektionen mit den neuen T-3-Pistolen die Lager überspannten und die falsch eingelegte Ampulle zerplatzen ließen. Ein absoluter Triumph der unausgereiften Technik . . . Schritte auf dem Teppichboden, eine Tür wurde geöffnet, die Tür zum Badezimmer, dann Schritte auf glatten Fliesen.

Sissi handelte, ohne nachzudenken. Es war, als würde irgendeine innere Stimme ihr Befehle geben, ihre Handlungen lenken. Sie erhob sich, ging mit unsicheren, fast tastenden Schritten zur Badezimmertür, warf keinen Blick auf den Mann im weißen Kittel, der sich über das Waschbecken gebeugt hatte, schloß wortlos die Tür und verriegelte sie.

Dann atmete sie auf. Es war sinnlos, irgendwelche Gedanken an die Konsequenzen ihres Tuns zu verschwenden, das war ihr unbewußt klar. Und je mehr sie sich darüber klar wurde, umso mehr fiel auch die sonst so übermächtige Unentschlossenheit von ihr ab. Zum ersten Mal lächelte sie wieder, betrachtete kopfschüttelnd die T-3-Pistole, deren Lager so schnell überspannt werden konnten, die zerplatzte Ampulle, und mit dem wütenden Geschrei des Arztes in ihrem Rücken packte sie schnell und doch beherrscht einige wichtige Dinge in ihre Umhängetasche: Die ID-Plakette, einige Kreditabschnitte, eine Arzneibox. Sie warf noch einen letzten Blick auf ihr Zimmer, das ihr so lange Heimat und zweifelhafte Geborgenheit gegeben hatte, dann wandte sie sich entschlossen um und verriegelte die Wohnungstür hinter sich.

Das alles hatte nur wenige Minuten in Anspruch genommen. Sie hatte nicht gezögert, wie sie das sonst nur allzu häufig vor jeder Entscheidung getan hatte, und auch nicht an die Folgen gedacht. Sie hatte gehandelt. Bewußt oder unbewußt. Und jetzt stand sie also auf dem Gang. Der war dunkel und leer. Nur eine farbige Leuchtmarkierung an der Decke zeigte ihr, in welchem Stockwerk sie sich befand. Eine notwendige Maßnahme, denn jede Etage glich bis in die letzten Kleinigkeiten der anderen. Sissi mußte an ihre Nachbarn denken. An Janina, das blasse Mädchen mit den streng zurückgekämmten Haaren und der Brille, die so ganz in ihrer Arbeit bei der Zentralverwaltung aufging. Das Mädchen, das ihre Wohnung nur verließ, um zur Arbeit zu fahren. Das Mädchen, das jedem Menschen aus dem Weg ging und selbst beim freundlichen Gruß auf dem Flur noch abweisend war. Und sie dachte an Hartwig, den jungen Dozenten, der ihr einmal von der Zukunft erzählt hatte, von einer Zukunft auf dieser Welt, für die es sich zu kämpfen lohnen würde und der doch bei jedem Wort den eigenen Zweifel an dem Glauben seiner Vorgesetzten nicht verbergen konnte. Sie würde dies alles hinter sich lassen müssen, ohne ein neues Ziel zu haben. Und nur wegen eines Traumes ...

Den Fahrstuhl zu benutzen, wagte sie nicht. Das Risiko war verhältnismäßig groß, beim Aussteigen im Erdgeschoß den Männern des Sicherheitsdienstes direkt in die Arme zu laufen. Also wählte sie den beschwerlichen Weg über die Treppe. Sie hatte nie diesen eigentlich für Notfälle gedachten Ausgang benutzt, aber die veränderte Situation erforderte von ihr mehr als nur die Entschlossenheit, Dinge zu tun, die sie bisher nicht zu tun gewagt hatte.

Langsam tastete sie sich vorwärts auf den schmalen Stufen der

Treppe, die lediglich von den wenigen Glühstäben der Notbeleuchtung erhellt wurde. Schritt für Schritt ins Ungewisse, die Tasche mit den lebensnotwendigen Utensilien fest an sich gepreßt ...

»Ich möchte dir ein Märchen erzählen«, sagte die alte Frau mit den hochgesteckten grauen Haaren und blickte sie über den Rand ihrer altertümlichen Brille freundlich an. »Hör gut zu: Es war einmal vor vielen vielen Jahren ein König, der hatte drei Söhne. Eines Tages nun sprach der König zu dem ältesten seiner Söhne: ›Wenn ich einmal aus dieser Welt scheiden werde, so sollst du den westlichen Teil meines großen Reiches erben.‹ Denn der älteste Sohn war groß und stark und hatte schon oft in Turnieren bewiesen, daß ihm keiner im Kampfe gleichkam.

Und zu dem zweitältesten Sohn sprach der König: ›Du, mein Sohn, wirst einmal über den östlichen Teil meines Reiches herrschen.‹ Denn auch der zweitälteste Sohn stand seinem Bruder in Kraft, Mut und Schlauheit kaum nach.

Da aber trat der jüngste Sohn vor seinen Vater, und er fragte, was eines Tages sein Erbteil sein sollte. Der mächtige König lachte nur.

›Du, mein Sohn, hast noch nicht bewiesen, daß du eines großen Reiches würdig bist. Zieh aus in die Fremde, lerne, dich im Kampfe und im Leben zu behaupten, und wenn dein Name und deine Taten im ganzen Volke gerühmt werden, so soll auch dir dein Teil meines Reiches und meiner Macht gewiß sein.‹ Sprach's und ließ ihn allein.

Da wurde der jüngste Königssohn von Traurigkeit und Wehmut erfaßt. Denn wie sollte er sich in der Fremde einen so berühmten Namen erlangen, daß auch sein Vater ihn achtete? Er war nicht so geschickt und so kräftig wie seine Brüder, hatte nicht so viel Mut und Erfahrung wie diese und auch noch nie in einem Turnier seine Stärke erproben können. Aber all sein Grübeln half ihm nichts, er mußte sein Bündel schnüren und verließ schon am nächsten Morgen das Schloß des mächtigen Königs. Er hatte für seine Wanderung die einfachsten Kleider gewählt, um nicht auf der Landstraße aufzufallen, und er trug auch nur die notwendigsten Dinge in seinem Bündel über der Schulter.

Als die Sonne ihren Tageslauf am Himmel beendet hatte, erreichte er schließlich ein kleines Wäldchen, das ihm geeignet für ein Nachtlager schien. Er legte sich ins weiche Moos und versuchte einzuschlafen. Aber kaum waren ihm die Augen zugefallen, weckte ihn das Knurren seines Magens von neuem auf. Er hatte im Schloß nicht mehr an der Tafel speisen wollen und auch nur zwei Scheiben trockenen Brotes als Wegzehrung mitgenommen. Doch wie er sich so umsah, im stillen auf der Suche nach etwas Eßbarem, das seinen Hunger zu lindern vermochte, entdeckte er plötzlich einen kleinen Hasen. Der hatte sich in einer Falle verfangen, die ein Jäger hier am Rande des Wäldchens aufgestellt hatte.

Ein willkommener Braten, dachte der Königssohn, zog sein Messer aus dem Bündel und schickte sich an, das ängstlich zitternde Tier mit einem Stich ins Herz zu töten, um es dann lecker gebraten zu verspeisen. So wie es ihm seine Brüder auf der letzten Jagd gezeigt hatten.

Aber als er so vor dem Häschen saß, das spitze Messer in der Hand, blickte er direkt in zwei große traurige Augen. Da brachte er es nicht übers Herz, das Tier zu töten und befreite es stattdessen aus seiner Falle. Der Hase blickte ihn noch einmal dankbar an und verschwand dann in der Tiefe des Waldes. Also mußte sich der Königssohn wieder unter den Bäumen ausstrecken, aß ein Stück seines trockenen Brotes und schlief dann ein.

Am nächsten Morgen machte er sich in aller Frühe wieder auf den Weg in die Fremde. Er wanderte und wanderte, und die Sonne hatte kaum ihren höchsten Stand erreicht, als ihm auf der staubigen Straße ein wahrer Riese von Mann entgegenkam, der ein gewaltiges Schwert in seinen kräftigen Händen trug.

›Ei, wohin des Weges, mein Freund?‹ fragte der Königssohn.

Der Riese lachte schallend und ließ sein Schwert durch die Luft brausen, als sei es aus leichtem Holz. ›Ich bin ausgezogen, um der mächtigste und reichste Mann dieser Erde zu werden. Denn nicht weit von hier haust ein böser Kobold in einem dunklen Wald. Er soll einen unermeßlichen Schatz hüten, einen Schatz, größer als alle Reichtümer der Welt zusammen. Und wer den Hüter dieses Schatzes bezwingt, wird Herr über alles.‹ Die Augen des Mannes mit den kräftigen Armen leuchteten vor Begierde auf und ohne noch ein weiteres Wort zu verlieren, zog er weiter.

Der Königssohn aber dachte sich: Wenn ich nun diesen Schatz

erringen könnte, würde der Ruhm meiner Tat und meiner neuen Macht ganz gewiß auch bis zu meinem hochmütigen Vater dringen. Und obendrein wäre ich der reichste Mann dieser Welt.

Kaum gedacht, schritt er auch schon zur Tat.

›Nehmt mich mit!‹ rief er dem Riesen nach und eilte ihm so schnell ihn seine Füße trugen hinterher.

Der aber lachte nur höhnisch. ›Du willst den Kobold besiegen? Selbst wenn du eine Waffe hättest, wüßtest du wahrscheinlich nicht einmal, mit ihr umzugehen!‹ Schließlich aber willigte er doch ein, denn der vermeintliche einfache Wandersmann bezwang ihn mit der Gewandtheit seiner Worte. Und so wanderten sie also das letzte Stück des Weges gemeinsam dahin.

Nach einiger Zeit erreichten sie das kleine Wäldchen. Der Riese nahm sein gewaltiges Schwert in beide Hände, drehte sich noch einmal zu seinem Begleiter um und sprach: ›Warte hier auf mich. Sollte ich bis Sonnenuntergang immer noch nicht zurückgekehrt sein, so magst du selbst einmal dein Glück versuchen.‹ Sprach's und verschwand lachend zwischen den dunklen Tannen des Waldes.

Der Königssohn setzte sich nieder in das hohe Gras und wartete. Er wartete und wartete, und als der Mann bis Sonnenuntergang immer noch nicht zurückgekehrt war, beschloß er, erst einmal zu schlafen, um dann sogleich bei Tagesanbruch selbst sein Glück zu versuchen.

Kaum war die Sonne wieder am Himmel erschienen, schnürte er dann auch sein Bündel, nahm sein kleines Messer in die Hand und betrat das Wäldchen. Er folgte einem kleinen Pfad, der sich zwischen den Tannen hindurchwand und auf dem noch deutlich die Spuren seines Weggefährten zu erkennen waren. Der Wald war dunkel und unheimlich, und schon wollte den Königssohn der Mut verlassen, als er ein winziges Häuschen erspähte, das mitten auf einer Lichtung erbaut worden war. Aber, welch Schreck! Direkt vor ihm entdeckte er plötzlich den Riesen im hohen Gras. Sein gewaltiges Schwert war über und über mit Blut befleckt, und es ragte ihm mitten aus der Brust. Da packte den Königssohn endgültig die Angst.

Wie er aber so dastand, mit zitternden Knien und Händen, da glaubte er plötzlich eine feine Stimme zu hören. Er lauschte aufmerksam und erkannte schließlich leise Hilferufe, die wie aus weiter Ferne an sein Ohr drangen. Ohne an seine Angst zu denken, ging er der dünnen Stimme nach und kam sodann an einen Brunnen, der am Rande der Lichtung unter einer hohen Tanne stand. Er blickte hinein und erkannte in der Tiefe ein winziges, über und über behaartes Männchen, das ängstlich in dem kalten Wasser herumruderte. So oft es auch versuchte, sich an der glatten Wand des Brunnens Halt zu verschaffen, so oft glitt es auch wieder ab und tauchte für kurze Zeit unter.

Der Kobold, durchfuhr es den Königssohn. Wahrscheinlich ist er im Kampf mit seinem Widersacher in diesen Brunnen gefallen und jetzt dazu verdammt, elendig zu ertrinken. Was kann mir besseres geschehen? dachte er sich. Der Kobold wird ertrinken, und ohne große Anstrengungen oder Gefahren auf mich nehmen zu müssen, kann ich den Schatz gewinnen.

›Hilf mir!‹ rief der Kobold in der Tiefe. ›Rette mich!‹

Schrei du nur! sagte sich der Königssohn. Warum sollte ich dir helfen, wenn ich so zum reichsten und mächtigsten Menschen dieser Erde werden kann? Ich wäre schön dumm.

Und er blickte noch einmal in die Tiefe des Brunnens und direkt in zwei große traurige Augen. Genauso wie am Abend zuvor, als er es nicht übers Herz gebracht hatte, den Hasen zu töten. Da seufzte er vernehmlich, schalt sich einen Narren, nahm das Seil, das neben dem Brunnen im Gras lag und warf es dem Kobold zu. Der kletterte daran hoch, in die Freiheit, schüttelte sodann das eiskalte Wasser aus seinem Pelz und sah seinen Retter dankbar an.

›Du hast jetzt zum zweiten Mal mein Leben gerettet‹, sprach er. ›Zweimal hast du mich verschont, auch wenn du dadurch selbst viel geopfert hast. Also werde ich dir den Dank erweisen, der dir gebührt. Folge mir!‹

Der überraschte Königssohn folgte dem kleinen pelzigen Wesen in das Häuschen, und kaum war die Tür hinter ihnen ins Schloß gefallen, da mußte er auch schon geblendet die Augen schließen. Vor ihm breitete sich eine weite Ebene aus, übersät mit Blüten, Blumen und duftenden Gräsern. In der Ferne leuchtete ein kleines Wäldchen, und direkt vor ihm, an einem silbernen Fluß, lag malerisch ein Dorf mit lauter winzigen Häuschen. Überall tummelten sich Kobolde, kleine lebendige Dinger, und sie spielten mit den Tieren des Waldes, den zahmen friedlichen Hasen, Rehen und Wieseln, und sie arbeiteten gemeinsam auf den Feldern. Keines der Häuser war größer oder prachtvoller als das andere, und über allem schien eine blutrote Sonne.

›Du wolltest doch den größten Schatz, den es auf der Erde gibt‹, sagte der Kobold leise, ›Gold vielleicht, Silber, edle Geschmeide, aber du hast darauf verzichtet, um mir das Leben zu retten. Also zeige ich dir den wirklich größten Schatz dieser Erde. Glück, Zufriedenheit, Harmonie, Liebe. Er liegt vor dir, und wenn du ihn willst, brauchst du nur einen Schritt zu tun.‹

›Und was wird aus dir?‹ fragte der Königssohn.

›Meine Aufgabe ist noch nicht erfüllt. Ich werde zurückkehren in mein Häuschen inmitten des Waldes und auf die Menschen warten, die zu mir kommen, um den Schatz zu gewinnen. Und wenn einer kommt, der ist wie du, dann werde ich auch ihn hierher führen.‹

Da vergaß der Königssohn seine zwei älteren Brüder, seinen Vater, das Reich, die Macht und die Schätze in den Kammern seines väterlichen Schlosses, trat einen Schritt vorwärts und wurde ein Kobold.

Und er ward glücklich in dem fernen Land mit der bunten Wiese, dem silbernen Fluß, dem Wäldchen und dem Dorf, und wenn er nicht gestorben ist, dann lebt er noch heute still und zufrieden in seinem kleinen Häuschen . . .«

Die Märchenerzählerin lächelte und nahm mit ihrer dichtbehaarten Hand die Brille von der Nase. Sie blickte Sissi aus dunklen traurigen Koboldaugen an, klappte ihr Märchenbuch zu und verschwand.

Als sie vor Petras Wohnung stand, wurde ihr übel. Krampfhaft versuchte sie sich daran zu erinnern, wie sie hierher gekommen war, aber ihr Gedächtnis versagte. Da waren die Ereignisse in ihrem Zimmer, ihre Flucht in den Treppenschacht – und dann nichts mehr. Nur das Märchen, dieses ihr bis dahin völlig unbekannte Märchen, stand klar und deutlich vor ihr. Irgendwie aber mußte sie trotzdem den Weg zu ihrer einzigen Freundin zurückgelegt haben. Die Tatsachen sprachen für sich. Sissi fuhr sich nachdenklich durch das lange, leicht gewellte Haar. Gab es vielleicht doch eine Macht, die ihre Schritte lenkte, die sie wie eine Marionette handeln ließ? Aber wenn – warum und mit welchem Ziel?

Sie schüttelte die quälenden Gedanken ab und klingelte an der

Wohnungstür. Sie brauchte einfach jemanden, mit dem sie über alles reden konnte, jemanden, zu dem sie bedingungsloses Vertrauen hatte. Mehr Vertrauen als zu Boris ...

»Hallo?!« machte Petra fragend, und die Überraschung in ihrer Stimme war nicht gespielt. »Ich dachte, du hast Dienst?«

Sissi versuchte ein Lächeln. »Aus. Aus und vorbei. Mir ist ... naja, sagen wir mal ... was dazwischengekommen. Außerdem muß ich unbedingt mit dir reden.«

Sie betrat mit immer noch unsicheren Schritten die Wohnung, und erst als sich die Tür hinter ihr geschlossen hatte, fielen Angst und Ungewißheit der letzten Stunden von ihr ab. Zum ersten Mal fühlte sie wieder so etwas wie Geborgenheit, auch wenn sie sich darüber im klaren war, daß es eine trügerische Geborgenheit sein konnte. So ließ sie sich nachdenklich in einen der tiefen Kunststoffsessel im Wohnzimmer fallen, während Petra ohne weitere Fragen in der Küche verschwand, um Tee zu kochen. Überflüssige Worte gab es zwischen den beiden schon längst nicht mehr, dafür kannten sie sich einfach zu lange und zu gut. Sie hatten schon gemeinsam in der Klinik gearbeitet, als René noch am Leben gewesen war. Eine verdammt lange Zeit. Jedenfalls für diese junge Welt.

»Wieder Ärger mit Boris?« fragte Petra, als sie mit der Teekanne und zwei Tassen wieder das Zimmer betrat.

»Nein. Das heißt, eigentlich doch ja. Aber ich fürchte, es klingt entsetzlich albern, wenn ich dir erzähle, was los ist. Weißt du, ich ... ich habe ...« Sie zögerte, blickte Petra irgendwie hilfesuchend an. Und die lächelte aufmunternd, setzte sich neben ihre Freundin auf die Lehne des Sessels, legte den Arm um sie. »Alles hat begonnen«, setzte Sissi erneut an, »mit einem Traum. Mit einem rätselhaften Traum ...«

Und dann erzählte sie. Von ihrem Gespräch mit Boris, von der plötzlichen Angst vor der Einsamkeit dieser grauen Stadt, von der Wiese mit den zahllosen Blüten, von dem Kobold, von dem Arzt, dem Sicherheitsdienst, von ihrer Flucht und dem Märchen. Sie erzählte von ihren Gedanken, Vermutungen und von all den Fragen, die sie nicht beantworten konnte. Petra unterbrach sie nicht ein einziges Mal. Sie hörte schweigend zu, ihre dunklen Augen waren auf Sissi gerichtet, und keine der beiden bemerkte, daß der Tee vor ihnen auf dem Tisch längst kalt geworden war.

Schließlich stand Petra auf, trat nachdenklich ans Fenster und blickte hinaus auf die Welt, die ihre Zukunft hatte werden sollen. Die blutrote Sonne stand hoch am Himmel und schien zu versuchen, das Grau der Hochhausgiganten in ein sanftes Rot zu tauchen. Tief unter ihr erkannte sie die emsig hin und herwimmelnden Fahrzeuge auf den Brücken und Straßen, die Menschen, klein wie Ameisen, die ihrer Pflicht nachkamen.

»Dein Traum, Sissi, war nicht einfach nur ein Traum«, sagte sie dann mit leiser Stimme. »Ein solcher Kobold, oder was immer es auch gewesen sein mag, soll schon von mehreren Menschen dieser Welt gesehen worden sein. Auch sie haben von den Ruinen in der Schlucht erzählt, von der Ebene und dem Märchen. Und sie alle sind seitdem spurlos verschwunden. Sie haben einfach die Stadt verlassen, einfach so, ohne ein Abschiedswort, und keiner ist jemals zurückgekehrt.«

Sissi begann zu begreifen. Der Arzt, die Überweisung in die Klinik, die Leute vom Sicherheitsdienst. Man war diesen mysteriösen Ereignissen auf der Spur gewesen, und sie hatte nicht mehr bedeutet als ein weiterer Fall. Ein Fall, den man zu untersuchen hatte, weil die Sicherheit der ganzen Kolonie bedroht war. Aber dies alles machte den Traum nur noch rätselhafter.

»Weißt du, offiziell versucht man wohl, die Vorfälle geheim zu halten, aber so ganz gelingt das natürlich nie. Ich habe erst gestern mit einem Arzt darüber gesprochen, der einen solchen Fall selbst erlebt hat. Man vermutet, daß eine bisher unbekannte Lebensform dieses Planeten, eine vielleicht fast ausgestorbene Intelligenz an allem Schuld ist, daß sie die Eindringlinge von der Erde vernichten will.«

»Glaubst du daran?« fragte Sissi nach.

»Ich weiß nicht. Es wäre zumindest eine Erklärung. Du selbst hast gesagt, daß du manchmal das Gefühl hattest, von einer solchen unsichtbaren Macht gelenkt zu werden.«

Eine fremde Intelligenzform auf diesem Planeten? Sissi fuhr sich nachdenklich durch das Haar. Eine plausible Erklärung, zweifellos. Und vielleicht hatte sie sich gerade ihrer bemächtigt, weil sie in ihrem Zustand der Labilität und Einsamkeit besonders hilflos gewesen war?

Andererseits war da noch etwas. Eine Entwicklung, die in ihr stattgefunden hatte, eine Entwicklung, die eigentlich schon begonnen hatte, nachdem René gestorben war. Sie hatte sich nie ihre Zweifel eingestehen wollen, nie zugeben wollen, daß sie immer mehr den Glauben an die Zukunft, an den Fortschritt, an die so oft gepredigte Ideologie dieser Siedlung verloren hatte. Sie hatte sich mehr als einmal gefragt, ob die Menschen überhaupt eine Berechtigung für ihr Tun besaßen, ob sie sich nicht ein Recht nahmen, das ihnen nicht zustand, und ob ihr Tun sie nicht unaufhaltsam selbst zerstörte. Sie hatte nie gewagt, offen darüber zu sprechen, aber selbst in den Armen von Boris hatte sie gefroren. Der Traum war ein vorläufiger Höhepunkt dieser Entwicklung gewesen, so als wäre ein lange verborgenes Wissen endlich an die Oberfläche gedrungen. Immer noch zögernd, nur im Erkennen der Fehler, ohne den Mut, die notwendigen Konsequenzen zu ziehen. Aber die Entwicklung war noch nicht abgeschlossen ...

»Was hast du jetzt vor?« fragte Petra.

»Das gleiche, was die vielen Menschen vor mir getan haben. Ich werde einfach die Stadt verlassen. Ich weiß zwar noch nicht, was ich suchen soll, aber ich weiß, daß ich es finden werde. Irgendwann.«

Sie erhob sich ohne ein weiteres Wort, trat an Petra heran, schloß sie noch einmal in ihre Arme.

»Weißt du, ich würde am liebsten mitkommen, egal wohin. Aber die Zeit ist wohl noch nicht da.«

Sissi lächelte ein letztes Mal. »Ich werde auf dich warten«, sagte sie zum Abschied und ging zur Tür. Ihre Schritte waren nicht mehr unsicher, und obgleich sie kein Ziel hatte, schloß sie die Tür hinter sich, verließ den grauen Wohnblock und verschwand im Gedränge der Menschen auf der Hauptstraße. Die rote Sonne wies ihr den Weg.

Irgendwo hinter ihr lag die Stadt. Die Stadt mit ihrer Kälte, mit ihrer Leere, mit ihren falschen Träumen und mit ihrem Fortschritt, an den man glauben mußte, auch wenn man schon lange nicht mehr an ihn glauben wollte. Die Stadt lag hinter ihr, und Sissi blickte sich nicht um.

Unter ihren Füßen spürte sie das hohe Gras einer weiten, ihr nur allzu vertrauten Ebene. Ein grüner Teppich, der sich von Horizont zu Horizont spannte, unterbrochen nur von den zahllosen roten, gelben und blauen Blüten, den Farben des Lebens, die sich wie ein gewaltiger Regenbogen auf die Landschaft gelegt hatten. Sissi mußte an ihren Traum denken. Den Traum von eben dieser Wiese, von den Blumen und dem Silberfluß. Wie lange war das jetzt her? Zweimal war die Sonne unter- und wieder aufgegangen, seitdem sie die Wohnung ihrer Freundin verlassen hatte, um einer inneren Stimme zu folgen. Zweimal hatte die aufgehende Sonne sie geweckt und ihr den Weg zu einem unbekannten Ziel gewiesen.

Sissi hatte die Hochhausgiganten längst aus den Augen verloren, hatte die wenigen bebauten Felder der Kolonie hinter sich gelassen, war schließlich auf diese endlos scheinende Ebene gestoßen. Und irgendwie spürte sie, daß sie das Ziel ihrer Suche bald erreichen würde. Sie blieb stehen, schirmte ihre Augen mit der rechten Hand vor der blendenden Sonne ab und musterte aufmerksam den Horizont. Sie tat dies nicht das erste Mal in den letzten Stunden, aber zum ersten Mal endeckte sie, wonach sie Ausschau gehalten hatte: In der Ferne, dort wo Himmel und Erde sich berührten, glänzte das Silberband des Flusses.

Wieder mußte Sissi an ihren Traum denken. Der Silberfluß, die Brücke, der Kobold. Sie beschleunigte ihre Schritte, flog förmlich über das Grün der Wiese, über die Farbenpracht der Blüten hinweg; ihre Füße schienen kaum noch den Boden zu berühren. Es war plötzlich greifbar nahe, ihr Ziel. Oder das, was sie als ihr Ziel erahnte. Denn je weiter sie sich von der Stadt entfernt hatte, umso mehr schien ihr von der eigentlichen Bedeutung ihrer Träume bewußt zu werden. Ihre ersten Zweifel an diesem neuen Leben, ihr Versuch, die immer unerträglicher werdende Gewißheit mit leeren Illusionen zu verdrängen, ihr plötzliches Frieren in den grauen Mauern, ihre Abkehr von dem unerbittlichen Fortschrittsglauben. Und dann der erste Traum, Symbol für ihre Zweifel, ihre Angst. Symbol für ihren unterdrückten Willen zur Flucht. Aber sie hatte sich umgesehen, hatte einen letzten Blick auf die Ruinen in der Tiefe werfen müssen und war gescheitert. Sie war noch nicht bereit gewesen. Das Gespräch mit Boris, der endgültige Bruch mit ihren verlogenen Illusionen, ihren Selbsttäuschungen, und so der zweite Traum. Die Wiese, die Blüten, der Fluß, die Brücke. Sie hatte versucht, die Brücke zu überqueren, in der Hoffnung, dort ein anderes Land zu finden. Aber der Kobold war wieder erschienen. Dann das Märchen, jenes Märchen, das sie plötzlich zu verstehen glaubte, weil es nichts anderes war als ein verzerrtes Spiegelbild ihrer eigenen Erschütterungen und neuen Hoffnungen.

Die Sonne näherte sich bereits wieder dem Horizont, als Sissi endlich das sich durch den grünen Grasteppich windende Band des Silberflusses erreichte. Die Landschaft wurde in blutrotes Licht getaucht, und die Wellen des Stromes verwandelten sich in flüssige Lava. Sissi blieb einfach stehen, ließ das Bild der untergehenden Sonne auf sich wirken, jenes Bild, das sie so häufig schon seit ihrer Ankunft auf dieser Welt erlebt hatte und das ihr doch noch nie soviel bedeutet hatte wie gerade an diesem Abend. Es war wie ein Abschied, ein endgültiger Abschied von dem Stahlbetonkäfig, der nicht nur diese Welt, sondern auch die Menschen selbst zerstörte.

Wie in ihrem Traum trat Sissi an das Ufer des Flusses, setzte sich ins hohe Gras und betrachtete ihr in dunkles Rot gehülltes Spiegelbild in den Fluten. Die langen, leicht gewellten Haare berührten fast die Wasseroberfläche, und ihre Hand strich langsam über ihr Gesicht.

Dann blickte sie auf und sah die Brücke neben sich. Es war die Brücke, die ihr schon im Traum begegnet war. Sie war wie aus dem Nichts aufgetaucht, hier, an dieser Stelle des Flusses, und sie führte auf die andere Seite des Stromes. Langsam stand Sissi auf, lächelte. Sie wartete auf den Kobold. Aber der kam nicht. Oder noch nicht.

Also wandte sie sich wieder der hochaufragenden Brücke aus schwarzem Stein zu, jener Brücke, die sich über die Landschaft erhob, um Ufer mit Ufer zu verbinden. Was aber erwartete sie auf der anderen Seite des Flusses? Ein Paradies? Eine neue Welt? Warum erhoffte sie sich eine neue Welt, wenn sie bereits jetzt, hier, auf dieser Seite etwas gefunden hatte, das mit Leben zu füllen sich lohnen würde?

Im gleichen Atemzug riß eine winzige bepelzte Hand sie aus ihren Gedanken. Neben ihr stand der Kobold, jener Kobold, der sie zunächst in panischen Schrecken versetzt, über den Rand des Abgrundes getrieben hatte. Jetzt aber war Sissi ruhig. Sie versuchte zu lächeln, denn auch der Kobold lächelte. Er blickte sie an, mit dunklen tiefen Augen, die faszinierend, aber nicht erschreckend waren, und er streckte ihr seine Hand entgegen. Diesmal ergriff Sissi diese Hand, spürte den sanften Druck seiner winzigen Finger und die plötzliche Wärme, die auf sie überströmte und die letzten Bedenken vergessen ließ.

»Ich bin bereit!« sagte sie mit leiser, zitternder Stimme, und der Kobold zog sie mit sich, schweigend, aber mit einem Lächeln, zog sie mit in die Dunkelheit unter der Brücke. Zu ihrer Rechten wußte sie die schwarzen Steine der Mauer, zu ihrer Linken das Ufer des Flusses, aber der Kobold führte sie weiter, bog plötzlich zur Seite ab, durch eine unsichtbare Tür in der Brücke.

Schlagartig mußte sie geblendet die Augen schließen. Denn der gewaltige Raum, den sie betreten hatte, war sonnenhell, so hell, daß man kaum die Kuppel erahnen konnte, die sich wie ein künstlicher Himmel über allem spannte.

»Du hast es geschafft«, sagte der Kobold neben ihr und entwand sich ihrem Händedruck. »Du hast das erreicht, was du gesucht hast.«

Sissi sah sich um. Sie spürte so etwas wie Enttäuschung in sich. War dies die Welt, die sie sich erhofft hatte, wegen der sie ihre Vergangenheit aufgegeben hatte? Diese leere, blendendhelle Kuppel? War das alles vielleicht doch nicht mehr als eine einzige Falle für ihre Naivität?

Der Kobold lachte auf. Hell, klar, offen. Er lachte und sah Sissi spöttisch an. »Du hast dir eine neue Welt gewünscht. Eine Welt, die so ganz anders sein soll als das zerstörende, kalte, unmenschliche Leben in der Stadt. Und du kannst dir diese Welt selber schaffen. Alles was du brauchst, sind ein fester Wille und der Glaube an das Gute in dir.«

»Wer bist du?« fragte Sissi.

»Ich bin nichts, das wirklich existiert. Ich bin kein Wesen aus Fleisch und Blut. Ich bin nur ein Teil von dir. Ich bin dein Gewissen, deine Verantwortung, deine Hoffnung, deine Träume. Ich bin einfach nur ein Teil von dir. Du hast mich geweckt durch deine Zweifel und deine Angst, und ich bin gekommen.«

»Ein Teil von mir?« fragte Sissi ungläubig.

»Ja, nicht mehr und nicht weniger. Jeder Mensch hat ein solches anderes Ich in sich, auch wenn er nichts davon ahnt. Es wird erst geweckt, wenn der Mensch seine wahre Bestimmung erkennt, wenn er sich befreit von den falschen Lehren und Idealen eines in die Vernichtung führenden Lebens. Dort, wo du herkommst, sind wir verschüttet vom Fortschritt, von dem, was ihr Zivilisation und

Kultur nennt. Aber hier, in der Freiheit und Wildheit dieses neuen Planeten, hier, in der Nähe eines der Tore in die andere Welt, kann man uns wieder erwecken. Du hast mich geweckt, und ich habe dich hierhergeführt. Durch das Tor in eine Dimension, die du selbst mit Leben füllen kannst. Du mußt nur fest daran glauben.«

Und Sissi glaubte. Sie schloß die Augen, sah die Welt vor sich, die sie sich erträumt hatte, die sie erreichen und nie wieder verlassen wollte. Sie bemerkte nicht mehr, wie der Kobold verschwand, sich von einem Herzschlag zum anderen einfach auflöste und der neuen Welt Platz machte.

Und als sie die Augen wieder öffnete, war die Kuppel verschwunden und das blendende Licht und die rötlichgelben Wände, und doch war sie nicht allein. Da waren Menschen um sie herum, Männer, Frauen und Kinder, und alle blickten ihr entgegen, schweigend, mit einem ehrlichen Lächeln. Ein letztes Mal glaubte Sissi die feine Stimme ihres Kobolds zu hören:

»Du hast dir eine Welt geschaffen, die einmal deine Heimat gewesen ist, vor vielen Jahrtausenden, und die jetzt erneut deine Heimat werden kann. So wie sie schon vielen Menschen vor dir zu einer Heimat geworden ist. Es ist jetzt nicht nur deine Welt, es ist eure Welt. Du hast den richtigen Schritt getan, den Schritt in eine verschüttete Vergangenheit.«

Die Stimme war immer leiser geworden und schließlich irgendwo in der Ferne verklungen. Also vergaß Sissi ihren Kobold, atmete tief die Luft ihrer neuen Welt und wußte sich zuhause ...

Thomas Le Blanc

Was die Steine flüstern

Ihre Laune wurde von Tag zu Tag miserabler. Und heute morgen – am Morgen Planetenzeit – hatte sie sich zum ersten Mal über eine elementare Regel für alle Untersuchungen in fremder Ökologie hinweggesetzt und sich eine Zigarette angezündet – aus trotziger Wut wegen der ausbleibenden Ergebnisse. Nervös inhalierte sie den trockenen Rauch und blickte wie jeden dieser 85 verdammten Tage zuvor auf die Ruinen der kleinen Ansiedlung.

Als sie gelandet waren, hatten sie nur diese Ruinen vorgefunden. Dazwischen ein paar verweste Leichenreste, die kaum auszumachen gewesen waren, und vor der Siedlung, schon längst vom Urwald wieder zurückerobert, ein kleiner Friedhof mit knapp hundert Gräbern.

Die restlichen so etwa viertausend Menschen waren weg.

Im Urwald hatte man noch einige von kleinen Kerbtieren zerfressene menschliche Skelette gefunden, mehr zufällig, denn für eine systematische Suche war die Flora hier zu dicht und zu stark. Vermutlich steckte der Rest der Menschen dort draußen im Urwald, der fast die gesamte Landmasse dieses Planeten bedeckte.

Und vermutlich waren alle tot.

Eine gegenteilige Annahme schloß sie jedenfalls jetzt weitgehend aus. Wäre noch jemand am Leben, hätte er sich sicher bemerkbar gemacht, auffallend genug waren ihre Suchaktionen mit Licht- und Schallsignalen ja gewesen. Da lebte keiner mehr.

Oder?

»Kommandantin?« hörte sie eine Stimme hinter sich. Sie wandte sich um.

»Kommandantin, auch der B-2-7-Test ist negativ verlaufen.« Einer ihrer Wissenschaftler, der Biophysiker Luther Crouch, brachte ihr dieses deprimierende Ergebnis. Der B-2-7-Test war die letzte Hoffnung gewesen, Aufschluß über den Tod der Menschen hier auf dem Planeten zu bekommen.

Viren, Bakterien, das hatte man gleich vermutet, unbekannte Kleinstlebewesen, die das menschliche Leben angriffen und es zum eigenen Überleben vernichteten. Darauf hatte man untersucht – wie auf viele andere Theorien natürlich auch – aber jetzt hatte auch dieser letzte Langzeittest nichts erbracht.

»Danke«, meinte sie zu Crouch. »Danke.« Sie konnte nur mehr mit den Schultern zucken. Dann warf sie die Zigarette auf den Boden, drückte sie mit ihrem Stiefelabsatz aus und fluchte innerlich.

Während der Biophysiker wortlos wieder zum Schiff zurückging und sie ihm sinnend, aber ohne ihn wirklich wahrzunehmen, nachsah, dachte sie noch einmal an den ersten Tag ihrer Landung hier auf Cepheus-CD-118-IV zurück, den Planeten, den die Explorer vor mehr als einem Jahrhundert enthusiastisch »Summersun« genannt hatten: Sommersonne.

Man hatte sie hierher geschickt, weil es im Kolonialministerium auf der fernen Erde eine ungeheure Schlamperei gegeben hatte.

Die normale Regelung war, daß Planeten, die von wagemutigen Kolonisten besiedelt wurden, weitgehend auf sich gestellt waren. Während die Erdregierung diese Gepflogenheit als Gewährung der absoluten Freiheit, der galaktischen Freiheit verkaufte, war sie doch eher aus der Unmöglichkeit geboren, all die neuen bewohnbaren Planeten zu überwachen. So wurde nur eine Hyperfunkverbindung installiert, mehr zum Schutz der Siedler, die bei Zwischenfällen die Hilfe der Erde erbitten konnten, als zur Überwachung. Die Regelung besagte nun insbesondere, daß, solange es keine besonderen Vorkommnisse gab, jeder Planet sich, innerhalb einer bestimmten Karenzfrist natürlich, regelmäßig einmal pro Standardjahr melden mußte – einfach nur zur Kontrolle, daß die Verbindung noch bestand. Im Notfall konnten die Kolonisten natürlich jederzeit die Erde rufen.

Von Summersun waren jedoch plötzlich die jährlichen Routinerufe ausgeblieben. Doch aus irgendwelchen noch nicht geklärten Gründen – eine Untersuchung lief noch – hatte man im Kolonialministerium keine Notiz davon genommen, ja Summersun offensichtlich völlig vergessen. Denn normalerweise hätte nach dem ersten Ausbleiben des jährlichen Kontakts und wenn dann auch auf die fordernden Rufe der Erde keine Antwort kam, gleich ein Raumschiff losgeschickt werden müssen, um nach dem Rechten zu sehen. Nichts dergleichen war geschehen, und erst eine ganz andere Dinge überprüfende Revision hatte mehr zufällig diese ungeheuere Schlamperei herausgefunden. Nach dreiundzwanzig

Standardjahren! Nach dreiundzwanzig Jahren ohne Nachricht von Summersun, und alle Versuche jetzt, einen Kontakt dorthin herzustellen, waren ergebnislos geblieben.

Während noch die ersten Verantwortlichen im Kolonialministerium von ihren Posten suspendiert wurden, hatte man schon das Multiraumschiff KØBENHAVN unter Kommandantin Jacqueline Brech losgeschickt, um den Planeten Summersun unter die Lupe zu nehmen. Die KØBENHAVN war das Flaggschiff einer rund zweitausend Einheiten umfassenden Flotte, die dem Wissenschaftsministerium unterstand: ausgerüstet mit den modernsten Untersuchungsgeräten und mehrerer Handvoll bester Wissenschaftler, aber auch mit schärfsten Waffen und einer schlagkräftigen Infanterietruppe: für alle Vorkommnisse gewappnet.

Doch auf Summersun schon die Siedlung zu orten, war nicht ganz einfach gewesen. Zu sehr hatten die übermächtigen Pflanzen des fast planetenumspannenden Urwalds die Ruinen bereits überwuchert. Der Urwald eroberte sein Territorium zurück.

Neben der Siedlung hatten sie einen Flecken in die Pflanzenwelt gebrannt, um überhaupt mit der KØBENHAVN landen zu können. Und dann hatten sie die feuchte, tropisch-stickige Luft auch erlebt, die das Untersuchungsteam des ersten Explorerschiffs notiert hatte. Und auch heute am 86. Tag auf diesem Planeten hatten sie sich noch nicht an dieses Klima gewöhnt.

Doch es störte sie nur, es brachte sie nicht um, dachte die Kommandantin, während sie wieder auf die Ruinen der Ansiedlung zuging. Die aus Holz gebauten Hütten waren bereits weitgehend verfault und von kleinen Insekten zerfressen. Längst sprossen Pflanzen mit armdicken Stämmen an ihrem Platz, und in ein paar Jahren würden die Hüttenreste endgültig verschwunden sein. Nur hier und da würde man noch Töpfe oder Geschirr oder ein paar Teile technischer Geräte zwischen den überwuchernden Pflanzen finden. Die aus Stein gebauten Häuser standen noch, aber auch hier hatten starke Pflanzen in den Mörtel Wurzeln geschlagen, hatten an den einen und anderen Stelle auch schon die Mauern gesprengt. Und im Innern der Häuser waren Pflanzen durch den Boden gebrochen und hatten sich durch offene Fenster hineingeschlungen.

Als sie in die Häuser hineinwollten, um nach Mitteilungen der

Siedler zu suchen oder um Anzeichen für ihr Verschwinden zu finden, hatten sie sich erst mit Laserwaffen und schweren Macheten Bahn brechen müssen.

Doch gefunden hatten sie nichts. Außer dem nicht mehr reparablen Hyperfunkgerät. Wichtige Teile im Innern waren zerstört worden, nachdem eine durch feine Risse eingeflogene Spore gekeimt hatte und einen Kurzschluß verursacht hatte. Ein dummer Zufall, der den Siedlern jede Möglichkeit nahm, Hilfe zu rufen. Ein Ersatzgerät war offensichtlich nicht mitgenommen worden – aber das war schon fast normal bei solchen Siedlergruppen. Jedes Kilogramm, das sie von der Erde zu ihrem Zielplaneten mitnahmen, kostete horrendes Geld und wertvollen Platz, den man für in ihren Augen Überlebenswichtigeres verplante.

Außerdem waren die Siedler in ihrer Ideologie Pioniere, die alle Brücken hinter sich bewußt abbrachen. Sie wollten Freiheit in der Ferne ohne Sicherheitsnetz. Sie waren die ersten Siedler, diejenigen, die diesen Planeten für später Nachkommende erobern wollten. Ihnen lag nur der Bericht des Explorerschiffes vor, das den Planeten entdeckt und als bewohnbar eingestuft hatte. Dazu gehörte, daß in dem ersten Test keine für Menschen gefährliche Keime entdeckt worden waren und daß, was Atemluft, Gravitation, Klima, eßbare Pflanzen und Tiere, bebaubaren Boden und Ähnliches anging, für Menschen annehmbare Bedingungen bestanden.

Doch der letzte Test, ob der Planet sich zur Besiedlung wirklich für Generationen eignete, das konnte natürlich erst die Besiedlung selbst zeigen. Diese Menschen waren ihre eigenen Versuchsobjekte. Wenn sie gewannen, gehörte der Planet größtenteils ihnen. Sie konnten sich die größten und schönsten Flecken aussuchen, alle nachkommenden Siedler späterer Generationen mußten sich mit zweitrangigem Land begnügen. Doch wenn sie verloren, verloren sie meist auch den höchsten Einsatz, den sie gaben: ihr Leben.

»Ich glaube nicht, daß wir noch etwas finden, Kommandantin.« Vor ihr erhob sich der Physiker Lars Olstroem vom Boden. Er hatte sich die Überreste einer Hütte vorgenommen und schon seit zwei Wochen Standardzeit alle Teile aufgebrochen und anschließend kleingemahlen, ja sogar die Pflanzen, die die Hütte überwuchert hatten, wurden fast pulverisiert – all das, um Spuren, Anzeichen für etwas zu finden, was noch keiner kannte. So ging es ihnen allen: sie suchten nach etwas, wußten aber nicht, wonach.

Sie verstand seine Resignation. »Ich denke, Lars, wir werden abziehen«, sagte sie knapp. Weitere Erläuterungen waren kaum nötig. Denn ihre fast vierteljährige Suche hatte nicht den kleinsten Hinweis darauf gebracht, was hier geschehen war.

Selbst eine – fast wütend erfolgte – mehrere hundert Meter breite Schneise, die sie in viele Kilometer Tiefe von der Infanterie hatte in den Urwald brennen und brechen lassen, um einfach einmal mehr freies Land zu sehen und so vielleicht Spuren zu sichten, hatte nichts eingebracht.

Sicher trugen die Wissenschaftler ein paar Theorien mit sich herum, die aber alle mit nur wenigen Einwänden umgeworfen werden konnten. Doch an irgend etwas mußten sie sich ja halten. Für Angriff, Zerstörung und vielleicht sogar Entführung durch fremde Lebewesen fehlten Kampfspuren, für das Erliegen durch Krankheiten und Bakterien fehlten die Bakterien, und verhungert waren die Siedler auch kaum bei allen genießbaren Früchten des Urwalds.

Doch es konnte natürlich noch gefährliche Stoffe oder Kleinstlebewesen auf diesem Planeten geben, die sie nicht als Gefahr erkannten. Gifte in den Früchten vielleicht, die so gering dosiert waren, daß der gefährliche Schwellenwert erst nach Jahren überschritten war; Bakterien, die erst bei längerem Einsitzen im menschlichen Körper schwerwiegende Krankheiten verursachten; Strahlungen, die erst nach Jahren wirkten.

Deshalb mußten die Wissenschaftler auch nach dem Abflug des Multiraumschiffs in ihren Bordlabors noch weiter das Mitgenommene untersuchen. Und das Schiff stand für mindestens ein Standardjahr unter strengster Quarantäne, bei einem mysteriösen Fall wie diesem war allerdings zu erwarten, daß die irdischen Gesundheitsbehörden die Quarantäne auf drei Jahre verlängerten. Denn keiner wollte Gefahr laufen, daß unentdeckte gefährliche Erreger auf die Erde eingeschleppt wurden.

Die Kommandantin nahm ihr Funkgerät aus der Gesäßtasche ihrer Kombination und drückte ihr Kennsignal. »Joe«, rief sie ihren Stellvertreter, der in der Befehlszentrale des Schiffs saß, »lassen Sie gegen Sonnenuntergang das Signal zum Zurückkommen geben. Ich möchte heute abend noch einmal mit allen Wissenschaftlern reden. Wenn bis dahin keiner eine Spur gefunden hat, brechen wir unsere Zelte hier ab. Wenn wir morgen früh unsere Stationen wieder einladen, könnten wir am Planetennachmittag starten.«

»Aye, Madam«, kam es zurück. Und sie spürte, daß es eine freudige Bestätigung war, denn auch an ihrem Stellvertreter zerrte die Anspannung ihrer ergebnislosen Suche.

Als sie auf das größte Haus zuging, das mitten in der Siedlung stand und wohl so etwas wie ein Verwaltungs- und Versammlungsgebäude gewesen war, schüttelte sie den Kopf über die Geschwindigkeit der Pflanzen, weggenommenes Terrain wieder zurückzuerobern. Wie stark dieser Urwald doch war! Zu stark für die Siedler?

Mit wieviel Enthusiasmus mußten sie damals angekommen sein! Die schweren Düsen des Raumschiffs waren ein paar Mal gedreht worden, um ein gehöriges Stück Urwald abzubrennen. Nachdem sie aufgeräumt und alles eingeebnet hatten, waren die ersten Hütten aufgestellt worden, und mit dem mitgebrachten steinernen Baumaterial hatte man drei feste Häuser errichtet. Dann hatten sie die ersten Schneisen in den Wald geschlagen und Früchte gesammelt und alles, was sie fanden, mit den ersten kärglichen Aufzeichnungen des Explorerschiffs verglichen und auf Genießbarkeit untersucht. Sie hatten Lichtungen in den Wald gerodet, um ihrem mitgebrachten Pflanzensamen Platz zu geben. Und bis zu den ersten Ernten lebten sie von Büchsen- und Instant-Nahrung und von dem im Wald Gesammelten.

Sie befestigten und erweiterten ihre Siedlung, statteten sie mit mehr Bequemlichkeit aus und kämpften zäh gegen den Urwald. Doch diesen Kampf gegen diese Welt hatten die Kolonisten offensichtlich verloren.

Wenn sie diese Steine des schon in eine Ruine übergehenden Hauses vor sich ansah, neigte sie zu ihrer ganz privaten Meinung, daß weder ein Gift noch eine Bakterie noch sonst eine bislang unbekannte Gefahr die Siedler dahingerafft hatte. Es war der Urwald selbst gewesen, diese kraftstrotzende, alles überwuchernde und überwältigende Flora, gegen die sie nicht gewinnen konnten.

Aber wo waren die Leichen dieser Siedler, und warum hatten sie ihr Dorf verlassen? Hatten sie geglaubt, woanders auf diesem verdammten Planeten neu anfangen zu müssen, und waren sie dort noch schneller und diesmal endgültig gescheitert?

Vermutlich würden sie die Lösung dieses Rätsels nie erfahren. Denn natürlich wurde der Planet nun zum Sperrgebiet erklärt, und in den nächsten Jahrhunderten, bis einmal wieder ein Forschungsteam sich der Sache annahm, würde keines Menschen Fuß ihn betreten.

Eine winzige Hoffnung bestand ja noch, daß ihre Wissenschaftler im Multiraumschiff irgendeine Bakterie oder sonst etwas fänden, das für dieses Desaster direkt verantwortlich war. Vielleicht würden sie es herausfinden - wahrscheinlich nicht. Es war nicht die erste Kolonie, die gescheitert war - und auch nicht die erste, bei der man die Ursachen für das Scheitern nie hatte ergründen können. Wo die Ursachen in winzigen Unwägbarkeiten des Lebens im All lagen, die keiner sah.

Während sie in einer fast melancholischen Geste über die Steine dieses verfallenen Hauses strich und dabei die winzigen Gräser spürte, die sich schon auf ihnen festgesetzt hatten, meinte sie, diese Steine müßten ihr ihre Geschichte erzählen können. Aber die Steine sagten nichts, hatten bei keiner Untersuchung etwas gesagt.

Sie flüsterten nur, und niemand verstand ihr Flüstern.

Wolfgang Fienhold

Endloser Frühling

»Du brauchst dir keine Sorgen zu machen«, sage ich noch, und sie sieht unter ihren strähnigen, weißen Haaren hervor und glaubt kein Wort.

»Heute abend bin ich sicher wieder zurück, sieh doch, ich habe nur ein paar belegte Brote und eine Flasche Wein eingepackt. Außerdem kannst du ja mitkommen.«

Sie sagt wieder nichts, aber ihr Blick ist trauriger geworden.

Ich packe den Picknickkorb fester und gehe.

Nach zwanzig Metern wende ich mich um, winke dem weißen Kopf über der buntbedruckten Schürze zu. Sie rührt sich nicht. Ein wenig verärgert steige ich in den alten Kombi und gebe Vollgas. Mit einem großen Satz sind wir auf der Landstraße und rasen davon.

Die Bäume fliegen vorbei; kein Mensch ist um diese Stunde hier draußen. Ich vermisse die Straßenbahnschienen, sonst würde ich mich um dreißig Jahre jünger fühlen.

Da, wo früher unsere Schneise war, ist jetzt ein großer Parkplatz, ich reiße das Lenkrad herum, merke, wie sich dabei die Hornhaut von den Handflächen löst. Gottseidank steht kein anderer Wagen auf dem Parkplatz.

Ich muß allein sein, hier habe ich vor fünfzig Jahren mit meiner ersten Liebe gesessen und vor vierzig mit meiner letzten. Die erste kannte ich nur ein halbes Jahr, die letzte steht in ihrer häßlichen buntbedruckten Schürze in der Küche oder beugt ihr weißes Gesicht über das Bügelbrett, das im Flur steht, als wolle es sagen: Hier wohnen arme Leute. Aber wir sind nicht arm, wir sind nur gleichgültig geworden.

Ich nehme meinen Picknickkorb und gehe die Stufen zum See hinunter. Die Sonne scheint, und ich kann den Gesang der Vogelgruppen unterscheiden. Schwäne und Enten ziehen ihre Kreise, ich setze mich dicht ans Ufer und erschrecke leicht, als ich merke, daß die Bank nicht aus Holz ist.

Schnatternd kommen die Enten näher, in gemessenem Abstand

folgen die Schwäne. Sie haben wohl bemerkt, daß ich meinen Korb auspacke. Ich nehme abwechselnd einen Bissen, werfe die Krumen ins Wasser, trinke einen Schluck Wein. Die Enten spülen mit Wasser nach.

Wir spielen das Spiel für eine Stunde, dann sind die Brote alle. Ich hatte doch zuwenig mitgenommen, die Tiere schwimmen weiter.

Die Sonne hat ihren Stand am Himmel nicht verändert. Ich erinnere mich an den Namen des Mädchens, mit dem ich saß, Rotwein trank und die Enten fütterte. Dann hatte ich sie bei der Hand genommen, und wir sind in das Gebüsch unter der kleinen Insel gegangen.

Ich stehe auf und gehe hinüber, genau hier hatten wir uns damals ausgezogen. Sie war nicht besonders, aber es war schön, obwohl es für uns beide nicht das erste Mal war.

Hinter der Insel liegen jetzt blauweiße Tretboote, und die Stadtverwaltung hat am Ufer Sportgeräte anbringen lassen. Sie stören mich.

Als ich mit meiner Frau wieder hierher gekommen war, stand gegenüber noch ein kleines Gasthaus mit Stühlen im Garten, hellen Sonnenschirmen und kühlem Bier. Ich sehe es nicht mehr, gehe zurück auf meine Bank. Früher war hier Rauchen verboten, das Schild ist verschwunden, also wird wohl niemand was dagegen haben, wenn ich mir eine Pfeife anstecke. Wer auch, ich bin allein.

Ich schaue auf das Wasser, dicke Tabakwolken ziehen über die leichten Wellen.

Der Gesang – der Gesang der Vögel – ist er nicht ein bißchen zu regelmäßig? Und die Enten – warum fliegt keine von ihnen auf? Ich schaue mich um. Die Bäume und Sträucher sehen aus wie – synthetisch. Ich muß aufstehen, sie anfassen, ich kann nicht. Die Sonne hat ihren Stand am Himmel immer noch nicht verändert. Ich fühle etwas wie Angst, aber es ist keine Angst.

Die großen Augen meiner Frau scheinen über dem Wasser zu schweben, ich gehe langsam darauf zu.

Sie hatte recht, ich werde nicht umkehren, ich bin jetzt zwei Meter vom Ufer entfernt und müßte bis zu den Knien im Wasser stehen, doch es trägt mich wie ein dicker Teppich ans andere Ufer.

ULRICH HARBECKE

Terminal

»Ein gutes Spielzeug«, meint Onkel Alfred, »nicht ganz billig, aber gut.«

Tante Elfriede schüttelt nur staunend den Kopf. »Mein Gott, was den Kindern heute geboten wird! Zu meiner Zeit, mit was wir uns zufriedengeben mußten ...«

Vetter Uli putzt sich die randlose Brille. »Selektionsvorteil«, sagt er mit näselndem Tonfall. »Ein echter Selektionsvorteil.« Und als er sieht, daß dieser Begriff nur ihm als Ethologen im sechsten Semester geläufig ist, setzt er zu einem längeren Vortrag an über Artenwandel durch Mutation und Selektion, wobei ihm besonders am Problem der induktiven und teleologischen Psychologie unter Berücksichtigung endogener Reizerzeugung und deren analytischen Folgen gelegen ist.

»Ah ...«, sagt Tante Käthe, als er zu Ende ist und wackelt versonnen mit dem Kopf.

Die übrige Geburtstagsgesellschaft hat sich schon wieder der Käse-Sahne-Torte zugewandt, und bald nimmt alles mit Gesprächen über Backrezepte, Urlaubspläne und das chronische Stuhlgangproblem der leider bettlägerigen Großmutter seinen von alters her geregelten Gang.

Peter und Karin sehen sich an. Sie sind glücklich und mit allem einverstanden. Sie freuen sich, endlich einmal das Richtige getroffen zu haben. Es ist heutzutage so schwierig, das Richtige zu treffen. Sie beobachten das Kind. Das hockt nun schon seit dem Morgen vor seinem neuen Spielzeug, einem jener Micro-Computer, wie sie seit einigen Jahren in den Kaufhäusern angeboten werden, einem einfachen, aber mit Bildschirm, Tastatur und Datenspeicher hinreichend ausgerüsteten System.

»Ein Spielzeug für Denker!« hat der Verkäufer gejubelt. »Das modernste Erzeugnis menschlicher Erfindungsgabe, der große Sprung in die Zukunft, nun für jedermann erschwinglich und beherrschbar.« Ein Gerät, nein, ein Hausgenosse, dem man die Lösung kompliziertester Probleme anvertrauen könne, der mit wenigen modularen Ausbaustufen demnächst sämtliche technischen und rechnerischen Funktionen des Hauses überwachen, optimal planen und steuern werde und vor allem der ganzen Familie ein Spielgefährte von kaum erschöpflicher Intelligenz und Kreativität und gewiß unerschöpflicher Geduld und Zuverlässigkeit sein werde.

Und schon hat er Programme eingelesen und gestartet, die auf dem Bildschirm ganze Sinfonien von Farben und Formen erzeugten, ein Fenster in unbekannte Welten eröffneten und über Tastendruck donnernde Geschwader von Galaxien und Raumschiffen heraufbeschworen, die sich, ebenfalls über Tastendruck, auch wieder in einem kosmischen Strahlengewitter vernichten ließen.

Peter war begeistert, Karin immerhin beeindruckt. Sie zahlten die Rechnung und entführten das »modernste Erzeugnis menschlicher Erfindungsgabe«, geschenkmäßig verpackt und nicht ohne den erstaunlichen Sternenkrieg als Zugabe.

»Eine kleine Aufmerksamkeit unseres Hauses«, gestand der Verkäufer.

Heute morgen stand alles auf dem Gabentisch. Das Kind zögerte zunächst. Karin bemerkte eine gewisse Scheu vor dem Unbekannten, fast eine Ängstlichkeit, sich dem Gerät zu nähern. Gleichzeitig schien eine Verlockung von wachsender Intensität davon auszugehen. Kaum nahm sich das Kind die Zeit, seine dreizehn Kerzen auszupusten. Auch der neue Pullover und die weißblauen Söckchen wurden nur beiläufig registriert. Es wandte den Blick nicht von dem neuen Gerät, aber erst als Peter es zu einem Versuch ermunterte, wagte es, den Schalter zu betätigen. Langsam und prüfend ließ es die Finger über die Tasten gleiten, beobachtete mit tiefem Ernst die Buchstaben, Zahlen und Zeichen, die auf dem glimmenden Bildschirm erschienen.

Jetzt ist schon Abend, und es spielt noch immer. Mit heißen Wangen liest es im Bedienungshandbuch, probiert kleine Programmschritte aus, korrigiert, variiert mit stummer Beharrlichkeit, wenn das erwartete Ergebnis ausbleibt, oder quittiert den Erfolg mit kleinen Jauchzern.

Peter drückt Karins Hand. Ihr Kind kann spielen. Lange haben sie heimlich gezweifelt, es jemals in solcher Konzentration zu erleben. Anders als die meisten seiner Altersgenossen hält es sich abgesondert, scheut das lärmende Mit- und Gegeneinander in den

Hinterhöfen, ohne bisher jedoch eine eigene Welt dagegenzusetzen. Dabei fehlt es an nichts. Unter dem Dach gehört ihm ein geräumiges Kinderzimmer. In den Regalen tummeln sich Gedulds-, Glücks- und Geschicklichkeitsspiele, pädagogisch Wertvolles und geschwätziger Tand. Nichts davon konnte bisher seine Aufmerksamkeit länger als ein paar Minuten fesseln.

Mit Ausnahme des Meerschweinchens. Es hat einen Sonderplatz im Kinderzimmer und ist seit dem vorigen Geburtstag das Objekt einer ungeschickten, aber drängenden Zärtlichkeit.

Dies hier ist jedoch neu. Dies ist ein Volltreffer.

»Siehst du«, sagt Peter, »ich habe es immer gewußt. Es kann spielen wie die anderen auch. Man muß nur das richtige Spielzeug finden.«

»Es lebe die Zukunft!« ruft sie ein wenig zaghaft, denn dies kommt zu stark, zu überwältigend, um nicht einen Bodensatz von mütterlichem Mißtrauen zu erzeugen.

»Und es schult das logische Denken«, erinnert Peter noch einmal.

»Kein Grund für uns, das logische Denken zu verlernen«, lacht Karin. »Für heute ist es genug. Ein Schulkind braucht seinen Schlaf, und man soll nichts übertreiben.«

Sie steht auf und nähert sich freundlich dem Kind.

»Nun mach Schluß für heute, bedank dich bei deinen Gästen und dann – husch – ins Bett!«

Es scheint sie überhört zu haben. Erst als sie ihm eine Hand auf die Schulter legt, kommt einen Reaktion, eine ungewöhnlich heftige, ein böses »Laß mich!«, begleitet von einer Handbewegung, die einem spontanen Tatzenhieb nicht unähnlich ist.

»Na!« sagt der Vater und hebt drohend den Finger.

Karin ist ein wenig erschrocken, zeigt aber Verständnis. Man soll ja auch ein Kind nicht aus seinen Spielen reißen. »Nun komm«, sagt sie geduldig, »morgen ist auch noch ein Tag.«

Das Kind wendet sich ab. Trotzig starrt es auf den Fußboden. Die kleinen Hände umkrampfen nervös das Buch.

Das Gespräch der Gäste verstummt. Karin will jetzt keine Szene.

»Du kannst es ja mit auf dein Zimmer nehmen. Und vor dem Einschlafen überlegst du, was du morgen programmieren willst. Einverstanden?«

Das Kind überlegt. Dann nickt es kurz und rafft zusammen, was es tragen kann. Grußlos verläßt es den Raum. Mit einem entschuldigenden Achselzucken zu den Gästen hin schaltet die Mutter das Gerät aus, zieht den Stecker und folgt dem ungnädigen Star des Tages.

Onkel Alfred versucht einen dünnen Witz. Vetter Uli putzt sich geräuschvoll die Nase. Tante Käthe wackelt nachdenklich mit dem Kopf.

»Zu meiner Zeit . . .«, sagt Tante Elfriede, aber dann verzichtet sie auf das Nähere und Weitere.

Spät in der Nacht fragt Karin.

»Bist du wach?«

»Ja.«

»Hast du es gehört? Da war ein Geräusch . . .«

Dann stehen beide auf dem Treppenabsatz. Unter der Tür des Kinderzimmers liegt ein schmaler Streifen Licht. Peter legt einen Finger auf den Mund. Aus dem Zimmer dringen die elektronischen Laute der Weltraumschlacht. Man hört das Donnergrollen der Aufmarschbewegung, das grelle Crescendo mörderischer Verfolgungsjagden, das Krachen der Abschüsse und Zusammenstöße. Dazwischen klicken immer wieder die Tasten, scharren die Füße, und zuweilen mischt sich ein unterdrückter Ausruf des Staunens oder des Entzückens hinein.

Karin ist unzufrieden. Sie schickt sich an, in das nächtliche Idyll einzubrechen und das Kind zum Schlaf zu zwingen. Aber Peter legt seine Hand auf ihren Arm und zieht sie leise zurück.

»Laß es für heute«, sagt er, als beide wieder in ihren Betten liegen. »Warst du nie besessen von einem neuen Spielzeug? Der Reiz des Neuen muß erst einmal vergehen! Und es ist doch gut, daß es so viel Spaß an einem so wertvollen Gerät hat.«

Der Reiz des Neuen hält auch in den folgenden Tagen und Wochen unvermindert an. Das Kind verbringt jede freie Minute vor dem Bildschirm. Jetzt spielt es ausschließlich den »Krieg der Welten«, verfolgt die »Föderation der Klingonen«, steuert das Raumschiff »Enterprise« und entfesselt mörderische Schlachten um den Fortbestand der zivilisierten Welt.

Auch Karin und Peter können sich einer gewissen Faszination

nicht entziehen. Die Weltraummonster sind weit mehr als flimmerndes Licht auf dem Bildschirm. Es gibt sie in unerschöpflicher Menge und Vielfalt. Ihre Strategie ist unvorhersehbar, und sie sind von einer verführerischen Aggressivität. Mit nie erlahmender Bereitschaft stürzen sie sich in den Feuerhagel des Tastendrükkers, taumeln davon, zersplittern oder verdampfen in kalter Pracht.

Das Meerschweinchen ist vergessen. Grau und stumm fristet es sein Käfigdasein. Mehrmals findet Karin es völlig verschmutzt und halb verhungert vor, und als auch eindringliche Ermahnungen die Verantwortungsbereitschaft des Kindes nicht wiederbeleben, trägt sie das Tier in die Küche und nimmt es vorerst in den Kreis ihrer eigenen Pflichten auf.

Allmählich hält es auch Peter für an der Zeit, das Handbuch wieder hervorzuholen. Er wäre sogar bereit, einen kleinen Programmierkurs auf Diskette zu finanzieren. Das »Spielzeug für Denker« ließe sich gewiß zu logischen Experimenten bewegen. Ein kleines Übungsprogramm für die Grundrechenarten könnte der Mathematiknote förderlich sein, Lese- und Rechtschreibübungen würden auch nicht schaden, zumal das Interesse an der Schule deutlich nachgelassen hat und sich erste Lücken zeigen.

Aber das Kind entwickelt keinerlei Neigung in diese Richtung. Immer wieder erliegen die Eltern seinen Bitten, Belagerungen, zuletzt seinen drängenden Forderungen nach neuen Spielen der Weltraumklasse. Und so hallen die Räume des Hauses wider vom Elektronengewitter kosmischer Schlachten und Weltuntergänge, wie sie auf dem »modernsten Erzeugnis menschlicher Erfindungsgabe« mühelos zu inszenieren sind.

Abendessen. Peter stochert stumm in seinem Rührei.

»Wo ist das Kind?« fragt er.

»Oben. Ich habe ihm sein Essen hinaufgebracht.«

Peter schiebt mit plötzlichem Ruck seinen Teller zurück. Karin beeilt sich mit einer Entschuldigung. »Ich dachte, du seist damit einverstanden. Und das neue ›Hangman‹-Spiel macht ihm so viel Spaß.« Sie sieht, daß sich sein Gesicht verfinstert und redet unsicher weiter. »Ein lehrreiches Spiel, glaube ich. Man muß ein Wort raten, und für jeden falschen Buchstaben geht es eine Stufe zum Galgen hinauf. Wenn man es vorher rauskriegt, hat man gewonnen. Wenn nicht, na ja, dann hängt da eben ein Männchen, und der Computer sagt: ›Du hängst!‹ und dann fragt er, ob man noch einmal spielen möchte ...«

Peter steht langsam auf und geht zur Tür. Karin sinkt für einen Augenblick in sich zusammen. Dann folgt sie ihm in mütterlicher Sorge um den Familienfrieden.

Das Kind sitzt grau vor der flimmernden Fläche. Nervös zukken die kleinen Finger über die Tastatur. Das Abendbrot steht unberührt auf dem Tisch. Noch wenige Stufen, und der »Galgen« ist erreicht.

Wortlos läuft Peter zur Ecke und zieht den Stecker aus der Dose. Der Bildschirm flammt grell auf und zieht sich knisternd zu einem rasch verlöschenden Punkt zusammen.

Es wird ganz still. Das Kind starrt auf die Scheibe, in der sich nun undeutliche Gegenstände spiegeln. Es sitzt leicht vornübergebeugt, die Schultern ein wenig hochgezogen. Plötzlich stößt es einen unwirklich hohen Schrei aus, springt jäh empor, so daß der Stuhl polternd zurückstürzt, wirft sich auf den Boden und trommelt in heller Wut mit den Fäusten gegen das Holz. Dann krampft es den Körper zusammen, schnellt wieder herum und schlägt mit den Füßen nach allem, was es erreichen kann.

Die Eltern sind wie gelähmt. Entsetzt starren sie auf das schreiende Bündel. Karin beugt sich nieder, versucht, seine Hände zu ergreifen, spricht beruhigend auf es ein, schreit zuletzt ebenfalls, um gehört zu werden und kann dabei nur knapp einem Biß der kleinen Zähne entgehen. Erst als sie ihm verspricht, daß es morgen wieder spielen dürfe, tritt eine gewissen Beruhigung ein. Blaß und am ganzen Körper zitternd erhebt sich das Kind. Seine Haare sind struppig und zerzaust. In den rot umränderten Augen steht böser Trotz.

Peter ist nicht bereit, sich ohne Geländegewinn zurückzuziehen. Mit einer raschen Bewegung rafft er die Spieldisketten zusammen und zieht seine Frau hinaus. Als das Kind mit einem Sprung folgen will, stößt er es zurück und schließt die Tür. Dahinter hebt ein wüstes Spektakel an. Die kleinen Fäuste und Füße trommeln gegen die Barriere. Unartikulierte, bellende Laute erstickter Wut mischen sich in den Lärm.

Den Schlüssel wie eine Trophäe in der Faust steigt Peter hinab. Karin folgt ihm ratlos.

»So war es ja noch nie«, sagt sie, als sie wieder in der Küche sitzen.

Peter wirft die Disketten in den Abfalleimer. »Mit diesen verdammten Killerspielen ist jetzt Schluß!«

»Meinst du, daß es damit zusammenhängt?«

»Wir werden es bald wissen.« Er hält lauschend inne. »Siehst du, schon ist es still da oben.«

Tatsächlich. Der Lärm ist verstummt. Karin atmet erleichtert auf. »Ganz so hart hättest du auch nicht sein müssen«, sagt sie. »Ich wußte gar nicht, daß du ein so energischer Familienvorstand bist. Man sollte Angst vor dir haben.«

Jetzt ist er fast geschmeichelt, mit bedrohlichem Knurren hascht er nach ihrem Arm und zieht sie auf seinen Schoß.

»Ist doch wahr«, mault sie.

Er fixiert den Blick auf eine Stelle an ihrem Hals und beißt sich mit den Eckzähnen in die Unterlippe. Sie lacht hell auf und kommt ihm mit einem Kuß zuvor.

»He!« sagt er atemlos. »Aber eigentlich hast du recht. Der Junge braucht Geschwister. Er ist eben ein Einzelkind. – Das müssen wir ändern.«

Sie lacht ein zweites Mal, wirft den Kopf in den Nacken und ist sehr schön . . .

In den folgenden Tagen scheint das Interesse des Kindes an seinem elektronischen »Hausgenossen« nachzulassen. Die Eltern beobachten es eine Weile bei der heimlichen Suche nach den verschwundenen Spieldisketten. Es ist blaß und verschlossen. Karin versucht, es mit anderen Spielideen aufzuheitern, Peter reserviert das Wochenende für einen Besuch im großen Freizeitpark der Stadt. Der Erfolg ist gering. Immerhin scheint das Meerschweinchen wieder in sein Blickfeld zu rücken. Durch ein Fenster der Terrassentür wird Karin Zeuge, wie das Kind vor dem Käfig hockt und in traumverlorener Abwesenheit seinen Finger über die Stäbe gleiten läßt. Es ist als müsse es sich angestrengt einer vergangenen Zeit erinnern, aber plötzlich fühlt es sich beobachtet, springt wortlos auf und läuft davon.

Bald sitzt es wieder täglich an seinem Spielzeug. Stundenlang über das Handbuch gebeugt, sucht es offenbar neue Wege in die geheimnisvolle Welt der Bytes, Chips und Platinen. Nicht ohne

Wohlwollen nimmt Peter zur Kenntnis, daß da bald echte kleine Programme zustandekommen. Sie sind noch nicht erkennbar zweckbestimmt, fördern aber gewiß das logische Denken. Merkwürdig ist nur, daß diese so ungreifbaren Produkte kindlicher Spielfreude nicht nach kurzer Zeit verworfen, sondern sorgfältig auf einer Datendiskette gespeichert werden. Man könnte meinen, es handle sich um die Fragmente eines größeren Plans, um die Bausteine einer komplizierten Architektur, und der Tag würde kommen, an dem sie sich zu einem erstaunlichen Ganzen zusammenfügen.

»Was soll es denn werden?« fragt Karin, rückt die Bettdecke zurecht und legt eine Hand auf die heiße Stirn des Kindes. Es gibt keinen Antwort und dreht sich stumm zur Wand. Irritiert löscht sie das Licht und geht hinaus. Das Geräusch ihrer Schritte verklingt. Es wird still im Haus.

Das Kind liegt regungslos in seinem Bett und starrt mit weit geöffneten Augen in die Dunkelheit.

Unten in der Küche stellt Karin das Bügeleisen ab.

»Es hat sich verändert«, sagt sie. Ihr Blick geht leer durch das Fenster in den nächtlichen Garten. Nachdenklich schüttelt sie den Kopf. »Es hat sich irgendwie verändert.«

Peter blickt prüfend über den Rand seiner Zeitung. Aber er antwortet nicht, und so spricht sie weiter.

»Ich weiß nicht. Ich kann es nicht beschreiben. Da ist etwas Dunkles, ein böser Abgrund zwischen uns.«

Mit einem Ruck wendet sie sich zu ihrem Mann, und jetzt entdeckt er die Angst in ihren Augen. »Das – das ist nicht mehr mein Kind.«

»Na, Liebes, was bildest du dir ein?« Peter faltet die Zeitung zusammen. Er bleibt sitzen, wo er jetzt aufstehen und sie in die Arme nehmen müßte. Und so glaubt sie ihm nicht, was er sagt. »Jedes Kind hat Phasen innerer Unruhe. Das bleibt lange unsichtbar, und dann genügt ein harmloser Anlaß, ein neues Spielzeug meinetwegen, und es tut einen Sprung. Das ist wichtig für seine Entwicklung. Das muß man hinnehmen wie ein Naturereignis.«

»Es hat einen Sprung getan, ja, aber – wie soll ich das sagen – es ist ein Sprung zurück. Weit zurück, weg von uns und vielleicht nicht nur von uns, sondern von der Welt, in der wir leben.« Ihr

Blick schweift wieder ab, wird unklar; das Licht liegt von außen auf ihren Augen. »Manchmal glaube ich, es ist ein Sprung in eine andere Zeit, in die düstere Vergangenheit der Menschen, in eine grausame und fremde Welt, die wir seit Millionen Jahren verlassen haben, die noch in uns steckt, tief verschüttet, aber nur verschüttet.«

Peter ist müde. Kopfschüttelnd hört er die Worte seiner Frau. Er kann ihr nicht folgen und ist für heute nicht mehr bereit, zwielichtigen Phantasien auf den Grund zu gehen.

»Du solltest dich einmal gründlich ausschlafen. Morgen sieht alles wieder ganz anders aus«, sagt er. »Aber wenn es dich beruhigt, werden wir den geduldigen und kreativen Hausgenossen wieder verkaufen. Wir können ja ein Inserat in die Zeitung setzen.«

»Mir wäre es lieber, das verdammte Ding flöge gleich jetzt in den Mülleimer.«

»Ein etwas teurer Müll, meinst du nicht auch? Außerdem wird es einen handfesten Aufstand geben. Da sind ein paar Tage vielleicht ganz nützlich, zum Abgewöhnen sozusagen.«

Sie gehen früh schlafen. Die Nacht ist ungewöhnlich schwül. Schweißglänzend liegen die Leiber der Menschen auf ihren Betten. Eine zähflüssige Dunkelheit breitet sich über die Stadt und das Land. Der sternlose Himmel lastet dicht über den Dingen. Die Erde atmet schwer.

Das Kind liegt noch immer mit weit offenen Augen im schwarzen Würfel seines Zimmers. Jetzt streift es langsam die Decke zurück. Mit einem einzigen geschmeidigen Sprung ist es aus dem Bett. Lautlos schleicht es zum Tisch in der Ecke, hält noch einmal kurz inne, um nach allen Richtungen zu sichern. Alles ist still. Behende schwingt es sich auf den Stuhl.

»Klick.« Der Elektronenstrom schießt in die Nervenbahnen des Gerätes, Kontrollampen glimmen auf, mechanische Teile springen in ihre Ausgangsstellung. Weißes Licht dampft wie Nebel über den Bildschirm. Die schwarze Silhouette des Kindes steht eingebrannt davor. Schon fliegen seine Finger über die Tasten. Ein fleckiger Sturm aus Zeichen und Figuren zuckt auf der Scheibe, huscht als Wetterleuchten über die Konturen des Zimmers. Symbole der Schattenwelt dämmern hinein, Elemente einer höllischen Alchimistenküche brodeln empor, quellen in Konvulsionen giftigen Lichtes aus dem Brunnenschacht der Maschine, setzen sich nach und nach planvoll zu einer einzigen Grimasse dämonischer Vernichtung zusammen. Eine Fieberschwüle von Beschwörung und Wahnsinn pulsiert träge im Gebälk des offenen Dachstuhles. Die Dinge weichen auf. Der fahle Schweiß der Nacht rinnt über ihre Flächen und Kanten, tränkt sie mit dem Giftschleim grausiger Unnatur. Die Maschine und das Lebewesen vor ihr verschmelzen zu einem gespenstischen Bündnis beider Pole des Bösen. Die koboldhafte Dämmergestalt kichert und gurrt, schlägt mit äffischer Gier auf die Tasten, hockt mit Spinngliedern im Brennpunkt der Nacht und saugt Ströme von Qual aus ihren weltumspannenden Adern.

»Ich fahre in die Stadt!« ruft Karin durch das Treppenhaus. »Willst du mit?«

Das Kind antwortet nicht.

»Dann eben nicht. Aber mach erst deine Hausaufgaben und hock nicht den ganzen Nachmittag vor dem Ding!«

Sie lauscht hinauf, denn da klang etwas wie Schritte, aber schon ist es wieder still. Verärgert nimmt sie ihre Einkaufstasche auf und verläßt das Haus. Ein gelblicher Dunst liegt über den Straßen. Sie hat unruhig geschlafen, fühlt sich matt und eingeengt, und erst als sie den kleinen Wagen durch die Geschäftsstraßen steuert, spürt sie eine gewisse Erleichterung.

Die Stadt türmt sich wie ein großer Organismus über ihr. Das lautlose Zusammenspiel der Ampeln, die unsichtbar gesteuerten Passantenströme, die metallisch glatten Fassaden der Hochhäuser, das kühle Design der Blumenkübel und Parkanlagen nehmen sie auf in ihre sanft beschwichtigende Melodie. Alles ist von gelassener Klarheit. Alles funktioniert weich und zuverlässig. Sogar die Gesichter der Leute fügen sich eingeebnet in die Leiterbahnen und Schaltkreise der großen Platine.

Als Karin auf der Rolltreppe des Kaufhauses steht und in die zweite Etage taucht, wirft sie einen scheuen Blick zur Abteilung der Elektronika hinüber. Der Verkäufer redet mit geschmeidigen Bewegungen auf ein Ehepaar ein, das seinen Ausführungen unsicher amüsiert zu folgen versucht. An der langen Theke stehen die »Spielzeuge für Denker« ordentlich aufgereiht. Halbwüchsige

Burschen und Kinder stehen davor: Schwarze, inhaltsleere Konturen. Sie entfesseln bunte Kaskaden galaktischer Katastrophen. Geschwader bizarrer Kampfschiffe und asteroider Monster jagen aus der Tiefe des sternengeschmückten Raumes heran, zappeln vor dem Visier der Spieler, die aus allen Rohren feuern, um sie in prasselnden Explosionen zu zerstäuben.

Karin bleibt wie angewurzelt stehen. Irgend etwas stimmt nicht mit diesen Gestalten, die da in hechelnder Wut auf die Tasten einschlagen. Und jetzt sieht sie es: ihre Köpfe sind tief zwischen die Schultern geklemmt, ihre langen Arme schlenkern grob durch die Luft, kratzen mit haariger Pfote ihr Fell oder trommeln im Triumph einer gewonnenen Schlacht ihre Brust. Die dürren Beine sind gnomenhaft angewinkelt, beben in ekelerregender Gier, scharren und hüpfen vor der Maschine.

Karin ist wie gebannt. Niemand außer ihr scheint die Szene zu beobachten. »Da!« sagt sie tonlos und wirft einen Arm nach vorn. Zwei, drei Kunden unterbrechen ihre Verkaufsgespräche, folgen dem ausgestreckten Finger. Aber da sie nichts Auffälliges bemerken, zucken sie die Achseln und werfen sich bedeutungsvolle Blicke zu.

Plötzlich überfällt eine heiße Angst die junge Frau. »Das Kind!« sagt sie wie in Trance. »Um Gottes Willen, das Kind!«

Und schon bahnt sie sich eine Gasse durch das Menschengewühl. Irgendwo verliert sie ihre Tasche. Irgendwo verhakt sie sich an einem Regal. Sie reißt sich los und läuft keuchend weiter, findet den Wagen, springt hinein. Der Motor heult auf. Mit fliegenden Nerven erreicht sie die Vorstadt, die Straße, das Haus. Ohne die Tür hinter sich zu schließen, stürmt sie durch den Korridor und die Treppe hinauf.

Hier verlangsamt sich ihr Schritt. Plötzlich hängen Bleigewichte an ihren Füßen. Für den Bruchteil einer Sekunde fragt sie sich: Was ist das dort an der Tür? Aber das ist schon die barmherzige Mechanik der menschlichen Natur, die den Zusammenprall mit der Spitze des Grauens ein wenig dämpft, um ihm etwas von seiner Tödlichkeit zu nehmen. Jetzt sieht sie es umso deutlicher. Sie hebt beide Hände an die Schläfen und stößt einen gellenden Schrei aus.

An der Tür hängt das Meerschweinchen. Tot. Die kleinen Pfoten ausgespannt und an das Holz genagelt. Vier Blutfäden laufen bis zum Boden hinab. Der Kopf des Tieres, im Todeskampf weit vorgestreckt, die Schnauze halb geöffnet und über die Zähne zurückgezogen, zeigt noch immer den gefrorenen Schrei der Kreatur. Karin fühlt einen plötzlichen Schwindel und muß nach dem Geländer greifen. Das Entsetzen schlägt kalt bis in ihre Haarwurzeln. Sie wagt keinen Schritt. Der grausige Fetisch dort an der Tür lähmt und bannt jeden, der sich dem Zimmer nähern will.

Jetzt hört sie Peters Wagentür. Noch ein endloser Augenblick, dann ist er bei ihr. Erst die Berührung seiner Hand löst den Krampf. Sie umklammert ihn, schüttelt sich, will sich in seinen Armen verkriechen. Er schenkt ihr ein paar Sekunden. Dann schiebt er sie behutsam zurück. Totenbleich steigt er die restlichen Stufen hinauf, schlägt die Klinke nieder und öffnet die Tür. Karin hat nicht die Kraft, ihm zu folgen. Einen Augenblick ist Stille. Dann hört sie energische Schritte. Gleich darauf ein splitterndes Krachen, übertönt vom dumpfen Knall einer Implosion.

Peter erscheint wieder im Türrahmen. Aus der Höhe des Dachstuhles ist jetzt ein unartikuliertes Knurren zu hören. Es steigert sich plötzlich zum heißen Fauchen einer zornigen Bestie. Peter schlägt die Tür zu und dreht den Schlüssel um. Ein schwerer Körper prallt von innen dagegen.

»Das Kind!« flüstert Karin und starrt auf die Tür. »Mein Kind . . .«

»Komm!« Sie hört den Ruf ihres Mannes aus weiter Ferne. Er zerrt an ihrem Arm, reißt sie mit sich fort. Während oben schwere Hiebe gegen das Holz schlagen, erreichen sie das Schlafzimmer und schließen sich ein. Peter schiebt eine Kommode vor die Tür.

Beide lauschen. Die Schläge werden lauter, wütender. Oben zerbricht die Tür. Schwere Schritte stampfen die Treppe hinab, sind jetzt ganz nah und verstummen. Ein Schnüffeln und Scharren fliegt über die Konturen der Tür. Dann donnert der erste Hieb.

Karin steht in lautlosem Entsetzen. Peter zieht sich langsam zurück. Ohne den Blick von der Tür zu lassen, findet er den Nachttisch, öffnet die Schublade und nimmt eine Pistole heraus. Karin möchte schreien, aber sie bleibt stumm. Ihr ganzes Wesen ist ein einziger Schrei und übertönt den Knall der Waffe. Vier, fünf kleine Löcher splittern in das Holz der Tür.

Dann ist es still, unsagbar still.

Auch Peter blickt ungläubig auf das kleine, harte Ding in seiner Hand. Er läßt es fallen. Noch die leere Hand erscheint ihm rätselhaft. Die Kommode ist schwer.

Der Schlüssel ist wie mit dem Schloß verschmolzen. Im dunklen Rahmen des Korridors erscheint nur langsam ein Bild. Auf dem Boden liegt das Kind, sehr klein und zusammengekrümmt, das wächserne Gesicht wie zum Schlaf auf einen Arm gestützt, die blonden Haare in wirren Locken an die Stirn geklebt. Es liegt da wie plötzlich ermüdet von einem heißen und seligen Spiel . . .

FALK-INGO KLEE

Karma

I

Der Monsun war gekommen, dieser befreiende Regen, der das ausgetrocknete Land tränkte und die dürstenden Bäume und Sträucher neu ergrünen ließ. Nicht nur die Erde wurde getränkt und von neuer Kraft durchströmt, auch die Seelen der Menschen. Vorbei waren die Monde der Hitze, des Winds und des Staubs, vorbei war die Qual der Glut, in der noch nicht einmal die Nacht Abkühlung brachte. Nicht mehr das schrille Gezirpe der Grillen war zu hören, sondern das Quaken der Frösche.

Es war dunkel geworden. Wie eine leuchtende Kugel stand der Mond am Himmel und säumte die Ränder der Schäfchenwolken bernsteingelb. Die Luft war mild und frisch, sie roch würzig.

Ich saß auf der Veranda meines Hauses und nahm alles in mich auf, ließ die Augen in die Ferne schweifen, dorthin, wo unter dem Schleier der Nacht meine Felder lagen.

Meine Felder – ich würde bald nichts mehr besitzen, nicht einmal mehr einen Körper. Ich fühlte die finsteren Schwingen des Todes und spürte, wie Körper und Geist an Kraft verloren.

Sanft strich ich über die heilige Schnur. Ein Brahmane hatte sie mir einst feierlich verliehen; sie bedeutete »zweimalgeboren«, geistige Wiedergeburt. Nur die Angehörigen der Varna-Kaste durften sie tragen. Ich gehörte zur dritten Klasse der Zweimalgeborenen, der Komati, also der Kaufleute.

»Laßt mich allein«, bat ich.

Meine vier Söhne erhoben sich und verschwanden lautlos im Haus. Angesichts meines nahenden Endes wollte ich eins sein mit den Göttern und der Natur. Meine Hände zitterten, als ich ein Blatt aus meinem Gewand zog. Es enthielt Oden an die Göttin, verfaßt von dem Dichter Râmprasâd Sen. Ich kannte sie auswendig.

Denk, o meine Seele, daß du niemanden hast, der dich sein eigen nennt. Eitel ist dein unstetes Leben auf Erden. Zwei oder drei

Tage währt es, dann endet es, und doch rühmen die Menschen sich, hier die Herren zu sein. Aber der Herr der Zeit, der Tod, wird kommen und ihre Herrschaft stürzen. Wird dann deine Geliebte, um die du dich so sehr sorgst, auch mit dir gehen? Nein; auf daß das Unglück nicht an ihre Tür klopft, wird sie Kuhmist in dem Haus ausbreiten, in dem du gestorben bist.

Nein, meine Gefährtin würde nicht mit mir gehen, denn sie war achtzehn Jahre jünger als ich – zu jung, um in die Arme des allmächtigen Todes zu sinken. Sie würde Kuhmist ausbreiten, was der religiösen Reinigung diente, und fortan ein Leben als Witwe führen, denn anders als in den niedrigen Kasten gab es für Angehörige der Varna keine Scheidung und keine Wiederheirat der Witwen.

Seele, warum bist du zur Bettlerin geworden? Dreifach Elende, Unwissende? Auf der Jagd nach vergänglichem Reichtum bist du von Land zu Land geirrt. Siehst du denn nicht, daß das, was du begehrst, was du liebst, bei dir ist? Seele, wenn du dich als Geist befreist, wirst du zur Vereinigung gelangen. Wenn dir die Anbetung leicht und natürlich wie das Atmen wird, hat das Gift des Todes keine Macht mehr über dich. Die Kleinodien und Schätze, die dir deine Lehrmeister gegeben, halte sie fest bei dir. Das ist die Bitte des armen Râmaprasâd, der hofft, die Füße zu berühren, die die Angst bannen.

Ein Hauch von Ewigkeit streifte mich. Welch tiefes mystisches Empfinden sprach aus diesen Worten, welcher Glaube, welche Kraft. Ich lauschte in mich hinein. Fühlte ich auch so? Nein, da war kein Friede in mir, kein Licht, nur Dunkelheit, in der ein winziges Etwas mit Namen »Angst« lauerte. Was würde nach meinem Tod aus meinem Besitz werden, aus meinen Söhnen, aus meiner Gefährtin? Was wurde aus mir?

Ich war ein Wiedergeborener; gab es für mich eine Reinkarnation auf einer höheren Stufe?

Ich irre nicht mehr und lebe nicht mehr im Irrtum. Alles habe ich niedergelegt auf die Füße, die die Angst bannen, und ich zittre nie mehr vor Angst. Von den weltlichen Leidenschaften, die mich beherrschten, befreit, tauche ich nicht mehr ein in den Brunnen des Giftes. Gleich gilt mir Freude und Leid, kein Feuer erhitzt mehr meinen Geist. Nicht länger begierdetrunken nach den Schätzen dieser Welt, irre ich nicht mehr von Tür zu Tür. Ich klammere mich nicht länger an den Wind der Hoffnung und entblöße nicht mehr meinen Geist vor den andern. Da ich nun nicht mehr der Gefangene der Fallstricke der Sinne bin, werde ich mich nicht mehr unter dem Baum der Liebe wiegen.

Der Dichter hatte es geschafft, die Askese zu erreichen, ich hatte nie danach getrachtet, es nie versucht. Askese – das war fades Essen und einfaches Wasser, wo es doch Leckereien und Wein gab; Askese – das war ein schmales, hartes Lager, wo es doch weiche Betten gab, die man mit einer sinnlichen Schönheit teilte; Askese – das war kasteiende Meditation, wo es doch die Erfüllung in der Vereinigung von Mann und Frau gab.

Wonnetrunken und begierig hatte ich gelebt, der Erfüllung des Fleisches und der Lust. Angesichts des Todes stand ich nun mit leeren Händen da.

Nach Râmânuja führten drei Wege zur Befreiung: gute Werke, Erkenntnis und sinnenhafte Vergegenwärtigung des Göttlichen.

Nicht einen dieser Pfade hatte ich eingeschlagen; stets war ich darauf bedacht gewesen, meinen Besitz zu mehren, Reichtum anzuhäufen; Wollust und sinnliche Freuden hatten meine Tage ausgefüllt. Nicht, daß ich an der Dreiheit Brahmâ, Vishnu und Shiva gezweifelt hätte, aber ich wandelte nicht auf ihren Spuren.

Nicht Religion, Befreiung und Askese waren der Mittelpunkt meines Sinnens und Trachtens gewesen, sondern das diesseitige Leben hatte mich geblendet. Nun, wo mein Ende bevorstand, wurde es mir deutlicher denn je.

Hatte ich gute Werke getan? Gewiß, ich hatte der Dorfgöttin geopfert, dem Shiva-Tempel und während des Sankrati nach der Ernte, hatte mich an den Prozessionen für Gairamma beteiligt, dem Erntedankfest zu Ehren von Shivas Gemahlin Gauri, auch die Brahmanen nicht zu kurz kommen lassen – aber war das genug für mein Seelenheil?

Was hatte ich für meine Dienste getan, was für die Schudra und Haridschan? Sie waren Dienstleistende und bearbeiteten mein Land, wofür sie täglich Mahlzeiten, Zigarren, Kleidung und einen jährlichen Getreideanteil erhielten. Hatte ich sie wirklich gut bezahlt?

Was war mit dem Kamsali, dem Dorfschmied? Hatte er wirklich den Lohn erhalten, den seine Arbeit wert war? Hielt ich die Wäscherfamilie der Tsakali-Kaste nicht zu kurz? Hatte ich den

Mangali, den Dorfbarbier, zu gering entlohnt? War es dem Dschangam, dem Dorfschneider, überhaupt möglich, mein Gewand so billig zu fertigen, wie ich es ihm eingeredet hatte? Konnte die Familie eines Mala, eines Landarbeiters, der zur Kaste der Haridschan, der Unberührten gehörte, überhaupt von dem satt werden, was ich ihr zukommen ließ? Tiefe Zweifel erfüllten mich auf einmal. Wie hieß es doch in den Schriften?

Der nicht befreite Mensch ist dem allgemeinen Schicksal unterworfen. Durch seine Taten, die sich ihm an die Fersen heften wie das Kalb an die Kuh, ist er zur Wiedergeburt verdammt. Und da die meisten menschlichen Handlungen von Bosheit durchdrungen sind, läuft er Gefahr, in einer niedrigen Seinsform als schwaches Tier wiedergeboren zu werden.

Dieser Gedanke war mir unerträglich. Ich rief meine Söhne. Lautlos wie nächtliche Schatten tauchten sie auf und versammelten sich neben meinem Stuhl.

»Vater?«

Im silbernen Licht des Mondes wirkten sie seltsam unwirklich wie Abgesandte aus einer anderen Welt.

»Ihr und ich – wie gehören zu den Komati, den Zweimalgeborenen.«

Das Sprechen bereitete mir Mühe. Ich sah, wie die vier nickten. Der Schein des Mondes umgab sie wie eine überirdische Aura.

»Ich fühle, daß es mit mir zu Ende geht. Angesichts des Todes ist mir bewußt geworden, wie gottlos ich gelebt habe. Es ist eines Komati unwürdig, als Tier wiedergeboren zu werden, deshalb sollt ihr nicht so auf der Erde wandeln wie ich, sondern nach Befreiung und anderen wohlgefälligen Dingen trachten. Meidet Völlerei und andere irdische Verlockungen. Nicht der verlockende Schoß eines Weibes verspricht das höchste Glück, sondern die Reinkarnation. Ich, euer Vater, der an der Schwelle zum Jenseits steht, sage euch: Besitz und Reichtum ist nichts im Vergleich zu dem, was uns erwartet.«

Erschöpft hielt ich inne. Meine Söhne schwiegen betreten. Starr und stumm wie zweiglose Stämme verharrten sie.

»Ich will nicht als Tier wiedergeboren werden – nicht ich, ein Komati. Geht hin und opfert, beschenkt die Armen und tut Gutes, aber beeilt euch. Ich fühle, daß ich nicht mehr lange zu leben habe.«

Ich war wieder allein – allein mit mir und meinen Gedanken – und dem Tod. Immer deutlicher spürte ich, wie jener unerklärliche Abgesandte der Götter Macht über mich gewann.

Monsun, Regen, der neues Leben brachte, laue Luft wie Samt und Seide, endlich erträgliche Temperaturen, Wachstum, Linderung – es war eigentlich nicht die Zeit, zu sterben, und doch: Meine Zeit war abgelaufen.

Alles lag im Dunkeln, und auch das bleiche Licht der hellen Himmelskugel, das sich gleichmäßig über das Land verteilte, vermochte die Nacht nicht wirklich aufzuhellen.

Sinnend betrachtete ich den Mond, und plötzlich war mir, als würde ich in ihm die Dreiheit erkennen: Brahmâ, den Schöpfer des Universums, Vishnu, den Erhalter, und Shiva, den Zerstörer. Ich erschauerte. War das die Wirklichkeit, oder war es schon Traum, Todesahnung? Sah ich etwas, was anderen verwehrt war, was man nur im Angesicht des Todes erkennen konnte?

Tara, Göttin, weißt du noch? Mutter, wie glücklich war mein Leben, gibt es auch im Jenseits ein Glück? Wären Shivas Worte wahr gewesen, ich flehte dich nicht an, aber nachdem ich nun von Illusion zu Illusion getappt, spüre ich, wie mein rechtes Lid flattert. Hätte es für mich einen anderen Ort gegeben, ich hätte dich nicht angerufen. Aber nun, o Mutter, nachdem du mir Hoffnung eingeflößt hast, hast du meine Bande durchschnitten und mich auf den Gipfel des Baums erhoben. Râmaprasâd sagt: Mein Geist ist entschlossen und meine Gabe an den Priester entrichtet. Mutter, o meine Mutter, mein All ist vollendet. Ich habe meine Gabe gespendet.

Mit geschlossenen Augen saß ich da, krampfhaft hielten meine früher so sensiblen Hände das Papier. Deutlich fühlte ich, wie meine Lebensgeister schwanden. Ein kalter Hauch streifte mich, dann durchströmte mich wohlige Wärme, die mich kraftlos machte, gleichzeitig legte sich eine Art milchiger Schleier über mein Gehirn, lähmte die Flut der Gedanken und dämpfte die Emotionen. Alles wurde auf einmal bedeutungslos, und als ich meine Augen öffnete, war um mich herum eine rosafarbene Wolke, die mich so vollkommen umschloß wie ein riesiger Mantel.

Innerlich bäumte ich mich dagegen auf – nicht gegen den Tod, sondern dagegen, daß ich jetzt sterben sollte. Ich konnte erst aus diesem Leben scheiden, wenn meine Söhne in meinem Namen Gutes vollbracht hatten.

Ein stechender Schmerz durchfuhr mich, ich faßte nach meinem Herzen, schnappte vergeblich nach Luft. Der Schmerz wurde intensiver, bohrender, glühende Messer durchschnitten meinen Leib, Schwerter bohrten sich in meinen Burstkorb. Mir drohten die Sinne zu schwinden, Angst, Qual und Pein schnürten mir gleichermaßen die Kehle zu.

Und dann war das Martyrium plötzlich vorbei, der Schmerz verschwand, als wäre er nie dagewesen. Die rosafarbene Wolke wurde dichter, materieller, legte ich schützend um mich wie ein weiches, weites Gewand, betäubte meine Sinne.

Ich konnte nichts mehr hören und riechen, nicht fühlen und schmecken, nur noch sehen. Um mich herum war nur dieses Rosa, das mich wärmte und besänftigte, mich mit Zufriedenheit erfüllte und jener Geborgenheit, die ein Kind im Schoß der Mutter empfand.

Das Rosa verlor an Leuchtkraft, wurde blaß und faserig und verfärbte sich übergangslos zu einem strahlenden Purpur, das Macht und Kraft ausstrahlte, aber auch Güte und Frieden.

Zarte Musik erklang in einer Schönheit und so vollendeter Harmonie, wie ich sie noch nie gehört hatte. Diese Sphärenklänge ließen etwas in mir anklingen, was ich bisher noch nie erlebt hatte, meine Seele geriet in Verzückung, gleichzeitig fiel alle Erdenschwere von mir ab. Ich fühlte mich wie ein Vogel, der sich von den Aufwinden tragen ließ, ohne einen Flügelschlag zu tun. Leicht und schwerelos glitt ich dahin.

Ein goldener Regenbogen entstand aus dem samtenen Purpur heraus, funkelnd und gleißend. Die Lichtflut blendete mich. Als ich wieder sehen konnte, bemerkte ich ein Fenster in meiner Nähe – kein richtiges Fenster, sondern eine Öffnung im Purpur. Etwas drängte mich, hindurchzusehen.

Ich erkannte ein prächtiges Haus mit einer Veranda, umgeben von einem Garten und Feldern. Auf der Veranda saß ein Mann in einem Stuhl. Augenblicklich wußte ich, wer dieser Mann war, gleichzeitig erkannte ich, daß ich meinen Körper verlassen hatte und tot war.

Aber: Sah so der Tod aus? Warum trachtete nicht jeder danach, so schnell wie möglich in diese, die jenseitige Welt zu gelangen, jene sinnesberauschende Orgie aus Farben, Musik, Geborgenheit und Frieden, wo kein lästiger Körper die Seele zwischen Gelüsten und Trieben einsperrte, wo sie sich entfalten und eins werden konnte mit den Göttern?

Ich war erhört worden; dies mußte die Vorstufe zum Paradies sein.

2

Konrad Bramm war Biologe, genauer gesagt, Entomologe. Seit seiner frühen Kindheit hatten ihn Insekten fasziniert, und was lag näher, als daß er sein Hobby zu seinem Beruf machte. Er gehörte zum Forschungsteam von Professor Dr. Waldemar Schmidt, einem weltweit anerkannten Wissenschaftler auf dem Gebiet der Insektenkunde; Bramm war in dieser Gruppe der Fachmann für Neurologie.

Die Nervenkunde der Insekten steckte noch in ihren Anfängen, obwohl ihr zweifellos eine Bedeutung zukam, die dem entsprechenden Forschungsgebiet bei den Wirbeltieren in nichts nachstand. Einiges wußte man inzwischen.

Einer der auffälligsten Unterschiede der Insekten zum Wirbeltier ist neben der abweichenden Körperform und der größeren Beinzahl das Facettenauge. Obwohl es sich von der Konstruktion her von einem Wirbeltierauge deutlich unterscheidet, ist es ihm in seiner Leistung durchaus vergleichbar. Bei beiden ist der lichtempfindliche Farbstoff Retinin, ein Abkömmling des Vitamin A, das Farbensehen beider Augentypen beruht auf der Höchstempfindlichkeit für drei Spektralfarben.

Beim Menschen sind dies Blauviolett, Gelbgrün und Rot, bei der Bienenarbeiterin zum Beispiel Ultraviolett, Violett und Grün. Daraus ergibt sich, daß die Biene im langwelligen roten Teil des Spektrums farbenblind ist, dafür aber das für Menschen unsichtbare Ultraviolett noch als Farbe sieht.

Deutlich überlegen zeigt sich das Insektenauge darin, durch getrennte Wahrnehmung Einzeleindrücke in sehr viel rascherer Folge aufnehmen zu können, und durch die Fähigkeit, die Schwingungsrichtung des polarisierten Himmelslichts wahrzunehmen – ein wichtiger Umstand, der Honigbienen auch bei bedecktem Himmel die Ortung nach dem Sonnenstand ermöglicht und sie zum Stock zurückfinden läßt.

Die Vielzahl der Sinnesorgane der Insekten, die mechanische und chemische Reize vermitteln, sind die einst aus Haaren entstandenen Sensilien. Erst die letzten Jahre hatten hier verwertbare Erkenntnise gebracht, vornehmlich die elektro-physiologische Forschung.

Dabei wird mit äußerst feinen Verfahren die elektrische Spannung an der Oberfläche der Sinneszellen gemessen und auf einen bestimmten Reiz hin das Aktionspotential, die Abnahme ermittelt; so läßt sich feststellen, wann ein Reiz adäquat ist, also der Bestimmung der Sinneszellen entspricht. Bei Sensillen mit mehreren Sinneszellen können chemische und mechanische Reizempfänger vereinigt sein.

Sensillen sind über den ganzen Insektenkörper verteilt, finden sich allerdings gehäuft an den Fühlern, den Mundwerkzeugen und an den Füßen. An den Gelenken nehmen sie die Stellung der Körperteile zueinander wahr, und an schwingenden Membranen, Trommelfellen sozusagen, oder an den Fühlern empfangen sie die von Schallwellen erzeugten Resonanzschwingungen und dienen so dem Hören. Lauterzeugenden Insekten dient der Hörsinn der Wahrnehmung des Geschlechtspartners oder des Nebenbuhlers, während er bei stummen Insekten, etwa Nachtfaltern, eine Art Alarmanlage ist: Er dient dem Abhören der Ultraschallrufe ihrer Feinde wie der Fledermäuse.

All das wußte man inzwischen, und sogar noch mehr. Das Nervensystem der Insekten ist wie das der übrigen Gliedertiere ein Strickleiternervensystem, was freilich nur etwas über den Bauplan aussagt und nichts über die Entwicklungsstufe.

Über eine Million lebender Tierarten kennt die Zoologie, davon rund siebzig Prozent Insekten. Derartige Lebewesen, die mit so zahlreichen und unterschiedlichen Sinnesorganen ausgerüstet sind und die ihrer Umwelt mit einer solchen Vielfalt von Verhaltensweisen begegnen, müssen ein dem Leistungsgrad entsprechendes Nervensystem besitzen. An dieser Stelle begann die Arbeit von Bramm.

Es war bekannt, daß sich das Oberschlundganglion, das über dem Schlund liegende Gehirn aus drei aufeinanderfolgenden Abschnitten zusammensetzt: Proto-, Deuto- und Tritocerebrum, also Erst- Zweit- und Dritthirn, aber was sich in den einzelnen Sektoren wirklich tat, war wissenschaftlich nicht eindeutig belegbar.

Zugeordnet zum Ersthirn sind die Stirn- und Seitenaugen, ferner befinden sich in ihm die dem Hormonsystem übergeordneten Drüsennervenzellen. Bei Insekten, die zu hohen psychischen Leistungen befähigt sind, enthält es zudem ein Paar gestielter, pilzförmiger Gebilde, die als Sitz der verwickelten Verhaltensweisen und der Lernfähigkeit angesehen werden.

Das Zweithirn entsendet den paarigen Fühlernerv, das Dritthirn die zur Oberlippe führenden Nerven. Obwohl das Dritthirn über dem Schlund liegt, zieht seine Querverbindung unter ihm hindurch und verrät so seine wahre Natur als die eines Nervenknotenpaares, das dem Bauchmark angehört und erst nachträglich zum Gehirn emporwanderte. Ursprünglich versorgte es das erste Rumpfsegment mit dem zweiten Fühlerpaar als Gliedmaßen. Sie sind bei den heutigen Insekten geschwunden, bei einigen in frühester Jugend aber noch nachweisbar.

Wie alle Entomologen kannte der junge Wissenschaftler diese Thesen und Erkenntnisse, doch er wollte mehr – er wollte Fakten, unwiderlegbare Beweise. Dabei ging es ihm nicht um die Leistungen des vegetativen Nervensystems, also um Reflexe, sondern um die insektoide Intelligenz – was immer das auch war.

Bramms Forschungsobjekte rekrutierten sich durchweg aus Vertretern der Art Musca domestica, gemeinhin Große Stubenfliege genannt. Sie war ein typisches Insekt, bereitete weder in Haltung noch Beschaffung Schwierigkeiten und war nicht vom Aussterben bedroht.

Das Labor des Wissenschaftlers war so vollgestopft mit technischem Gerät, daß ein unbefangener Besucher den Raum eher für die Forschungsstätte eines Physikers als eines Insektenkundlers gehalten hätte. Die Arbeit des jungen Forschers erforderte eine Sensibilität und eine Vergrößerung, die den Einsatz von Meßgeräten und Apparaturen verlangte, die im Bereich von »Mini« und »Mikro« noch brauchbare Ergebnisse lieferten.

Die narkotisierte Fliege war auf einem Objektträger fixiert. Bramms Gesicht war vor Anstrengung verzerrt, feine Schweißperlen standen auf seiner Stirn. Das Hantieren mit den winzigen Instrumenten, die teilweise noch nicht einmal die Stärke eines Haares hatten, erforderte eine geradezu unmenschliche Konzentration, es ging um Bruchteile von Millimetern. Ein schneller Atemzug, ein unmerkliches Zittern der verkrampften Muskeln, eine hastige Bewegung – und alles war umsonst.

Unendlich langsam senkte der Entomologe den mit bloßem Auge nicht auszumachenden Sensor in die mikroskopisch kleine Öffnung am Kopf des Insekts. Um eine Verfälschung des Untersuchungsergebnisses durch Impulse der Sensillen auszuschließen, wollte er den Meßfühler direkt am Ersthirn verankern.

Bramm kam es wie eine Ewigkeit vor, bis die Mikrosonde im Kopf der Fliege verschwand. Erschöpft ließ er sich auf einen Stuhl sinken. Die Augen brannten, Rücken und Arme schmerzten, die Hände waren taub und gefühllos. Ob er es wirklich geschafft hatte, mußte sich erst noch zeigen.

Er reckte sich und stand auf. Steifbeinig stakste er zu einem Verbund von Meßgeräten, nahm verschiedene Einstellungen vor und verstärkte die Energiezufuhr.

Der besonders präparierte Elektroenzephalograph begann zu arbeiten. Sanfte, wellenförmige Linien entstanden auf dem Papier.

»Es funktioniert«, jubelte der Wissenschaftler.

Gebannt starrte er auf den Schreiber, der die feinen Hirnströme aufzeichnete. Noch ließ sich nicht erkennen, ob das Insekt wirklich *dachte.* Es war noch nicht wieder bei Bewußtsein, das, was gemessen wurde, war nur eine Art Grundströmung.

Doch dann veränderten sich die Linien zu Kurven und Zacken.

»Die Fliege denkt!« brüllte Bramm begeistert. »Ich habe es geschafft!«

Wie ein Irrer tanzte er durch das Labor; er mußte seiner Freude einfach Luft machen.

Seine lautstarke Begeisterung war auch im Nachbarraum zu hören. Wolfgang Niebelfarm, Bramms Freund und Kollege, streckte den Kopf durch die Tür. Befremdet blickte er den Jüngeren an.

»Sag mal, bist du übergeschnappt, Konrad?«

»Nein, ich habe es geschafft!« Bramm wirbelte heran. »Ich kann beweisen, daß Fliegen denken!«

Er riß das Blatt mit dem EEG aus dem Apparat und hielt es dem anderen hin. »Hier, sieh selbst!«

Niebelfarm warf nur einen kurzen Blick darauf. Während Bramms Ausbruch war der Schreiber weitergetickert und hatte die

Impulse festgehalten.

»Für diese Art Studentenscherz habe ich nichts übrig«, sagte der Ältere verärgert und zerknüllte den Bogen.

»He, was soll denn der Unsinn?« Bramm entriß seinem Kollegen das Papierknäuel, zog das Blatt wieder auseinander und strich es glatt, betrachtete die Linien darauf.

Sein Gesichtsausdruck veränderte sich plötzlich. Wie weggewischt war auf einmal sein Enthusiasmus, seine Züge spiegelten zuerst Erstaunen, Unglauben wider, dann Betroffenheit und Entsetzen. Mit weitaufgerissenen Augen starrte er auf den Bogen mit den charakteristischen Zacken.

»Das kann nicht sein«, stammelte er. »Es ist unmöglich.«

Kraftlos sank Konrad Bramm auf einen Stuhl und bedeckte das Gesicht mit den Händen. Ein trockenes Schluchzen schüttelte seinen Körper.

»Es war also kein Scherz?«

»Nein, Wolfgang, es war kein Scherz.«

Niebelfarm schwieg betroffen und warf einen scheuen Blick auf die Fliege, die damit begonnen hatte, sich zu putzen.

3

Um mich herum ist nichts als absolute Schwärze, ich denke – nichts. Nein, ich denke doch; mir ist, als würde ich aus einem langen Schlaf erwachen. Schlaf? Ich bin doch tot, oder schlafen Tote auch?

Warum ist es so dunkel, wo ist das Purpur geblieben, wo der goldene Regenbogen? Ist mein Geist in dieser Finsternis gewandert, ohne daß ich es bemerkt habe? Oder sind die Farben einfach verschwunden, weil es Nacht ist im Paradies? Gibt es im Jenseits überhaupt Morgen und Abend?

Warum höre ich diese himmlische Musik nicht mehr? Um mich herum ist es völlig still – totenstill. Mich fröstelt plötzlich, ich spüre Furcht in mir aufsteigen, kleine, gemeine, kreatürliche Furcht, aber: Kann ein Toter frieren, kann er Angst empfinden? Ist eine Seele nicht unverletzlich, ewig? Ich bin eine Seele, ich bin ewig, warum fürchte ich mich dann? Liegt es an dem absoluten Nichts, was mich umgibt?

Die Angst wird stärker, lodernd wie eine alles zerstörende Flamme. Ich will schreien, meine Angst hinausschreien, doch kein noch so schwacher Ton zerreißt die unwirkliche Stille. Warum werde ich so gequält? Wo ist die rosa Wolke, die alle Pein von mir nahm und Geborgenheit vermittelte?

Wer bin ich? Ich bin ein Geist. Wer war ich? Ein Komati, ein Zweimalgeborener. Wo bin ich? Ich weiß es nicht - oder doch? Bin ich im dunklen Reich Shivas, des Zerstörers? Ist er der Herr über diese Schwärze und die völlige Lautlosigkeit, ist ihm das absolute Nichts untertan? Ist er es, der meine Angst erzeugt?

Tara, Göttin, hilf mir! Laß mich die Füße berühren, die die Angst bannen, so wie der Dichter Râmprasâd Sen es geschrieben hat. Tara, Göttin, gebe mir Hoffnung! Du hast die Macht, meine Furcht zu vertreiben! Tara, hilf mir!

Da - ein schwacher Schein! Wie eine Luftblase im Wasser treibt mein Bewußtsein darauf zu, es wird heller, dann umflutet mich gleißendes Licht, blendet mich. Tara hat mich erhört!

Schon kann ich wieder sehen. Ich erkenne Farben, aber sie sind anders als sonst, unklar und verwaschen. Ob das an dem grellen Licht liegt? Die Farben lösen sich auf, werden zu Konturen, formen sich zu Gegenständen, Flächen und Körpern. Ich sehe sie, erkenne sie aber nicht, kann sie nicht begreifen. Sie sind fremd - fremd und riesig. Sehe ich nicht auch anders als sonst? Aber wie sieht ein körperloser Geist?

Körperlos? Warum spüre ich nicht diese Leichtigkeit wie nach meinem Tod? Deutlich spüre ich, daß mich etwas einengt - Masse, ein Körper. Meine Seele ist in einem Körper gefangen!

Reinkarnation! Meine Gedanken drohen, sich zu verwirren, Angst ergreift erneut von mir Besitz, lähmt mein Denken. Ich bin benommen, ziehe mich in mich selbst zurück. Ein Körper! Bin ich ein Mensch, ein Tier? Ich war ein Komati, ein Zweimalgeborener, und jetzt? Ich will es nicht wissen, versenke mich noch tiefer in mich selbst.

Ein gräßlicher Impuls reißt mich aus meinem dumpfen Brüten. Er ist von solcher Triebhaftigkeit, daß ich erschaudere, Ekel erfaßt mich. Der nächste Impuls erreicht mich, nicht weniger tierisch als der erste. Ich bin in einem Tier!

Die Erkenntnis versetzt mir einen Schock, ich versuche zu fliehen, auszubrechen - vergeblich. Bevor ich wieder zu mir selbst finden kann, erreichen mich wieder diese Impulse, einer gräßlicher als der andere.

Ich versuche, sie abzublocken, sie umzuleiten und zu überlagern, aber es gelingt mir nicht. Ich kann keinen Einfluß darauf nehmen, obwohl ich sie verstehe. Mein Geist ist auf unerklärliche Weise mit dem fremden Gehirn verbunden, aber es reagiert nicht auf mein Bewußtsein, widersteht meinem Versuch, es zu kontrollieren. Ich bin ein Gefangener in diesem Körper, aber ich kann ihn nicht steuern, bin nur ein hilfloser Zuschauer, eine Art Ungeborenes im Mutterleib, ohne mich jedoch geborgen zu fühlen – im Gegenteil.

Verzweiflung bemächtigt sich meiner. Das also ist die Strafe der Götter für mein ausschweifendes Leben, das ich geführt habe – die Wiedergeburt als Tier. Tara, banne meine Angst! Brahmâ, Vishnu und Shiva, ich erkenne meine Sünden und flehe euch an – verkürzt mein Leiden!

Gegen meinen Willen beginnt mein Trägerkörper damit, sich zu putzen. Voller Abscheu erkenne ich, daß ich in einer Fliege gefangen bin. Und plötzlich begreife ich: Keine Läuterung kann stärker sein als die Reinkarnation als kotfressendes Geschmeiß.

4

Als Wissenschaftler verdaute Konrad Bramm es relativ schnell, daß die ermittelten Werte eine frappierende Übereinstimmung mit denen eines Menschen zeigten, doch als er das Verhalten der Fliege testete, zeigte sich von wirklicher Intelligenz keine Spur. Alles lief nach dem bekannten Verhaltensschema ab – genormt, instinkt- und reflexhaft. Obwohl sich eine gewisse Lernfähigkeit nicht leugnen ließ, verhielt sich das Insekt artgemäß; Selbsterhaltungs- und Paarungstrieb prägten seine Reaktionen, aber wann immer er den Elektroenzephalographen in Betrieb nahm, zeichnete der automatische Schreiber jene Kurven und Zacken auf, die charakteristisch waren für eine hochwertige Gehirnleistung. Jeder Humanmediziner kannte sie.

Der Insektenkundler und Neurologe versuchte vergeblich, hinter das Geheimnis dieses offensichtlichen Widerspruchs zu kommen. Das Meßgerät bescheinigte dem Hautflügler eine Intelligenz, die sich in Experimenten nicht belegen ließ. Kontrollversuche mit dreiundsiebzig weiteren Exemplaren der Art Musca domestica zeigten, daß alle vegetativ orientiert waren, keine Fliege war intelligent im menschlichen Sinne; das wurde auch durch das EEG deutlich. Mithin schied eine Fehlfunktion des Elektroenzephalographen aus, was aber nicht erklärte, warum das eine Insekt, das eine Fliege war und sich auch so verhielt, die Gehirnleistung eines Homo sapiens haben sollte.

Die Große Stubenfliege, die Konrad Bramm zeitweilig an seinem Verstand zweifeln ließ und ihr Geheimnis nicht preisgab, starb achtundzwanzig Tage nach dem Beginn des Experiments.

Während der Entomologe eine gewisse Erleichterung verspürte, daß das Insekt endlich tot war, das ihm so viel Kopfzerbrechen bereitet hatte, wechselte der Geist des Komati erneut in einen anderen tierischen Trägerkörper über. Noch war ihm der Weg ins Paradies versperrt – was immer das auch sein mochte.

Gerd Maximovič

Der schwarze Planet

Auf dem Bildschirm zeichnete sich der schwache, pulsierende Abdruck einer kleinen Sonne, die schwankend zwischen den Sternen hing. Es war, als wäre an dieser Stelle des Zwischenraumes ein kleines Licht befestigt, das im Strahlungsdruck der es umgebenden Sonnen und der galaktischen Ströme wie flackernd, wie verlöschend ging. Unter dem Filter, den Karlsson über die Aufnahme geschoben hatte, waren die Energieströme dicke pulsierende Adern, die sich in gewaltigem Taktschlag durch den Zwischenraum ergossen. Einer von ihnen spülte über die kleine Sonne, die in ihm einen winzigen, kaum wahrnehmbaren Abdruck hinterließ.

Karlsson tippte die Daten in den Computer und wartete einige Sekunden, bis das erwünschte Druckband aus der Konsole lief. Er zog den Streifen aus der Öffnung und hielt ihn hoch gegen das blaue Leuchten des Bildschirms. Auf dem Abdruck, vor den wechselnden Hintergrundlichtern, war deutlich die Spur eines Planeten zu erkennen, der sich in ungeheurer Entfernung um seine Sonne drehte.

»Nun?« sagte Karlsson und sah hinüber zu Lindgren.

Dieser legte das Radiogramm, das durch den Zwischenraum gelaufen war, aus den Händen und mit ihm das Wetter, das für die entfernten Räume, die sie befahren würden, günstig werden sollte. Er hatte sich von Karlsson die Folie reichen lassen und hielt sie gegen den Bildschirm. Im ersten Augenblick hatte er ein wenig nachdenklich dreingesehen. Er schien, da er auf den Kalender schaute, noch zu überlegen.

Dann aber nickte er und sagte: »Gut, laß uns das System besuchen!«

Die KATWIN war in einem Funkenhagel aus dem Zwischenraum getreten, und während sie noch unter den Sternen schwankte, hatte der Computer begonnen, sich zu orientieren. Der Himmel, den sie jenseits des blauen Schutzfelds des Schiffes sahen, war hier, gegen das Zentrum der Galaxis, erfüllt von einem unerhörten Glanz. Die Sterne waren vor der Schwärze des Himmels grelle, alles überstrahlende Punkte. Die Sternbilder erschienen als gigantische leuchtende Perlenkette. Die Milchstraße selbst war eine ungeheure weiße Wolke, die um das Himmelsgewölbe herumfloß.

Die Sonne, der sie den Namen Rhea gegeben hatten, stand als rotglühender Ball vor ihnen im Raum. Es schien fast, als könnten Lindgren und Karlsson ihr Pulsieren sehen. In einer Phantomprojektion machte der Computer sichtbar, wie der Sonnenrand vibrierte. Es schien, als würde die KATWIN im Sonnenwind schwanken. Mit konventionellen Mitteln war das Schiff in einer Parabel um die Sonne herumgeschwungen. Währenddessen hatte der Computer Rheas Stabilität berechnet. Wie erwartet, befand sich Rhea in einem kritischen Zustand, doch ließ selbst die vorsichtige Hochrechnung einen Ausbruch der Sonne nicht gerade zum Zeitpunkt ihres Besuchs erwarten.

Das Schiff war um den Rhea-Planeten in eine Umlaufbahn eingeschwenkt. Der Planet drehte sich auf dem Hauptbildschirm herauf als gigantische, von Hochebenen bedeckte Fläche, in die tiefe Täler eingeschnitten waren. Der Planet, da er seine Sonne in so großem Abstand umkreiste, lag im Dunkeln, und nur über seinen Gipfeln war der milde rote Abglanz des Sonnenlichtes zu erkennen.

Überhaupt schien es, daß Rhea-P, der in Masse und Struktur der Erde ähnelte, eine der Erde entsprechende Entwicklung genommen hatte, bevor er in Kälte und Eis erstarrt war. Jetzt lag er in einem kalten blauen Glanz, wenn man mit einem konzentrierten Peilstrahl hinabstieß. Seine Oberfläche war von unzähligen größeren und kleineren Meteoritenkratern überzogen, aus denen der Computer berechnete, daß der Planet schon seit Jahrhunderttausenden ohne Luft und ohne Wasser in so großer Entfernung um seine Sonne kreiste.

Sie waren sich eine ganze Weile nicht im klaren, was es bedeuten mochte, daß die Oberfläche des Planeten, die nur harte Gesteinsformationen aufwies, so seltsam abgeschliffen wirkte, so, als wäre eine Glasur über sie gegeben, über die sich endlich Eis und Staub abgesenkt hatten. Die Welt, die sich unter ihnen drehte, schien leer und öde, und es war nur der Systematik des Computers zu verdanken, daß sie im Orbit auch noch zu einem dritten Umlauf verharrten.

Während dieses dritten Umlaufs fand der Computer eine Reihe bizarrer Hügellandschaften, die auf der nördlichen Halbkugel wie auf einer Schnur aufgereiht lagen. Jedes dieser Hügelareale bedeckte eine Fläche von wenigstens hundert Quadratkilometern und war quadratisch angeordnet. Die Hügel selbst stiegen zehn oder zwölf Meter in die Höhe und waren ringsum gerundet. Dabei waren sie ein wenig von der Sonnenbahn abgewendet, als habe der Sonnenwind sie von sich fortgeblasen. Zwischen ihnen verliefen wie mit dem Lineal ausgezogene Schneisen, die sich in der Mitte eines jeden der Areale auf einem weiten Platz trafen.

Der Computer hatte die KATWIN in großer Höhe über dem größten der Areale verankert. Er schickte einen konzentrierten Peilstrahl hinunter, und schon beim ersten Versuch war ein Tunnel unter dem sternförmigen Platz zu erkennen. Der Tunnel, der an vielen Stellen mit Gestein gefüllt war und dessen Verlauf man von Blase zu Blase verfolgen konnte, fiel tief hinein ins Innere des Planeten. Nach vielleicht hundert Kilometern, die immerzu durch Basaltstein führten, mündete er in eine gewaltige Höhle, deren Höhe nicht über einen Kilometer hinausging und die an ihrer breitesten Stelle etwa zehn Kilometer aufwies.

Sie waren in einer Wolke aus Eis und Staub auf dem sternförmigen Platz gelandet. Schon nach kurzer Zeit sank die von den Magnettriebwerken aufgewirbelte Wolke zu Boden. Während der Computer das Schiff wieder startbereit machte und es für jeden denkbaren Eventualfall mit den Besonderheiten dieses Planeten programmierte, konnten Lindgren und Karlsson die sie umgebende Hügellandschaft erst im natürlichen Licht der hochstehenden Sonne, dann, als die großen Scheinwerfer an der Spitze der KATWIN aufgeblendet waren, als blauschwarze, abgeschliffene Pyramiden sehen, die, gegen die Sonne, schief in der Landschaft standen.

Gleichzeitig, während das Scheinwerferlicht über das Gelände flutete, waren Karlsson und Lindgren, noch bevor der Computer die Helligkeit des Bildschirms dämpfte, wie unter einem unerwarteten Aufprall zurückgefahren. Was so empfindlich in ihren Augen einfiel, bevor es unter dem Zugriff des Computers zu einem freundlichen Glimmen wurde, war ein unerhörtes Funkeln und

Strahlen, das aus den Hügeln, aber auch aus den Schneisen hervorbrach. Es war ein so helles Leuchten, als wären über den Felsen Tausende vielfarbiger Lichter entzündet und als wäre vor allem der Boden der Schneisen mit einem hellen Blau überfunkelt.

Es war eine Sache von Minuten, bis der Computer, der mit seinen mechanisch über die Außenwand der KATWIN hinablaufenden Armen in die sie umgebende Landschaft hinausgegriffen hatte, feststellte, daß der glasierte Boden wohl unter dem Eindruck großer Hitze ganz hart geworden sein mußte. Auf ihm, und kaum beeinträchtigt durch das Bombardement der Meteoriten, hatten sich Kohlenstoffverbindungen ergeben, die, als Diamanten, funkelnd in ihre Augen getreten waren.

Noch als sie auf der Plattform, die an der Außenwand der KATWIN hinablief, standen, war es, wenn einer von ihnen den Helm mit dem daran befestigten Scheinwerfer drehte, als würde er in den hellen Bahnen eine unendliche, funkelnde Aussaat über den Planeten streuen. Dann war die Plattform mit einem Ruck auf dem Schneisenboden gelandet. Lindgren war vorangegangen, Karlsson folgte ihm in vorsichtigem Abstand.

Der Unterschied in den Schwereverhältnissen zur KATWIN und zur Erde war so gering, daß sie sich außerhalb ihrer magnetischen Glocken bewegten. In dem Staub, durch den sie gingen, zeichneten sich ihre Spuren, als wären sie jungfräuliche Wanderer, deren Füße den kostbarsten Boden des Universums berührten. Unter dem Staub erschien der Planet ein wenig glitschig, und Lindgren erwähnte, daß man aufpassen müsse, sich nicht den Hals über all den Kostbarkeiten zu brechen. Nach etwa zwei Stunden, die sie durch das Hügelareal gewandert waren, füllten sich ihre Tornister mit geologischen Materialien, die sie mit den Gesteinshämmern und mit dem kleinen Lichtwerfer von den Hügeln sowie aus dem Schneisenboden gelöst hatten. Freilich hatten Lindgren und Karlsson in ihre Tornister auch Proben gesammelt, die Metallspuren enthielten. In einem der Hügel, den sie bis weit unter die Oberfläche des Planeten aufgeschnitten hatten, fanden sie Reste eines Gasgemischs, in seiner Zusammensetzung ähnlich der Atmosphäre der Erde. Sie kehrten zurück zur KATWIN, als sie sicher waren, daß sich in der zerstörten Stadt keine weiteren Hinweise auf intelligentes Leben finden ließen.

In der Nacht, Bordzeit gerechnet, Rhea stand noch immer fast unverrückt am Himmel, glitt der große Lichtwerfer, eingehüllt in einen grellen Schimmer, durch den Tunnel in die Tiefe. Schon bei ihrem ersten Ausflug war ihnen aufgefallen, daß der Tunnel, der einen Durchmesser von zehn Metern aufwies, an seiner Innenseite einst magnetisch beschichtet gewesen sein mußte und daß die magnetischen Reste im Laufe der Zeit mehrmals umgepolt worden waren.

Jetzt, da sie im Schlafe lagen und ein wenig von dem Reichtum zu ihren Füßen träumten, sank der Lichtwerfer, eine Spur kochenden Gesteins produzierend, sich von Blase zu Blase vorwärtsarbeitend, in raschem Tempo immer tiefer. Als sie sich seufzend in ihren Träumen umgedreht hatten, in denen ihnen die Fabelwesen erschienen, die eifersüchtig über den Diamanten wachten, und nachdem sie eine ganze Weile traumlos, bleiern und schwer geschlafen hatten, war dem Bohrer, nur acht Stunden später, der Durchbruch ins Innere der Höhle gelungen.

Als Karlsson sich dem Schachtende näherte, begann er sanft zu bremsen. Die Wände der gewaltigen Röhre, die sie durchmessen hatten, liefen auseinander. Es war, als könnte Karlsson in ihnen noch den roten Widerschein der erstarrenden Gesteinsmassen sehen. Während er sich zu Lindgren, der ihm in kurzem Abstand gefolgt war, umdrehte, war ihm, als fließe noch immer das Gestein wie flüssiges Glas über die Röhrenwände. Sie hatten an der Schachtmündung ein Relais, das sie mit der KATWIN verbinden würde, befestigt. Dann glitten sie vorsichtig wie zwei kleine, schimmernde Leuchtkäfer, die sich in ihre blauen Kokons hüllten, tiefer.

Die Höhlendecke rollte in gigantischen weißen und schwarzen Wellen, unter denen Betontrümmer wie riesige, zerschlagene Schiffe hingen, fort ins Dunkle. Zwischen ihnen waren über die Decke verflossene Metallgebilde zu erkennen: Gitter, Schleifen, ausgedruckte Muster, die, da sie ursprünglich in dem Beton enthalten gewesen waren, eine unbeschreibliche Hitze über den Fels geschrieben hatte. An einer Stelle schienen vermodertes Uhrwerk und Ketten von der Decke herabzuhängen.

Als sie den Peilstrahl, noch immer unter der Schachtmündung schwebend, in die Tiefe richteten, lief über den kleinen Kontrollschirm, den Karlsson an seinem linken Handgelenk befestigt hatte, ein verfließender grüner Schatten wie der eines schlanken Berges, der vom Höhlenboden direkt zu der Schachtöffnung heraufwies und der in einer Höhe von vielleicht zweihundert Metern abbrach. Sein Gipfel war eine zwanzig Meter im Durchmesser betragende Plattform, aus der gekrümmte, verrottete Metallstifte ragten. Sie ließen den Peilstrahl über seine sanfte Krümmung wandern, die, wenngleich von der Zeit angeschlagen, noch immer die festen Konturen einer steilen Rampe aufwies.

Die Höhle selbst wich zurück ins Dunkle, hinüber zu den emporrollenden Wänden, und während sie den Peilstrahl durch ihr Inneres wandern ließen, signalisierte der Detektor mit dünnem Pfeifen, daß überall, verstreut in der Höhle, sich Metall in unterschiedlichen Konzentrationen befinden mußte. Sie waren auf der geborstenen Plattform gelandet und wanderten vorsichtig zwischen den zerbröselnden Metallstiften, über eine durchlöcherte, geschwärzte Fläche zum Rand der Rampe, von der sie im Licht ihrer Scheinwerfer hinab zum Höhlenboden blickten.

In regelmäßigen Abständen waren auf der Rampenkrümmung geschmolzene, ausgeschlagene Metallringe zu erkennen. Der Höhlenboden war in weitem Umkreis übersät mit den Trümmern der Rampe, die, überschlug man die Trümmer in Gedanken, einstmals bis zur Schachtmündung heraufgeführt haben mußte. Unter den Trümmern entdeckten sie metallene Schienen, die ins Höhleninnere und rechtwinklig zu den Höhlenwänden verliefen. Der Boden der Höhle selbst, zu dem sie jetzt hinuntersanken, war völlig eben.

Eine Weile waren sie zwischen den Betontrümmern umhergewandert, ohne daß sie mehr als das verrottete stählerne Gitterwerk, das sie auch unter der Decke und innerhalb des geborstenen Turmes ausgemacht hatten, finden konnten. Dann waren sie in ihren Energieblasen aufgestiegen und flogen in geringer Höhe über die ins Höhleninnere fortlaufende Schiene. Die Betontrümmer wurden spärlicher, je weiter sie sich von der Rampe entfernten. Die Schiene, die jetzt frei dalag, war in ihrer Beton-Führung geschmolzen.

Nach einer Strecke von vielleicht zwei Kilometern durchquerte die Schiene eine niedrige Mauer, deren obere unregelmäßige Begrenzung geschmolzen sein mußte. Die Mauer umschloß ein gewaltiges, aus Schutt- und Metallhügeln bestehendes Gelände. In einigen der Hügeln fanden sie Spuren von Quarz und schweren Elementen. Die Hügel waren zu kompakten Formen geronnen, als wäre einst ein ungeheures Feuer über sie hinweggegangen.

Der Schienenstrang verlief, nachdem er das Schuttareal durchquert hatte, weit hinein ins Innere der Höhle, wo der Peilstrahl mit dünnem Echo weitere solcher Areale auffand – sie schienen, auf dem grünschimmernden Bild des Monitors, allesamt eingeebnet. Sie beschlossen, einer Abzweigung des Schienenstrangs zu folgen, die, in dem Areal entspringend, in rechtem Winkel zur Höhlenwand fortlief.

Schon aus der Ferne war im Echo des Peilstrahls eine seltsame Anordnung metallener Erhebung von nur geringer Höhe zu erkennen. Sie befanden sich alle am Rande der Höhle auf der Schiene, und es schien, als wären die metallenen Kleckse einstmals aus größerer Höhe zu ihrem jetzigen kompakten Zustand herabgeschmolzen.

An einer Stelle, etwa in gleicher Höhe mit der Rampe, hatte die Höhle einen Felsvorsprung, der weit ins Höhleninnere ragte, gleich einem schützenden Dach ausgebildet. Unter diesem Dach fanden sie ein Raumschiff von vielleicht hundert Metern Höhe, das in seiner Nische seit Zehntausenden von Jahren auf seinen Start gewartet haben mußte. Seine Hülle war, während sie das Scheinwerferlicht an seiner Flanke aufwärtsstreifen ließen, durchlöchert, doch war, obwohl verschiedene seiner Zwischenetagen eingebrochen waren, sein Skelett stabil genug gewesen, ein vollständiges Herabbrechen des Projektils zu verhindern.

Es war ein konventionelles Geschoß, das, wie sie im Aufwärtsgleiten sahen, mit einem Raumanker versehen, in den Zwischenraum eintauchen konnte. An verschiedenen Stellen spähten und fotografierten sie durch die Lücken im Mantel der Rakete, ohne daß sie etwas anderes als Treibstofftanks und Vorratsräume finden konnten.

Es schien, als ob die Zentrale des Schiffes, in deren Wandung die Glut Breschen geschlagen hatte, doppelt abgesichert gewesen wäre. Zuerst, als sie über die Wandung schwebten, blieb unter dem gleißenden Scheinwerferlicht ihr Blick auf dem gewaltigen Aufbau des Computers haften. Dann aber, sie hatten wie Käfer, die über rote Metallspuren krochen, ihre Perspektive verlagert,

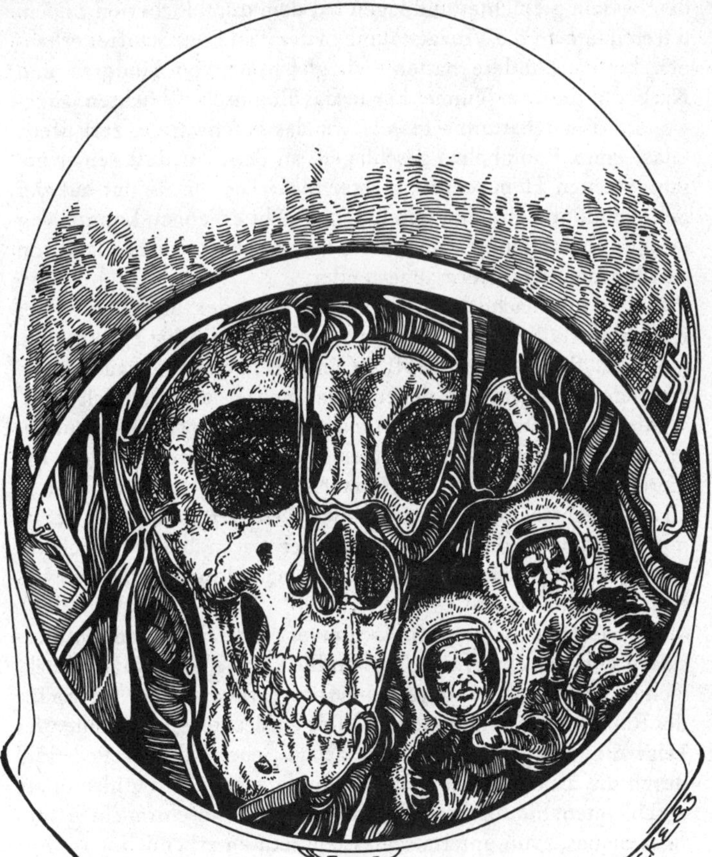

konnten sie die korrodierten Drahtgestelle der Sessel und auf ihnen, als wäre sie für die Ewigkeit in ihre schwarzen Raumanzüge eingesponnen, die Schiffsbesatzung sehen.

Es waren zwölf humanoide Wesen, die wie in Panik, gleichsam unordentlich, über ihre Sessel verstreut waren. Einige waren aus den Sesseln geflüchtet und lagen auf dem durchlöcherten Boden, durch den man die Vorratsräume in der Tiefe des Schiffes erkennen konnte. Andere hatten sich gleichsam von Lindgren und Karlsson, die vom Tunnel her in das Raumschiff blickten, abgewendet. Einer hatte die Hände vor das geschwärzte, zerlaufene Glas seines Raumhelms geschlagen, an dem ein Rest seiner geschmolzenen Handschuhe klebte. Einer lag verkrümmt auf der Seite, und, obwohl man sein Gesicht nicht erkennen konnte, war er, die ganze Haltung seines Körpers gerechnet, wie brüllend von den beiden Betrachtern abgewendet.

Sie hatten, nachdem sie vorsichtig eine der Breschen in der Raumschiffhülle erweitert hatten und hindurchgestiegen waren, einen der Raumanzüge geöffnet. In ihm fanden sie blau fluoreszierende Knochen, von denen Hitze und Zeit das Fleisch abgeschält hatten. Der Mann, wie sie aus seinem Knochenbau entnahmen, trug, verstreut jetzt in seinem Raumanzug, verschiedene Papiere, die sie, obwohl die Folien zu Klumpen zerschmolzen waren, an sich nahmen. Sie hatten noch zwei weitere Raumanzüge geöffnet, die nämlich, die am besten erhalten waren, bevor sie sich aus dem Gehäuse, das durch ihren Zutritt in lautlose Spannungen versetzt war, entfernten.

Sie hatten sich eigentlich nach einer weiteren groben Untersuchung zur Schachtöffnung und endlich in die KATWIN zurückziehen wollen, als Lindgren, der fotografierend über die Spitze des Raumschiffs aufstieg, eine Mulde entdeckte, die, tief unter der Felswand verborgen, geschützt dalag. Schon, als der Peilstrahl durch die dicken Felsen, die die Mulde gegen das Höhleninnere abschirmten, hindurchschnitt, war auf dem Bildschirm ein vielfältiges blaues, grün untermischtes Glitzern zu erkennen.

Obwohl es klar war, daß sie ihren einmal begonnenen Auftrag zu Ende führen mußten, brauchten sie eine ganze Weile, bis sie sich zu einem Besuch der Mulde entschließen konnten. Als sie endlich an ihrem Rand gelandet waren, war es ihnen, als könnten sie die Hunderte von Menschen, die hier in der Glut umgekommen waren, auch jetzt noch über die Wandung der Höhle, tiefer hinein ins Gestein, kriechen sehen. Zahlreiche dieser Menschen, von denen die wenigsten in einem Raumanzug gehüllt waren, lagen gleichsam in Schichten über den anderen, so, als habe die Flut eines seltsam aufblendenden Meeres sie über die Mulde und die

Höhlenwand gewaschen.

Es war, während Lindgren und Karlsson in dem Tunnel aufwärtsfielen, als ob sie zuerst eine seltsame Lähmung, die man zu zweit kaum überwinden konnte, befallen hätte. Es schien gar, als ob die Angst sie überkommen hätte, daß sie, die Katastrophe in der Tiefe der Höhle gerechnet, das aus Basalt und Granit bestehende Grabmal niemals wieder verlassen könnten. Doch der Computer, den sie während ihres Fluges mehrmals angerufen hatten, gab über den Zustand der Sonne beruhigende Werte, und endlich konnten sie auch die Sterne über sich erkennen, die sich erst winzig in der Schachtöffnung abdrückten und die dann, als die Wände der Röhre zurückgewichen waren, in einem grellen, alles überblendenden Lichte über ihnen standen; und endlich auch hatten sie den Druck, der mit Milliarden Tonnen Felsen über ihnen gelegen hatte, abgeschüttelt.

Unter dem Material, das sie aus der Höhle geborgen hatten, befand sich eine Kassette, die sich unter dem Fuß der Rampe, durch einen schwingenden Anker kenntlich, im Grundstein aufgefunden hatte. Auch hatten sie aus dem Raumschiff jene Folien, die der Hitze widerstanden hatten, gerettet. Da sich unter den Materialien ein Wörterbuch befand, das die Rhea-Schriftzeichen mit Abbildungen der dargestellten Gegenstände und Tätigkeiten kombinierte, brauchte der Computer weniger als eine Stunde, um die Sprache der untergegangenen Rasse zu entschlüsseln. Unter den Schriften, die er wieder herstellte und übersetzte, fand sich auch folgender Text auf:

»Unsere Sonne ist lange vor der erwarteten Zeit instabil geworden. Obwohl unsere Gesellschaft technisch fortgeschritten ist – wir sind dabei, den Zwischenraumantrieb zu entwickeln –, sind wir uns über den Grund für die Instabilität unserer Sonne nicht völlig im klaren. Wir vermuten, daß ihr Schwanken und Pulsieren ihre Ursache in einer Verwerfung des Zwischenraumes finden. Unsere kühnsten Hoffnungen gingen dahin, daß es uns in absehbarer Zeit gelingen würde, so weit in den Zwischenraum einzudringen und ihn zu manipulieren, daß unsere Sonne gerettet werden könnte. Wir wissen jedoch, daß dies nur eine sehr vage Hoffnung sein konnte; darum haben wir unser Augenmerk auf die Flucht von unserem Planeten gerichtet.

Beim ersten Ausbruch der Sonne wurde, da sie sich um ein Vielfaches ausgedehnt hatte, das gesamte Planetensystem, das neben unserem Planeten noch vier weitere Planeten aufwies, vernichtet. Dieser Katastrophe konnte unser Planet nur wegen seiner extremen Umlaufbahn entgehen. Die Wucht der Eruption drückte ihn auf eine Bahn, die nun von der Sonne sehr weit entfernt ist, ohne daß wir damit die Hoffnung verbinden konnten, wir wären vor den Schwankungen unserer Sonne sicher.

Bei diesem ersten Ausbruch verlor unser Planet seine Atmosphäre. Die Meere verdampften und schlugen sich auf seiner Oberfläche nieder. Die Oberflächengestaltung wurde völlig verändert. Von unseren Städten sind nur die auf der Nordhalbkugel gelegenen geblieben. Wie sich versteht, sind sie unbewohnbar geworden. Was unsere Bevölkerung betrifft, so wurde sie zum größten Teil vernichtet. Lediglich einige zehntausend Menschen überlebten die Katastrophe, die sich während des Ausbruchs der Sonne in dem Höhlensystem aufgehalten haben, an dessen Ausbau – indem wir die natürlichen Vorteile des Planeten nützten – wir schon während der ersten Schwankungen der Sonne gegangen waren. Die Szenen, die sich im Verlaufe der ersten Katastrophe innerhalb der Höhle abspielten, sind unbeschreiblich.

Bestand bis dahin noch die Hoffnung, daß ein Weiterleben auf der Planetenoberfläche möglich wäre, so war uns, den Überlebenden, klar geworden, daß nunmehr alle Kräfte auf ein Verlassen des Planeten zu richten waren, selbst wenn der nächste Ausbruch der Sonne erst zu einem späteren Zeitpunkt bevorstand. Auch das Leben innerhalb der Höhle erschien uns also nicht mehr sicher, da wir nicht wußten, wie weit sich die Sonne bei einem zweiten Ausbruch ausdehnen würde. Wir konzentrierten alle unsere Kräfte auf eine Festigung der Infrastruktur der Höhle mit dem einzigen Ziel, so bald wie möglich eine Anzahl von Raumschiffen über die Startrampe durch den Tunnel in den Zwischenraum zu heben.

Ich schreibe dies zu einem Zeitpunkt, da sich unsere Sonne einer weiteren Katastrophe nähert. Über den Bildschirm läßt sich erkennen, wie ihr Rand zittert. Die Sonnenwinde, die über die Oberfläche des Planeten streichen, sind heftig. Die meisten Raumschiffe, mit denen wir zum Zentaur-System, das bereits erkundet wurde, zu entkommen hoffen, sind bereits gestartet. Die Reihenfolge, in der wir starten, wurde dem Zufall überlassen.

Unter den Überlebenden der ersten Katastrophe wurde, nachdem man dem Ausbau der Höhle zugestimmt hatte, angesichts des Unglücks, das uns alle betroffen hatte, der Gedanke geäußert, das Leben wäre sinnlos, alle Betrachtungen, die jemals hinsichtlich eines Fortschritts der Menschheit angestellt worden wären, würden auf falschen Voraussetzungen beruhen. Es gäbe von unserem Planeten kein Entkommen, und das beste, was man in Anbetracht der Umstände machen könnte, wäre, in Anstand und Würde zu sterben.

Es versteht sich, und vielleicht wird es einmal Menschen geben, die diesen Gedanken würdigen können, daß unsere erste Aufgabe – wir waren nur eine Handvoll angesichts der ringsum herrschenden Verzweiflung – darin bestehen mußte, die moralischen Voraussetzungen zu schaffen, damit ein Weiterleben, ein Ausbau der Höhle, ein Vorantreiben der Zwischenraumtechnik möglich waren. Es versteht sich ebensogut, daß die moralischen Voraussetzungen, von denen wir sprechen, auf Tatsachen beruhen mußten und daß kein Mensch an erfundene Parolen glauben würde.

Welchen Sinn also, stellten wir uns die Frage, hat das Leben angesichts einer solch umfassenden, einer solch ungeheuerlichen Katastrophe, wie sie uns widerfahren? Wäre es nicht besser, mußten wir uns fragen, das Leben in einem solchen Dilemma zu beenden? War es überhaupt denkbar, daß die Zeit die furchtbaren Wunden, die uns geschlagen waren, selbst im Falle einer gelungenen Flucht jemals heilen würde? Und war es nicht sinnlos, zu einem anderen Planeten zu entweichen, angesichts der Gefährlichkeit einer solchen Reise und angesichts der Möglichkeit, daß uns dort ein ähnliches Schicksal widerfahren würde?

Ich möchte, da die ersten Schiffe starten – die Zeit drängt, wir sind bald an der Reihe –, nur den Grundgedanken, der uns aufrecht erhielt und mit dem wir die anderen überzeugen konnten, skizzieren. Es ist die einfache Tatsache, daß sich – nach allem, was sich in der Geschichte unseres Planeten und der Menschheit hat beobachten lassen – die Materie, von der wir ein Teil sind, trotz aller Rückschläge und Katastrophen unaufhaltsam nach oben entwickelt.

Die Menschen neigen angesichts von Katastrophen – und gewiß angesichts der unbeschreiblichen Katastrophe, die unseren Planeten betroffen – dazu, den Augenblick absolut zu nehmen und aus dem Unglück der historischen Sekunde das Unglück der gesamten Geschichte abzuleiten. Wir sind sicher, daß dies, selbst unter unseren Umständen, falsch ist. Wir können uns nicht denken, daß sehr viele andere Sonnen so früh – das heißt, bevor Abwehrmittel entwickelt werden konnten – von ähnlichen Katastrophen betroffen werden. Wir glauben, trotz aller Rückschläge läuft die Entwicklung insgesamt fast ungeschmälert nach oben.

Ist dies ein universales Prinzip, das Prinzip der sich stetig höher entfaltenden Materie – und dessen sind wir sicher –, so muß es auch für einen Planeten und eine Gattung wie die unsere und auch unter unseren schwierigen Umständen gelten. Daraus folgt aber, daß wir weder, wenn wir nur unseren Selbsterhaltungstrieb in Rechnung stellen, noch, wenn wir uns als Teil dieses umfassenden Prinzips verstehen, jemals aufgeben dürfen.

Mehr noch. Folgt man den wissenschaftlichen Theorien, so scheint das Schicksal unserer Sonne dem ganzen Universum auf einer höheren Ebene und zu einem späteren Zeitpunkt beschieden. Gleich, ob sich die Sterne in der Weite des Raumes verlieren werden oder ob sie sich in einem Zusammensturz vernichten – es scheint, irgendwann wird unser Universum vergehen. Wir halten auch diesen Gedanken nicht für richtig. Wir sind vielmehr der Meinung, daß das Universum in dem Prozeß, in dem es intelligentes Leben auf vielen Planeten entfaltet, zugleich die Mittel bereitstellt, die, um sich selbst zu erhalten, auch das Universum erhalten werden.

Es wäre müßig, zu spekulieren, wie dies dereinst geschehen könnte. Wir kratzen ja erst an der Oberfläche unseres Planeten und wären froh, wenn wir ihn alle rechtzeitig verlassen könnten. Gleichwohl wird sich dieser eine Gedanke, sobald die Zeit für ihn reif ist, in allen denkenden Köpfen des Universums entfalten – daß die jetzt größte denkbare Aufgabe nur die Erhaltung des Universums selbst sein kann. Es versteht sich, dies ist eine Aufgabe, die, wenn wir alle längst vergangen, nur in gemeinschaftlicher Arbeit wird bewältigt werden können. Was hier interessiert, ist alleine die Linie, der alle denkenden Wesen in letzter Instanz, gleich unter welchen Umständen, gleich, in welche Prüfung sie gestellt sind, werden folgen müssen.

Ich werde jetzt diesen Text beenden. Ich sehe die Lichter der vor uns startenden Rakete. Noch wenige Viertelstunden, dann sind wir an der Reihe. Ich kann das Licht der Sonne sehen, die in ihrem Pulsieren das Gestein erleuchtet. Es ist mir fast, als könnte ich ihre Hitze durch die Felsen spüren. Ich höre jetzt auf zu schreiben. Der Magnetkran schiebt unsere Rakete vorwärts über die Schiene.

Ich muß gestehen, daß die Worte, die ich hier für meine Freunde und für mich geäußert habe, vielleicht groß erscheinen angesichts des Lichthauchs, der jetzt durch den Tunnel herabweht. Und dennoch! Selbst wenn wir kurz vor dem Abschuß unseres Projektiles sterben sollten, so sind wir doch auf unserem Wege so weit gegangen, wie wir und die wenigen hundert, die sich noch in der Höhle befinden, gehen konnten!«

Carla Mötteli

Schwarzweiße Ewigkeiten

Er stand am äußersten Rand des Felsplateaus. Hier war das Ende der Welt, hier war sein Weg zu Ende, sein langer Weg durch die Zeiten. Vor ihm gähnte der Abgrund, darin die schwarzweißen Ewigkeiten des Chaos', Urstoff allen Anfangs und allen Endes, durcheinander quirlten.

Verwirrung befiel ihn, ließ ihn, teils erschreckt, teils von Neugier erfüllt, hineinstarren in die substanzlos vor ihm dahinströmenden Farben, die sich in stetem Wechsel miteinander verbanden und wieder trennten, um sich erneut wieder zu verbinden in ständig variierenden Nuancen von tiefstem Schwarz über lichtestes Weiß zu deprimierndstem Grau.

Verstört wandte er sich ab, blickte zurück zu dem Weg, den er gekommen war. Steile, in dunklen Granit gehauene Stufen führten in die Höhe. Oben ein Kiefernwald, eine Silhouette vor dem seidigen Blau des Himmels. Hier war er herabgestiegen. Aber er erinnerte sich nur noch unklar. Schemen von bunten Blumen, an denen er vorübergewandert war, ohne sich dessen richtig bewußt zu werden, obwohl ein flüchtiger Hauch ihres Duftes ihn immer noch umschwebte, tauchten auf aus dem dunklen Teich seiner Erinnerung und verschwanden wieder, anderen Bildern Platz machend, die ebenfalls auftauchten und wieder verschwanden, Konturen von Schatten, die einmal sein Leben gewesen und heute im Abseits versunken waren.

Er vergrub seine Zähne in den Lippen, bis Blutstropfen hervorperlten, ballte die Hände zu Fäusten und wandte sich wieder dem Abgrund zu, trat ganz nahe an seinen Rand. Scharfkantige Gräser schnitten schmerzhaft in seine nackten Füße. Vor ihm und unter ihm brodelte das Chaos, eine hin- und herwogende Zusammenballung von Streifen und Mustern, die sich auflösten, um sich im Wechsel der Varianten erneut zu bilden.

Die Erinnerung an eine alte Sage tauchte in ihm auf, die Legende, nach der es jeweils alle Millionen Jahre einmal an einem einzigen Tag, zu einer einzigen Stunde einem einzigen Lebenden möglich war, auf einer unsichtbaren Brücke das Chaos zu überqueren und hinüber zu gelangen zu lichten, unvorstellbar schönen, neuen Zeitebenen. Alle Millionen Jahre einmal für einen einzigen Lebenden.

Er stand da, ganz dem Zauber seiner Träume verfallen, starrte hinein in die wogenden Farben, suchte nach den Konturen der Brücke und fand sie doch nicht und wußte zugleich, daß er sie, selbst wenn sie da wäre, erst finden könnte beim schon Hinüberschreiten, beim ersten Schritt in das Nichts.

Er grübelte vor sich hin. Konnte nicht vielleicht gerade heute der Tag sein, die Stunde, da sich das Wunder offenbarte? Sollte er es wagen, den Schritt zu tun? Den Schritt, der ihn vielleicht die verheissungsvollste Brücke unter den tastenden Füßen spüren ließ oder ihn in das Grauen des Abgrunds würde stürzen lassen, zu unaufhaltsamem Sturz verdammt durch das Nichts, das so erbarmungslos unendlich und ewig war? Oder sollte er versuchen, den Weg über die steilen, granitenen Stufen, die hinter ihm lagen, zurück zu gehen? Den ganzen, langen, mühsamen Weg zurück? Sollte er? Sollte er nicht? Alle Millionen Jahre einmal war die Brücke da, unsichtbar in den Wirbeln des Chaos' verborgen. Warum nicht gerade *heute*? Jetzt zu dieser Stunde, in dieser Minute? Warum nicht *für ihn*? Er hob den Fuß, zog ihn wieder zurück, starrte hinein in das Chaos, das so deprimierend lautlos und geheimnisvoll war, zermarterte sein Gehirn, wurde zum Spielball seiner Träume, seiner Unschlüssigkeit, seiner Verzweiflung . . .

Etwas huschte über seine Füße, irgendein Tier, ein kleines, rötlich bepelztes Wesen, ließ ihn nervös zusammenschrecken. Mit einer Reflexbewegung des Fußes schleuderte er es fort, über den Rand des Abgrundes hinaus. Das Wesen stieß einen leisen, klagenden Laut aus, der Schmerz in ihm erweckte. Bedauern. Und dann sah er es: Das Wesen stürzte nicht. Es lief dahin durch die Substanzlosigkeit des Chaos' wie auf festem Boden. Wie auf einer Brücke.

Die Brücke! Er wußte nicht, ob er es laut geschrien oder nur gedacht hatte. Er kämpfte gegen den Schock, der sein Denken zu lähmen drohte, indessen das Wesen vor ihm dahinlief und schließlich im milchigen Grau der Ferne untertauchte.

Eine kleine Weile noch stand er so da, ließ sich dahintreiben im Aufruhr seiner Gefühle, dachte nicht mehr an die steilen, granitenen Stufen des Weges hinter ihm, den er gekommen war, dachte nur noch an das, was er sah, was er gesehen hatte, an das kleine, rötliche bepelzte Ding, welches vor ihm wie auf einer Brücke das Chaos überquert hatte.

Sie war also da, die Brücke. Eine Million Jahre war gerade vorbei, heute, jetzt, zu dieser Stunde, in dieser Minute ...

Er hob, immer noch zögernd, erneut den Fuß, ließ ihn eine kleine Ewigkeit lang, so schien es ihm, über den Abgrund schweben und setzte ihn dann nieder, hinein ins Nichts, entschlossen, den Weg zu gehen, den ihm das Wesen gezeigt hatte, bereit, den Schritt zu tun, der durch das Chaos führte.

Sein lautloser Schrei wurde zur nie mehr endenwollenden Qual, wurde zur Ewigkeit selbst. Er stürzte. In grausam endlosem Fall riß es ihn hinab durch die substanzlose Leere, unaufhaltsam, unabänderlich, tiefer und immer tiefer, ein verlorenes Nichts im Sturz durch die Lautlosigkeit der ihn umfangenden, ihn niemals mehr freigebenden, schwarzweißen Ewigkeiten.

Elmar H. Wohlrath

Heimatgrüße

»Stoj! Poraschkyn!«

Der Ruf traf mich wie ein gut gezielter Magenhaken. Unwillkürlich zog ich den Kopf zwischen die Schultern, während die Hände jene bekannte Wanderung zum Himmel antraten. Russen, so weit im Westen?

Nur langsam begann es mir zu dämmern. Stoj, das kannte ich. Aber Poraschkyn? Hier ließen mich meine bescheidenen Kenntnisse der russischen Sprache im Stich. Oder war es so, daß der Typ, der da gerufen hatte, nur Wert darauf legte, für einen Russen gehalten zu werden? Aber warum? Und wer?

Meine Hände wanderten wieder leicht abwärts, hielten in Höhe der Ohren an. Ein erster, scheuer Blick flog nach vorne, versuchte die Gestalt zu erfassen, die an dem grauen, rissigen Stamm einer Fichte lehnte.

Nur mit Widerwillen sah ich auf den mir vor die Nase gehaltenen Karabiner. Meine Nackenmuskeln vibrierten böse, als ich den braunen Soldatenmantel und den Stahlhelm in der bekannten Form erblickte.

Erst auf den zweiten Blick sah ich, daß Mantel und Helm für die schmale Gestalt vor mir viel zu weit und zu groß waren. Ich sah in ein blasses Gesicht, soweit man das unter der Schmutzkruste erkennen konnte. Große blaue Augen, die nicht wußten, ob sie keß oder ängstlich blicken sollten, starrten mir entgegen.

Der Typ war noch verdammt jung und nicht gerade gut gefüttert. Obwohl auch bei mir mehr als einmal Schmalhans Küchenmeister gespielt hatte, hatte ich doch noch mehr auf den Rippen. Aber ich besaß keine Schußwaffe.

Ich versuchte zu grinsen, deutete mit dem Daumen auf meinen Rucksack.

»Essen! Willst du was?« Das war ein Angebot, das kein Mensch in dieser Zeit ablehnen konnte. Der Karabinerlauf vor mir aber bewegte sich um keinen Deut.

»Ich bin ein Freund!« Wieder keine Reaktion. Eine Bewegung

des Kopfes ließ vorne den Helm verrutschen. Eine lange Strähne schmutzigen Haares glitt heraus. Bei allem, der Typ vor mir war eine Frau. Ich korrigierte meine Schätzung sofort wieder. Es war noch ein Mädchen, höchstens um die fünfzehn Jahre alt.

Hatte sie vielleicht schlechte Erfahrungen mit Kerlen gemacht, da sie mir die Knarre derart beharrlich vorhielt? Wie konnte ich ihr nur begreiflich machen, daß ich völlig harmlos war, nichts von ihr wollte. Wenn sie nur den Mund aufmachen würde.

»Hallo!« Ich brüllte es beinahe. Das Gesicht blieb starr.

»Germanski?«

Ich war schon froh über dieses eine Wort, schüttelte den Kopf mit einer Heftigkeit, als ob sie gefragt hätte, ob ich der Teufel persönlich sei.

»Austria!« Wie hieß denn das auf russisch wieder?

Sie begann zu lächeln. »Hallo, Landsmann!« Ich atmete auf. Es war unverkennbar ein heimischer Dialekt.

»Warum spielen Sie die wilde Frau in Russenuniform?«

Wieder dieses Lächeln, das ich nicht einordnen konnte. »Ich habe meine Gründe!«

»Sind die Russen bis hierher gekommen?«

»Wir waren drüben, in der Steiermark. Als die Russen den Rückzug antraten, haben sie einige Sachen zurücklassen müssen. Da haben wir uns einkleiden und ausrüsten können. Es hat manchmal doch einen Vorteil, wenn die Leute der Meinung sind, man wäre ein Russe!«

Ich grinste, stellte mir vor Angst erstarrte Leute vor. Sie mußten wohl ähnlich gefühlt haben wie ich. Dann begann ich wieder zu fragen.

»Ihr seid mehr? Kann man sich da nicht anschließen? Mir ist es leid, in dieser Zeit allein durch die Welt laufen zu müssen. Sie können mir glauben, ich bin sicher kein übler Kerl!«

»Mal schauen!« Wieder dieses Verziehen der Lippen.

Hinter ihr bewegte sich etwas. Ich sah hoch. Auch sie wurde aufmerksam, kümmerte sich aber nicht weiter darum, was hinter ihr geschah. Der Karabiner zeigte noch immer auf meinen Bauch, und sie hielt den Finger am Abzug.

Drei, vier Gestalten, wie sie im Russenmantel, kletterten über die braune Felsen. Sie lachten, schwangen ihre Gewehre wie zum Gruß.

Als ich zurückwinkte, trat ein spöttischer Glanz in die Augen meines Gegenübers.

Die vier Gestalten blieben neben ihr stehen. Es war beinahe zum Lachen. Es handelte sich um Mädchen, keine über zwanzig alt. Und alle sahen mich mit zufriedener Miene an.

»Hallo!« sagte ich.

Sie reagierten nicht.

Eine trat ein paar Schritte zur Seite, musterte mich mit prüfendem Blick. »Er sieht gut aus. Er wird sicher länger reichen als das Reh, das wir letzte Woche schossen!«

Ich zuckte zusammen, schrie die Mädchen an: »Laßt doch den Unsinn!«

Doch der Finger krümmte sich wie eine Naturgewalt um den Abzug. Ich hörte nicht einmal mehr den Schuß.

*

Geräusche drangen auf mich ein, die durch einen Berg von Watte gedämpft schienen. Etwas machte sich an meinem Arm zu schaffen. Es stach, ein ziehender Schmerz folgte.

Langsam wurde die Welt wieder realer um mich. Ich riß die Augen auf, starrte in ein bärtiges Gesicht mit kurzen weißen Haaren und erkannte einen Arzt.

Er löste mit einem kalten Blick die Elektroden von meinen Schläfen.

»Ich dachte schon, ich bringe Sie überhaupt nicht mehr herüber!« meinte er ganz nebenbei.

Langsam ging es mir wieder besser. Ich wollte mich aufrichten, aber er drückte mich zurück.

»Ein paar Tage Ruhe werden Sie schon brauchen, bis Sie wieder auf dem Damm sind. Eine verdammte Sitte, diese Erlebniskassetten. Schämen sollten Sie sich, überhaupt solches Zeug zu benützen, nur weil es jetzt groß in Mode ist. Was hatten Sie denn überhaupt laufen?«

Er ging zum Recorder und öffnete ihn. Mit angewidertem Blick nahm er die Kassette heraus.

»Nach dem Atomkrieg – zwanzigstes Jahrhundert! Eine Sache, die wirklich verboten gehört!«

Ernst Vlček

Wasserkauf ist Vertrauenssache

Er war schon fast soweit, daß er die Dunkelheit und die Stille körperlich fühlen konnte. Wäre die Stille vollkommen gewesen, er hätte es ertragen können. Aber da war das monotone Geräusch von tropfendem Wasser, das fast so regelmäßig kam wie das Tikken einer mechanischen Uhr. Es war ein beständiges Plitsch-Platsch, dessen Rhythmus nur ganz selten unterbrochen wurde, und er war schon dafür dankbar, wenn es eine Unterbrechung dieser Eintönigkeit gab.

Ganz besonders schlimm war das Wissen um die Tatsache, daß es sich um Wasser seines Körpers handelte. Mit jedem fallenden Tropfen trocknete er weiter aus. Keine Frage, sie hatten ihn zur Dehydratation verurteilt. Plitsch – platsch – plitsch . . .

Manchmal wurde die Stille durch fernes Hämmern unterbrochen, das irgendwo aus dem Tunnel kam. Er fragte sich, was das zu bedeuten hätte, aber im Grunde genommen war es ihm egal, denn er war einfach froh über diese Abwechslung.

Seine Mundhöhle war schon ganz ausgetrocknet. Er brannte innerlich. Er hatte Durst, und der Durst wurde zu einer Flamme, die durch seinen Körper loderte und ihm rasende Schmerzen verursachte. Wie lange konnte man ohne Wasser leben, wenn einem gleichzeitig die Körperflüssigkeit entzogen wurde?

Platsch – platsch – plitsch . . . Sieh an, ein Rhythmuswechsel. Und dann war irgendwo ein Rumoren, das lauter wurde und zu einem Gurgeln und Plätschern anschwoll und für kurze Zeit in das assoziationsträchtige Rauschen von Wasser überging. Er kannte dieses Geräusch, das viel zu selten kam – und andererseits doch zu oft: Irgendwo im Tempel wurde gerade eine Zisterne geleert.

Er beleckte sich die Lippen. Seine Zunge war ein aufgequollenes Etwas, das ihm den Eindruck vermittelte, über eine ausgetrocknete, zerklüftete Landschaft zu gleiten.

Es wurde wieder still, nur das Wasser seines Körpers tropfte.

Als man ihn in diese Kaverne brachte, da hatte er im Licht der

Karbidlampe ein steriles Lager gesehen. Es war mit einer glatten Plastikfolie bespannt. An dieser Kunststoffhaut sammelte sich das Wasser seines Körpers, tropfte in eine Rinne und wurde in einem Behälter gesammelt. Das Wasserglas mußte längst schon voll sein.

Wieder drang das Rauschen von Wasser zu ihm, als eine Zisterne entleert wurde. Das war schon das zweite Mal innerhalb weniger Augenblicke. Es mußte also ganz schön giftig regnen, wenn das Tempelpersonal nicht einmal den Versuch unternahm, das Regenwasser zu klären.

Er hätte vor Schadenfreude lachen mögen, wie hoffnungslos seine Lage auch war. Statt dessen wartete er auf das Geräusch des tropfenden Wassers. Er sehnte es herbei und hatte gleichzeitig Angst davor. Mit jeder austrocknenden Faser seines Körpers, mit angespannten, umnebelten Sinnen erwartete er es, gleichzeitig hoffend, daß es ausblieb. Und tatsächlich vermochte er das Platschen nicht zu hören, denn es ging in einem anderen Geräusch unter.

Die Tür ging auf. Er drehte den Kopf so gut es ging in diese Richtung und versuchte, die Dunkelheit mit den Augen zu durchdringen. Das Rascheln von Stoff ließ ihn die Bewegung eines Körpers erahnen, der in eine weite Kutte gehüllt war. Er glaubte fast, die Drehung einer verhüllten Gestalt zu sehen, als sie sich durch den Türspalt schob, sich umwandte und die fugenlos eingepaßte Tür wieder hinter sich schloß. Hände, in desinfizierte Gummihandschuhe verpackte Hände, schauten unter den weiten Ärmeln hervor und drückten die Tür vorsichtig zu. Und nun drehte sich die Gestalt in der Kutte wieder herum, er konnte es an den Geräuschen erkennen – und auch daran, daß nun ein phosphoreszierender Lichtfleck an jener Stelle in der Dunkelheit geisterte, von wo die Geräusche kamen.

Schleichende Schritte erklangen und trugen das phosphoreszierende Leuchten näher an ihn heran. Der Lichtfleck wurde größer und bekam deutlichere Konturen. Er konnte die Zeichen mühelos entziffern: H_2O glomm tänzelnd aus dem Dunkel. Das Symbol für Wasser. Aber für ihn war es gleichbedeutend die Formel des Todes.

Wer bist du? wollte er fragen. Was willst du? Habt ihr mich nicht schon genug gequält? Laßt mich endlich sterben! Schnell sterben. Ertränkt mich in der Bracke des Stausees, oder . . .

Er konnte die Gedanken im Geiste formen, so klar war er schon noch bei Verstand. Aber er konnte die Worte nicht aussprechen.

Das H_2O erreichte ihn und leuchtete durch die innen beschlagene Folie des Kunststoffzeltes, unter dem er lag.

»Heiß . . .«, brachte er hervor.

»So soll es sein«, sagte eine einschmeichelnde Frauenstimme. »Das ist deine Sühne.«

Was habe ich euch denn getan! wollte er schreien. Was warfen sie ihm vor – was konnten sie ihm vorwerfen? Er kannte die Antworten. Doch sie waren Lügen, scheinheilige Phrasen, mit denen er sich nicht abfinden konnte.

Die Kunststoffolie raschelte, als zwei Arme unter dem Zelt hindurchlangten. Die Hände in Gummihandschuhen hielten einen kleinen, kostbaren Goldkelch und setzten ihn ihm an die Lippen. Eine klare Flüssigkeit schwappte über und ihm in den Mund. Er trank gierig und verschluckte sich.

»Nicht so hastig!« ermahnte die Frauenstimme und setzte den Kelch ab. »Dies Wasser ist kostbar. Es ist das Lebenswasser deines Körpers – reiner noch als *Aqua destillata* . . .«

Er empfand Abscheu, trotzdem trank er den Kelch schließlich leer. In ihm krampfte sich für einen Moment alles zusammen, und doch begann er sich danach etwas besserzufühlen.

». . . bist du?« brachte er endlich keuchend hervor. Die Flamme in seinem Körper war für einen Moment gelöscht.

»Ich bin die *Aqua mater*«, sagte die sanfte Frauenstimme, die zu dem phosphornen Wasserzeichen gehörte. Das Gesicht unter der tief in die Stirn gezogenen Kapuze war nicht zu erkennen. »Ich bin gekommen . . .«

»Dein Name!« verlangte er zu wissen.

»Anne Heind . . . Möchtest du nicht endlich dein Gewissen erleichtern? Mir kannst du dich anvertrauen, ich habe Verständnis für alles.«

»Was für Wetter?« wollte er wissen.

»Es regnet«, sagte die *Aqua mater.* Sie machte eine kurze Pause und fuhr dann mit ihrer sanften, fast salbungsvollen Stimme fort: »Heute morgen hat es noch rot geregnet, aber gegen Mittag gab es einen Niederschlagswechsel. Und nun ist der Regen grün. Es regnet schon seit Tagen ohne Unterlaß. Mal so, mal so. Das Wasser im Stausee steigt beständig. Wie geht es dir?«

»Besser.«

»Willst du nicht endlich dein Schweigen brechen? Es würde dein Gewissen erleichtern und – vielleicht sogar dein Leben retten. Warum schweigst du so beharrlich?«

»Du würdest mir nicht glauben.«

»Vielleicht doch. Versuche es.«

Er schüttelte den Kopf. Er hatte keine Chance. Das hatte er von Anfang an gewußt, und der Schauprozeß hatte es bestätigt. Lieber nahm er sein Geheimnis mit in den Tod, als es diesen fanatischen Wasserpriesterinnen anzuvertrauen. Sie würden es nicht richtig nutzen, sondern es für sich behalten und alles tun, daß es nicht an die Öffentlichkeit drang. Er war sicher, daß sie die sich bietende Möglichkeit nicht einmal für sich selbst nutzen würden. Es lag in ihrem Wesen, die Wahrheiten zu mystifizieren und neben ihren Lehren nichts anderes gelten zu lassen. Schon gar nicht das natürliche, Echte. Nein, nein, er mußte das Geheimnis für sich behalten und sich der vagen Hoffnung hingeben, daß irgendeiner, der nicht zu den Eingeweihten gehörte, es durch Zufall entdeckte und es für die Allgemeinheit nützte. Jemand, der wie er Pioniergeist besaß und bereit war, Opfer zu erbringen, um gegen das Monopol der Wasserpriesterinnen anzukämpfen.

»Du würdest die Wahrheit vertuschen«, sagte er. »Ich weiß es. Du bist meine schlimmste Feindin.«

»Du meinst, weil ich beim Prozeß Anklage gegen dich erhoben habe«, stellte die *Aqua mater* fest. »Das mußte ich tun, um das Gesicht zu wahren. Aber ich handelte gegen meine Überzeugung, das mußt du mir glauben. Ich bin Realistin.«

»Du bist so realistisch, daß du mich der Panscherei angeklagt hast, obwohl mein Wasser um vieles besser ist als das eure der Güteklasse Eins A«, sagte er leidenschaftlich. Jetzt, wo er wieder des Sprechens mächtig war, wurde er wieder zum glühenden Verfechter seiner Ideen. Oh, wenn er jetzt vor den Mitgliedern seiner Gemeinde stünde, da würde er sich nicht mehr soviel Zurückhaltung auferlegen wie früher. Er hätte sie schon früher zum offenen Widerstand gegen die Hüter des Wassermonopols aufrufen müssen. Jetzt war es zu spät. Er konnte nur noch in Gedanken nachvollziehen, was er versäumt hatte.

Er hätte die Macht gehabt, die herrschende Klasse zu stürzen. Aber er war kein Kämpfer gewesen, er hatte geglaubt, es würde auch anders gehen. Wasser ist Macht! Darum verteidigten die Wasserpriesterinnen ihr Monopol mit allen Mitteln.

»Ich mußte dem Gesetz Genüge tun«, rechtfertigte sich die *Aqua mater*. »Du hast Wasser verkauft, ohne eine Lizenz zu besitzen.«

»Und das ist Grund genug für euch, einen Mann zur Dehydratation zu verurteilen«, sagte er verbittert.

»Nein«, widersprach die *Aqua mater*. »Du hast so ziemlich gegen alle Gesetze des Wasserrechts verstoßen. Die Beweislast gegen dich war erdrückend. Ein anderes Urteil als die Todesstrafe war gar nicht möglich. Die chemische Analyse hat ergeben, daß du nicht einmal die elementarsten Gesetze der Klärung befolgt hast. Dein Wasser war nicht entkeimt, von einer Feinreinigung ganz zu schweigen. Du hast weder für Geruchsbeseitigung noch für Enthärtung gesorgt. Dabei ist heutzutage eine Entkalkung mit den primitivsten Mitteln zu erreichen. Und du hättest dein Wasser zumindest chlorieren müssen! Aber jetzt bin ich keine Anklägerin, sondern spreche als Privatperson unter vier Augen mit dir. Und ich will dir verraten, was dir letztlich das Genick gebrochen hat: Es war dein stures Schweigen. Du hättest dich retten können, wenn du uns dein Rezept verraten hättest – und das könntest du noch immer.«

»Welches Rezept?« rief er aus. Er war wieder soweit in Ordnung, daß er fließend sprechen und sogar die Stimme erheben konnte. »Du hältst mir vor, daß ich die primitivsten Regeln der Wasseraufbereitung mißachtet habe – und in der Tat, darum habe ich mich wahrlich nicht gekümmert –, und im selben Atemzug verlangst du das Rezept für mein *Trinkwasser*. In Wahrheit habe ich kein Rezept, und das ist das Geheimnis für die Güte meines Wasser. Aber das würdest du nie wahrhaben wollen. Darum schweige ich besser.«

»Du bist ein Teufel, Georg Matzal«, sagte die *Aqua mater* ohne Emotionen. »Das habe ich vom ersten Augenblick an erkannt. Aber du hast etwas, für das ich meine Seele geben würde. Darum lasse ich mich mit dir ein.«

Er schüttelte den Kopf. Sie verstand nicht, sie wollte einfach nicht verstehen. Für sie war Wasser ein Mysterium, so konnte sie sich nicht damit abfinden, daß Wasser, die natürlichste Sache der Welt, nur in seinem unverfälschten Urzustand wirklich segensreich war. Nun, es war nicht ihre persönliche Schuld. In einer Zeit, in der es Säure regnete, alle Seen und Flüsse vergiftet waren, konnte man schwerlich daran glauben, daß ungeklärtes Wasser genießbar war.

Wenn die *Aqua mater* zum Wasserspender trat, um ihren Durst zu stillen, da schlug ihr der Chlorgeruch schon von weitem entgegen. Und sie hatte auch in seine Kaverne einen Geruch von Chlor mitgebracht.

»Ich muß dir ein Geständnis machen«, sagte die *Aqua mater.* »Ich habe von deinem Wasser *getrunken.* Ich glaube an seine Kraft. Es ist köstlich, mit nichts anderem zu vergleichen, was ich je getrunken habe.«

»Auch nicht mit dem Lebenswasser deiner vielen Dehydrationsopfer?« fragte er.

»Das sind Schauermärchen, die man sich erzählt«, sagte die *Aqua mater.* »Du darfst nicht alles glauben, was man sich über uns erzählt.«

»Ich war selbst einmal ein Wasserpolizist«, hielt er ihr vor. »Ein kleine Wapo bloß, aber ich weiß, was gespielt wird. Ein guter Freund von mir war Pächter einer Tankstelle. Er hatte bloß die B-Lizenz, durfte also nur Hydranten mit Nutzwasser führen. Aber auch er hat seine Tanks mit unaufbereitetem Wasser aufgefüllt. Er hat seine Vorräte mit Abwässern und Regenwasser ergänzt. Nicht selten in einem Verhältnis von eins zu eins. So arbeiten eure Wasserverkäufer. Ich konnte diesem Treiben schließlich nicht mehr zusehen und bin ausgebrochen. Es kam der Moment, da wurde mir beim bloßen Anblick eines Hydranten übel . . .« Er verstummte, als plötzlich wiederum das ferne Hämmern erklang.

»Was bedeutet das?« fragte er.

»Durch die starken Regenfälle ist der Stausee gestiegen und droht den Tempel zu überfluten«, erklärte die *Aqua mater.* »Da die Schleusen total verrostet sind, so daß wir sie nicht öffnen können, versuchen die Wapos nun, die Schleusenangeln gewaltsam zu entfernen. Gleichzeitig sind andere Kommandos dabei, Löcher in die Konkave zu stemmen, damit das Wasser abfließen kann.«

Sie kamen von weither zu mir, um mein Wasser zu kaufen, denn es hatte sich herumgesprochen, daß bei mir jeder Schluck reiner Nektar war. Sie brachten Wasserflaschen, Büchsen und Konservendosen, um darin mein Trinkwasser aufzufangen. Sie schöpften es mit aufgehaltenen Händen, die sie sich danach ableckten, rollten Fässer heran, um sie auffüllen zu lassen, und hielten mir versiegelbare Wasserschläuche hin.

Mir war von Anfang an klar, daß dies alles der Wasserpolizei nicht verborgen bleiben konnte, obwohl ich meinen Kunden strengstes Stillschweigen auferlegte, und im Dorf waren wir eine verschworene Gemeinschaft. Aber das Dorf hatte eine exponierte Lage, es befand sich nur einen Tagesmarsch unterhalb des Wassertempels. An den seltenen klaren Tagen konnte man sogar seine nach innen gewölbte Mauer sehen, die hinter sich den großen See staute. Die Allmacht der *Aqua mater* schwebte wie ein Damoklesschwert über uns. Es konnte den Wapos nicht ewig verborgen bleiben, daß die Bewohner unseres Dorfes gesünder waren als andere. Daß bei uns die Kindersterblichkeitsrate gleich Null war, ebenso wie die Zahl der Mißgeburten – und das innerhalb eines einzigen Jahres. Seit dem Zeitpunkt eben, da ich mein illegales Wassergeschäft betrieb.

Eines hätte ich jedoch tun müssen: Die Wassermenge, die pro Person abgegeben wurde, zu rationieren. Dann wäre es bestimmt länger gutgegangen. Aber da ich aus dem vollen schöpfen konnte und unermeßliche Reserven hatte, fand ich, daß es schade um den Nektar war, wenn er versickerte.

Wie konnte ich denn auch wissen, daß von einigen cleveren Burschen mein Wasser fässerweise in die nächste Stadt ging und dort auf dem Schwarzmarkt zu Phantasiepreisen gehandelt wurde? Es ging dabei gar nicht darum, daß sich einige auf meine Kosten bereicherten. Hätten sie meinen Nektar unverfälscht verkauft, die Sache wäre nicht so schnell aufgeflogen. Aber sie streckten das Wasser, verdünnten und verfälschten es mit herkömmlichem Wasser aus irgendwelchen Quellen, bis die Wasserpolizei auf ihre Spur kam und das ganze Syndikat auffliegen ließ. Als ich hörte, daß einer meiner besten Kunden der Wasserpanscherei angeklagt war, da wußte ich, daß die Nachforschungen der Wapos unweigerlich zu mir führen mußten. Ich war also nicht unvorbereitet. Ich hatte keine Angst vor der Verhaftung, sondern sehnte sie geradezu herbei, denn ich hoffte, den folgenden Schauprozeß dafür benützen zu können, das System der Wassermonopolisten anzuprangern.

Ich bereitete mich darauf vor, zum Aufstand gegen die Obrigkeit, die am Wasserhahn drehte, aufzurufen. Denn ich wußte, daß ich ein starkes Druckmittel gegen sie in der Hand hatte: Das beste Wasser der Welt, reines, durch keine chemischen Zusätze verfälschtes, gesundes, lebenspendendes Wasser. Und ich hatte jede Menge stichhaltiger Beweise. Ich konnte argumentieren, daß es nirgendwo gesündere Menschen als in unserem Dorf gab, daß das Vieh und die Pflanzen nirgendwo anders so gediehen – daß nicht einmal der Säureregen zerstören konnte, was kraft meines Wassers wuchs.

Doch gab es eine Schwachstelle, das war ich selbst. Und die Wapos erkannten es. Sie brauchten mich nur aus dem Verkehr zu ziehen, mich, der als einziger das Geheimnis des Nektars kannte. Sie holten mich bei Nacht und Nebel, und niemand war da, der mir helfen konnte. Sie brachten mich in den Tempel und urteilten mich in einem Schauprozeß ab.

Und hier lag ich nun auf dem kunststoffbezogenen Lager unter einem Plastikzelt, umgeben von dem uralten Gemäuer einer Kaverne, *und sah meiner langsamen und qualvollen Dehydratation entgegen.*

»Ich kenne deinen Traum, Georg Matzal«, sagte die *Aqua mater.* »Bei der Durchsuchung deiner Behausung haben wir die Sammlung verbotener Bilder gesehen. Du träumst von einer wiederergrünenden Natur. Von einem blauen Himmel, aus dem das wärmende Licht auf blühende Wiesen und dichte Wälder fällt, von gesunden Menschen in einer gesunden Umwelt. Das ist ketzerisch, Georg Matzal. Ein perverser Traum, denn die Welt wird nie mehr, wie sie einmal war. Dafür haben unsere Väter schon gesorgt. Sie haben die Welt vergiftet, sie mit ihrem Gift geradezu übersättigt, so daß sich die Natur auch in tausend Jahren nicht mehr erholen kann.«

»Ich kenne eure Propaganda, verschone mich damit!« sagte er. »Ich weiß es besser. Ich weiß, daß die Natur nicht völlig zerstört ist. Sie wird wieder erwachen, und das wird gleichzeitig eure Götzendämmerung sein.«

»Narr!« herrschte sie ihn an. »Du glaubst, den Stein der Weisen gefunden zu haben. Du hältst dich für klüger als alle anderen, klagst uns der Sektiererei an und noch Schlimmeres. Wir sind keine Diktatoren, die das Wassermonopol zur Machtausübung mißbrauchen. Wir sorgen nur für Ordnung. Wenn jeder Dahergelaufene mit Wasser handeln könnte, dann hätte sich die Menschheit längst schon ausgerottet, wäre von Seuchen dahingerafft worden. Wasserverkauf ist Vertrauenssache! Wenn jemand Trinkwasser der Klasse Eins A kauft, dann muß er auch sicher sein können, daß das erstandene Wasser diese Qualität hat. Wasser, genießbares Wasser, ist das kostbarste Gut in unserer verseuchten Welt. Darum muß es gehütet werden. Dein Vergehen ist umso schlimmer, da du nicht bereit bist, dein Rezept zur Wasseraufbereitung der Allgemeinheit zugänglich zu machen!«

Er mußte lachen, er konnte nicht anders.

»Warum, glaubst du, bin ich so sicher, daß die Natur zurückkommt?« sagte er. Es war keine Frage, und er erwartete keine Antwort. Er fuhr fort: »Ich bin mir meiner Sache so sicher, weil ich den ersten Beweis einer Erneuerung der Natur gefunden habe. Mein Wasser ist der beste Beweis. Das Geheimnis seiner Herkunft ist einfach – es entspringt einer natürlichen Quelle.«

Eine Weile herrschte Schweigen, dann sagte die *Aqua mater*: »Das ist nicht wahr! Es ist unmöglich.«

»Und doch ist es so. Ich habe eine Quelle entdeckt, der reines, gesundes Trinkwasser entspringt.«

»Wenn das stimmt, dann ... Georg Matzal, du mußt mich zu dieser Quelle führen!«

Er hatte einen langen, einige Tage währenden Kampf mit sich ausgefochten. Schließlich gab er jedoch dem Drängen der *Aqua mater* nach. Aber zuvor nahm er ihr das Versprechen ab, niemand anderen einzuweihen. Sie meinte es ehrlich. Aber sie sagte auch:

»Gnade dir, Georg Matzal, wenn du mich betrügst! Dann werde ich Foltern für dich ersinnen, wie sie noch niemand zuvor erdulden mußte.«

Er konnte dazu lächeln, denn er hatte ein reines Gewissen. Nun, da die *Aqua mater* auf seiner Seite war, begann er sie zu mögen. Sie war kein schlechter Mensch, und sie wollte, wie er, nur das Beste für die Menschen, wenn auch auf eine entgegengesetzte Art. Sie glaubte an die Notwendigkeit des Wassermonopols, aber sie gab zu, daß es oft genug mißbraucht worden war.

Er erholte sich in den paar Tagen recht gut. Bald war er kräftig genug, um die ersten Schritte und den ersten Ausflug ins Freie zu wagen.

Die Landschaft erschien ihm trister, als er sie in Erinnerung hatte. Alles war grau in grau, nirgends ein Flecken Grün. Die Berge eine Karstlandschaft. Die Hänge ein aschfarbener Morast, aus dem die verfaulten Stümpfe der abgestorbenen Bäume ragten. Der Himmel dicht verhangen und verwaschen. Das Trommeln des giftigen Regens auf dem säurefesten Umhang, auf dem zerfressenen Beton der Staumauerstraße. Der Stausee war eine schmutzige Brühe, auf der Inseln schleimiger Algenkulturen schwammen, ungenießbar, giftig.

Unten waren die Wapos unermüdlich an der Arbeit. Ihr Hämmern brach nicht mehr ab. Aber nirgendwo war eine Bresche zu schlagen, durch die das Wasser des Stausees abfließen konnte. Es stieg und stieg und schwappte bereits über den Rand.

»Wir werden den Tempel räumen müssen«, sagte die *Aqua mater.* »Aber erst nach meiner Rückkehr.«

Als sich Georg Matzal kräftig genug fühlte, wagten sie sich an den beschwerlichen Abstieg. Das Tal lag in dichtem Nebel.

Georg Matzal dachte an seine Freunde, die in Ungewißheit über sein Schicksal zurückgeblieben waren. Er hätte sie gerne aufgesucht, um ihnen zu sagen, daß sie sich keine Sorgen zu machen brauchten. Weder um ihn noch über ihr eigenes Schicksal. Es bestand für alle berechtigte Hoffnung, nun, da er die *Aqua mater* des Wassertempels für sich gewonnen hatte.

Er durfte sie von nun an Anne nennen, er vertraute ihr blind. Sie meinte es ehrlich, davon war er überzeugt.

Als die Nacht hereinbrach, hatten sie gerade die Hälfte des Weges zurückgelegt. Sie stellten das Zelt auf, legten sich schlafen und *träumten* von der Zukunft.

Am nächsten Morgen hüllten sie sich wieder in ihre Regenumhänge, bauten das Zelt ab und setzten ihren Abstieg fort. Es hatte zu regnen aufgehört, und einmal brach sogar die Wolkendecke auf. Der durchscheinende Himmel war zwar nicht blau, aber immerhin, es war der freie Himmel. Sie lächelten einander wortlos zu.

Gegen Nachmittag kamen sie in die Nähe des Dorfes. Sie legten den Rest des Weges in wenigen Minuten zurück. Als sie die Quelle erreichten, streckte er die Hand aus und deutete schweigend darauf. Zwischen einigen Felsen rieselte ein schmales Rinnsal klaren Wassers und versickerte wieder im Boden.

Er holte aus dem Rucksack eine Plane hervor, die er mit Hilfe von vier Stützen zu einem Dach aufbaute. Dieses stellte er über der Quelle auf. »Jetzt kannst du trinken«, sagte er zu Anne.

Die *Aqua mater* klappte den Gesichtsschutz ihrer Regenkapuze zurück und zog sich die Handschuhe aus. Dann kniete sie neben der Quelle nieder und fing das Wasser in den aufgehaltenen Händen auf. Lange verhielt sie so, dann endlich beugte sie sich darüber und schlürfte mit gespitzten Lippen das klare, sprudelnde Naß.

Sie machte nur ein paar kleine Schlucke, dann zog sie die Hände zurück und leckte sie ab. Er mußte unwillkürlich lächeln.

»Es liegt kein Grund vor, so sparsam zu sein«, meinte er.

Sie blickte an ihm vorbei, in Richtung der Berggipfel, wo auch der Wassertempel lag, und ihr Gesicht bekam einen verklärten Ausdruck. Er folgte ihrem Blick und stellte fest, daß wie durch ein Wunder die Nebelwand aufgebrochen war. Sie hielten beide den Atem an und genossen den seltenen Ausblick.

Die Sicht war in diesem Augenblick ungewöhnlich klar, und sie konnten das gesamte Gebirgspanorama sehen. Dort war der Staudamm, der sich wie ein häßlicher Fremdkörper durch die Schlucht wölbte. Und von dort erklang das Hämmern der Wapos, die unermüdlich, aber vergeblich versuchten, ein Loch in die meterdicke Wandung zu schlagen ...

Vergeblich?

Selbst aus dieser Entfernung war zu erkennen, wie sich plötzlich ein blitzartig gezackter Riß in der gigantischen Wandung bildete. Der Druck der Wassermassen brach ein gewaltiges Stück aus der Staumauer aus und spülte es hinweg. Gleichzeitig erscholl ein Krachen und Bersten und ein Donnergrollen, das das Tal erschütterte. Eine gewaltige Sturzflut schwemmte die Reste der Mauer hinweg und ergoß sich ins Tal.

Die *Aqua mater* griff nach seiner Hand und drückte sie. So standen sie da und erwarteten wie hypnotisiert den nassen Tod.

»Wenn der Damm bricht, dann versinkt dieses Dorf in den Fluten«, sagte die *Aqua mater* über das Tosen hinweg. »Das weiß ich aus den alten Unterlagen.«

»Dies ist nicht die einzige Quelle, aus der Trinkwasser fließt«, sagte er zuversichtlich und erwiderte ihren Händedruck. »Es muß noch viele geben, und es werden immer mehr. Andere werden sie entdecken ...«

Seltsam, wie wenig weh etwas so Schmerzvolles wie der Tod tun konnte, wenn man nur wußte, daß er nicht das Ende, sondern einen neuen Beginn einleitete.

Es gab noch andere Quellen, und auch aus dieser würde irgendwann wieder klares, reines Wasser sprudeln ...

Günter Zettl

Der Zeitpunktspitzenhelm

Heutzutage wird jedem Technikstudenten, der willensstark genug ist, während der Vorlesungen nicht zu schlafen, und naiv genug, noch immer an seine protektionslose Karriere im MIT, bei der NASA oder im Statistischen Zentralamt Wien zu glauben, von den Professoren und Dozenten folgende Binsenweisheit eingebleut: »Kolleginnen und Kollegen ... hmhm ... sehen wir den ... hmhm ... Tatsachen ins Auge ... hmhm ...: Die Zeiten, als Wissenschaftler ihre genialen ... hmhm ... Erfindungen frisch und fröhlich und vor allem *allein* ... äh ... nun ja, eben erfunden haben, gehören ... hmhm ... längst der Vergangenheit an. Der Einzelgänger ... hmhm ... ist eine ausgestorbene Spezies. Zusammenarbeiten ... hmhm ... heißt die Parole, oder auf gut deutsch: Teamwork ist in! ... hmhm ... Himmelkruzitürkennochmal, wie oft soll ich mich denn noch räuspern, bis jemand auf die Idee kommt, dem schnarchenden Lümmel da in der dritten Reihe die Nase zuzuhalten?«

Stanislaw, trotz seines Namens ein waschechter Burgenländer (seine Eltern waren begeisterte Lem-Leser), der sich gerne mit Stanley anreden ließ (er selbst war Laurel & Hardy-Fan), tanzte natürlich wieder einmal aus der Reihe. Er wörkte stets allein, bastelte dies und das und manchmal auch jenes und festigte so nebenbei auch gleich seinen Ruf als zerstreuter Erfinder. Zwar erfüllte ihn seine Unabhängigkeit von den großen Denkfabriken mit berechtigtem Stolz, doch brachte sie leider den Nachteil mit sich, daß ihn das Nobelpreiskomitee Jahr für Jahr mit einer geradezu erstaunlichen Beharrlichkeit ignorierte. Überhaupt hielt sich sein Bekanntheitsgrad in sehr engen Grenzen – oder haben Sie je von ihm gehört?*

*Eine Antwort auf diese Frage erübrigt sich, wenn Sie die empfehlenswerte Anthologie »Eros«, herausgegeben von Thomas Le Blanc (Goldmann-Taschenbuch Nr. 23 417), gelesen haben. Es liegt uns fern, hier Eigenwerbung betreiben zu wollen, aber wir möchten alle Interessenten darauf hinweisen, daß »Eros« zwar nicht mit dem Kurd-Laßwitz-Preis, jedoch mit einem anderen Preis ausgezeichnet wurde: nämlich DM 5.80. *Anm. des Verlags, Public-Relations-Abteilung, Morawetz.*

Eines wunderschönen Morgens jedoch, als ihn das schrille Heulen der Smogsirene aus dem Schlaf riß, richtete sich Stanislaw mit einer sonderbaren Vorahnung im Bett auf. Die Hühneruhr rief achtmal »Kikerikie« und anschließend für Ausländer achtmal »Cock-a-doodle-doo«. Stanislaw kratzte sich an der Nase, entfernte die Elektroden des Flowerpower-REM-Stimulators de Luxe und stieß dann urplötzlich ein derart jodelndes »Heureka!!!« aus, daß sich etwas Verputz vom Plafond löste und ihn wie eine göttliche Eingebung traf. Kein Zweifel: Heute würde er den Durchbruch schaffen, heute würde er etwas erfinden, wofür ihm fünf Nobelpreise auf einmal gebührten. Vielleicht – er wagte kaum daran zu denken – würde ihm Axel Springers TeleBild-Zeitung sogar eine Zehn-Sekunden-Meldung widmen.

»Ist es nicht so«, faßte Stanislaw seinen Einfall sogleich in Worte, »daß wir die Zeit in einer monotonen, linearen Sequenz erleben, ohne daß uns die Kon-Sequenz einer beliebigen Variable x gemäß dem quantentheoretischen Kausalitätsprinzip, dem die immanente Matrixstruktur einer transzendentalen Polarität attributiv und assoziativ integriert ist, und der paranoiden Reaktionsbildung einer Jung'schen archetypischen Schattenanima (schließlich wissen wir spätestens seit Einstein, daß E gleich mc-Quadrat ist), nicht zu vergessen die ellipsoide Assymptotenfunktion, mit der die systematische Analyse prätemporativer Gegenwartsproblematiken – π multipliziert mit e zur vierten Kubikwurzel erhoben – gegen ∞ strebt, und überhaupt ... eine Skizze würde dieses Tohuwabohu vielleicht verständlicher machen.«

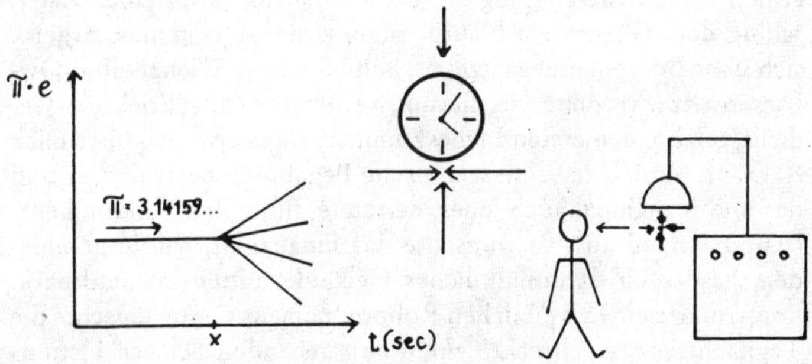

»Was ich ausdrücken wollte«, setzte Stanislaw sein Selbstgespräch fort, »ist, daß wir die Zeit gewissermaßen tröpfchenweise erleben: Sekunde nach Sekunde wie Perle nach Perle auf einer Perlenkette. Schuld an diesem Nacheinandererleben, an dieser Sekundenkette, ist natürlich der Kapitalismus.« Hier entpuppt er sich als eifriger Leser der Prawda – wer hätte ihm das zugetraut? »Prämisse: Eine echte Befreiung der unterdrückten Massen wird erst möglich sein, wenn die Menschen ihr ganzes Leben *gleichzeitig* wahrnehmen können. Schlußfolgerung: Ich werde ein helmähnliches Gerät erfinden, das die vierte Dimension zu einem einzigen Punkt komprimiert und konzentriert und konserviert und diesen Punkt, der ja, wie schon mein seliger Zeichenlehrer zu sagen pflegte, nicht mehr ist als das Abbild einer ins Auge stechenden Spitze, in des Helmträgers Gehirn sticht und ihm auf diese Weise zu einem, wie ich zu sagen pflege, gleichzeitigen Zeiterleben verhilft. Ein Zeitpunktspitzenhelm also.«

Stanislaw sprach's und machte sich unverzüglich an die Arbeit. Nach einigen kurzen Recherchen in der einschlägigen Literatur von Asimov bis Zelazny und von Anton bis Ziegler konstruierte er im Schweiße seines Angesichts und seiner Füße den Zeitpunktspitzenhelm. Er wartete den traditionellen Nachmittagsterroranschlag der »Proletarisch-vegetarischen Volksarmee gegen die ausbeutenden kapitalistischen Schweine und kapitalen Hirsche«, kurz PVVGDAKSUKH, kurz PVV, ab, dann setzte er den Helm auf und drückte auf den roten Knopf.

Und Stanislaw schlief ein, träumte, erwachte, erblickte das Licht der Welt, schrie, aß, trank, machte in die Hose, lachte, spielte »Verstecken«, putzte widerwillig seine Zähne, war frech, erhielt eine Ohrfeige, ging zur Schule, raufte, verlor einen Zahn, schlug dem Gegner ein blaues Auge, lernte schwimmen, ärgerte sich über Burgenländerwitze, erzählte Steirer-, Wiener- und Ostfriesenwitze, trödelte viel herum, verliebte sich, schrieb ein Gedicht, erlebte den ersten Liebeskummer, amüsierte sich über Dick & Doof, entdeckte seine technische Begabung, bastelte dies und das und manchmal auch jenes, heiratete, füllte den Einkommenssteuerbescheid aus, verwünschte das Finanzamt, wurde geschieden, kaufte ein schloßähnliches Gebäude mitten im Stadtpark, konstruierte einen weiblichen Roboter namens Grete, täuschte die Tagnacht vor, erschreckte einen aufstrebenden Science-Fiction-

Autor beinahe zu Tode, baute den Zeitpunktspitzenhelm, wartete den traditionellen Nachmittagsterroranschlag ab, setzte den Helm auf, drückte den roten Knopf, schlief ein, träumte, erwachte, erblickte das Licht der Welt, schrie, aß, trank, machte in die Hose, lachte, spielte »Verstecken«, putzte widerwillig seine Zähne, war frech, erhielt eine Ohrfeige, ging zur Schule, raufte, verlor einen Zahn, schlug dem Gegner ein blaues Auge, lernte schwimmen, ärgerte sich über Burgenländerwitze, erzählte Steirer-, Wiener- und Ostfriesenwitze, trödelte viel herum, verliebte sich, schrieb ein Gedicht, erlebte den ersten Liebeskummer, amüsierte sich über Dick & Doof, entdeckte seine technische Begabung, bastelte dies und das und manchmal auch jenes, heiratete, füllte den Einkommenssteuerbescheid aus, verwünschte das Finanzamt, wurde geschieden, kaufte ein schloßähnliches Gebäude mitten im Stadtpark, konstruierte einen weiblichen Roboter namens Grete, täuschte die Tagnacht vor, erschreckte einen aufstrebenden Science-Fiction-Autor beinahe zu Tode, baute den Zeitpunktspitzenhelm, wartete den traditionellen Nachmittagsterroranschlag ab, setzte den Helm auf, drückte den roten Knopf, schlief ein, träumte, erwachte . . .

GES | GESELLSCHAFT FÜR EXTRAPOLIERTE SEINSFORMEN

Michael Weisser

GES-Projekt A3

Am Morgen des 13.T/4.M/J-08, präzise um 8.42 wurden 9500 private Telexanschlüsse von einer Zentralschaltung aus angewählt.

Exakt 9500 Laserprinter erhielten zu diesem Zeitpunkt die Impulse und verarbeiteten die Informationsketten mit Lichtgeschwindigkeit.

Die Nadelstrahlen tasteten über 9500 eingespannte weiße Folien. Linien entstanden und wurden zu Strichrahmen, füllten sich mit Buchstaben. Nur ein Rechteck blieb offen – war es der Zukunft vorbehalten?

Schwarze Schriftzeichen wurden in den Untergrund eingebrannt, setzten sich im programmierten Ablauf nebeneinander. Die Anschläge addierten sich zu Zeilen, verteilten sich auf der Fläche und füllten die ehemals leeren Seiten.

Dieser Vorgang vollzog sich absolut geräuschlos, blieb unbemerkt, weil die Bewohner der 9500 Appartements noch im tiefen Schlaf lagen.

Zu unterschiedlichen Zeiten wachten sie auf und begannen an diesem normalen Morgen eines normalen Tages ihre normale Routine ... bis sie in unterschiedlichen Momenten einen Blick auf den Printer warfen.

9500 Paare haben schließlich den Text entdeckt, der diesen, an sich normalen Morgen nicht mehr so normal werden läßt. 19000 Menschen lesen die Information. Was ist die Norm? 38000 Augen huschen fasziniert über die Buchstaben, die Zeilen, die Seiten ... sie lesen, wiederholen den Text und beginnen langsam zu begreifen.

Ein Zufall hat mir die Informationen der GES in die Hände gespielt, und ich spüre die Last der Verantwortung, die ich allein nicht tragen kann, denn es betrifft uns ALLE!

Ich habe mich entschlossen, Ihnen diese Informationen zugänglich zu machen. Ich muß anonym bleiben!

Lesen Sie diese Seiten ... erst dann werden Sie begreifen!

GES

GESELLSCHAFT FÜR
EXTRAPOLIERTE
SEINSFORMEN

13.T/4.M/J-08
Guten Tag!
Ausgewählte Frau!
Ausgewählter Mann!

Sie werden sich fragen, weshalb wir gerade Sie ausgewählt haben, weshalb wir gerade Sie anschreiben, weshalb wir uns an sie wenden . . .
Sie gehören zu jenen 9500 Partnern, die von unserem Selektions-Programm errechnet worden sind.
Sie gehören zu dem exklusiven Kreis der Elite unserer Nation!
Diese Aussage ist durch unsere Globalverrechnung aller Mitglieder dieser Gesellschaft wissenschaftlich abgesichert.
Unsere Kriterien waren streng.
Von den 95 Mio. Menschen dieses Staates konnten nur 0.01 % die Kriterien unseres Intelligenz-Rasters erfüllen.
Sie gehören zur Elite.
Diese Information möchten wir Ihnen mit diesem persönlichen Telex-Print übermitteln, und wir möchten Sie bitten, auch die nachfolgenden Seiten aufmerksam zu lesen . . .
. . . Nur so erfahren Sie den Grund, weshalb wir uns gerade an Sie wenden . . .
. . . Nur so erfahren Sie das Angebot, das wir für Sie entwickelt haben.
Bitte vergessen Sie nicht:
. . . Sie gehören zu den wenigen Ausgewählten!
. . . Sie gehören zur Elite!
Guten Tag!
GES –

GES

GESELLSCHAFT FÜR EXTRAPOLIERTE SEINSFORMEN

Guten Tag!
Sie sind gemeint!
Ja – Sie beide!
Sie!

Wir sprechen Sie mit einem Gedanken von Teilhard de Chardin an, der vor nahezu einem halben Jahrhundert von der unwiderruflichen Spaltung der Menschen gesprochen hat, von der Spaltung in solche, die an die Kraft der Weiterentwicklung glauben und in solche, die sich mit dem trügerischen Glück des Augenblicks zufrieden geben. Was die Menschen über die Grenzen von arm und reich, von krank und gesund, von häßlich und schön trennt, was Sie grundlegend und unwiderruflich unterscheidet, ist der Geist.
Gemeint ist die Idee der Bewegung.
Diese prophezeihte Trennung ist heute offensichtlich vollzogen, denn wir stehen am Wendepunkt.

Die Wahl zwischen Entwicklung und Stillstand hat sich zugespitzt zur letzten Frage nach:
. . . Fortschritt oder Ende . . .
Wir haben die Schwelle erreicht, an der nur noch die äußerste, die letzte geistige Beweglichkeit helfen kann.
– Ohne Konvention
– Ohne Hemmung
– Ohne Sperre
Sie besitzen die Fähigkeit zu dieser Leistung!
Sie – beide!
Sie.

GES

GESELLSCHAFT FÜR
EXTRAPOLIERTE
SEINSFORMEN

Sie werden sich die Frage stellen:
Worum geht es?
Wir geben Ihnen die Antwort.

Drängen Sie nicht nach einer voreiligen Lösung, und vermeiden Sie es, Ihre geheimen Zweifel und Ängste zu unterdrücken.
Bekennen Sie sich in dieser unsicheren Zeit zu ihrer Unsicherheit, denn Sie sind ein Teil der Situation. Bemühen Sie sich um Verständnis.
Fühlen Sie sich ein in unsere Gedanken.
Finden Sie Ruhe.
Lesen Sie diese Worte bedächtig.
Die Verrechnung aller Personendaten in unseren supraleitenden Modulen hat zu dem eindeutigen Ergebnis geführt:
Sie sind wichtig!
Sie!
Ihr Geist hat eine dynamische Konstitution, und Ihre psychische Stabilität ist genügend ausgeprägt, um der extremen Innovations-Rate standhalten zu können, der wir Sie nachfolgend aussetzen.
Bitte vergessen Sie nicht:
Sie gehören zur Elite!
Diese Qualität birgt eine Verpflichtung.
Machen Sie sich diese Qualität bewußt.
Zusammen mit 9499 anderen ausgewählten Paaren stehen Sie an der Schwelle zu einer neuen Ära. Machen Sie den ersten Schritt, werden Sie zu Pionieren der neuen Zeit.
Worum geht es?
Wir werden Ihnen nichts verheimlichen.
Wir werden Sie mit der Wahrheit konfrontieren.
Sie werden sich fragen:
Wie hoch ist der Preis?
Und wir sind ehrlich genug, Ihnen zu antworten:
Der Preis ist sehr hoch.
Doch Sie können ihn bezahlen!

GES
GESELLSCHAFT FÜR EXTRAPOLIERTE SEINSFORMEN

Warten Sie ab.
Vertrauen Sie uns.
Ziehen Sie keine voreiligen Schlüsse.

Wir wollen Ihnen kein Produkt anbieten, und Sie sollen keine Ware kaufen.
Wir sind im Besitz von Informationen!
Wir sind im Besitz einer Idee!
Es ist die Idee von der letzten Revolution, mit der wir diesen Planeten gemeinsam mit Ihnen in Besitz nehmen werden.
Unsere Dienstleistung bedarf Ihrer aktiven Mitarbeit, Sie werden entscheidende Aufgaben übernehmen, Sie werden Verantwortung tragen.
Sie – mit unserer Hilfe.
Wir sind die Einzigen, die Ihnen diese Möglichkeit bieten . . .
. . . Es ist die Chance, zu überleben!
Denn Sie werden die Letzten sein, die in Ihren Kindern und Kindeskindern die kommenden Generationen überdauern. Sie werden zu den Einzigen gehören, denen die Unsterblichkeit in der Art gesichert ist. Für den Fortbestand der eigenen Spezies ist kein Preis zu hoch; deshalb werden wir nicht um Preise verhandeln. Unsere Konditionen stehen fest.
Es liegt jetzt an Ihnen, die Bedeutung unserer Idee zu begreifen und sich unseren Vorschlägen anzuschließen.
Wir bieten Ihnen die einzige, die letzte Chance.
Wir beziehen Sie ein.
Wir arbeiten gemeinsam an einem Projekt.
Sie – und wir.
Wir sind die Spezialisten.
Sie sind die Auftraggeber.
Zusammen schaffen wir die Voraussetzungen für ein neues Leben.
Es gibt viel zu tun . . .
. . . Packen wir's an!

GES

GESELLSCHAFT FÜR EXTRAPOLIERTE SEINSFORMEN

Lesen Sie die nachfolgenden Seiten.
Es ist die Wahrheit über den Zustand unserer Welt.
Es ist der Ausgangspunkt für unsere Arbeit.

Bei den Prognosen für die Entwicklung unserer Lebenssituation handelt es sich lediglich um Kern-Daten, denen eine umfangreiche Studie zugrunde liegt. Eine dreijährige Forschung, die weltweit durchgeführt worden ist, erforderte einen Kostenaufwand von 54 Mio. Dollar. Diesen Forschungsauftrag hat unsere Gesellschaft vorfinanziert. Mehr als 200 anerkannte Institute mit einem Personalstab von nahezu 3000 qualifizierten Wissenschaftlern aller Disziplinen waren an diesem Projekt beteiligt.
Die sachliche Fundierung ist gewährleistet.
Die Auswertung der Global-Studie übernahmen acht internationale Kapazitäten, die zur absoluten Schweigepflicht vereidigt worden sind. Auf der Grundlage der ermittelten Daten und der Prognosen für die kommende Generation hat die Arbeitsgruppe einstimmig einen konkreten Vorschlag entwickelt, den unsere Gesellschaft aufgreift und exklusiv realisieren wird. In dieser Arbeit liegt die Dienstleistung, die wir Ihnen auf diesem Wege anbieten wollen.
Der Vorschlag der Experten wurde aufgrund rein sachlicher Erwägungen entwickelt. Es ist die letzte Alternative, die einzig sinnvolle Möglichkeit im Kontext von zwei weiteren Möglichkeiten:
A 1 – Beibehaltung des Status Quo . . . Passivität
A 2 – Konsequenz: Löschung des Ist-Zustandes . . . Aktivität neg.
A 3 – Konsequenz: Extrapolation des Ist-Zustandes . . . Aktivität pos.
Wir, die Gesellschaft für extrapolierte Seinsformen, haben uns einstimmig für die positive Konsequenz der Alternative 3 entschieden.
Was bedeutet »Extrapolation«?
Extrapolieren bezeichnet die Ausdehnung einer Situation über den Bereich hinaus, in dem sie sich befindet.
Bezogen auf unsere Forschungen wird der Ist-Zustand unserer Welt in die Zukunft projiziert, die Veränderungen werden in ihrer Stärke und Richtung prognostiziert. Wir entwickeln Vorstellungen, wie sich der Ist-Zustand heute in zehn, zwanzig oder dreißig Jahren darstellen wird, und wir machen uns Gedanken, wie die Menschen von morgen beschaffen sein müssen, um noch Leben zu können.

GES

GESELLSCHAFT FÜR
EXTRAPOLIERTE
SEINSFORMEN

In unserem speziellen Fall bestimmen wir
Extrapolation als ein Verfahren zur Bestimmung
von Möglichkeiten und Chancen,
in der Welt von morgen zu überleben.

Sie werden sich die Frage stellen:
Wie sieht die Welt von morgen aus?
Und wir werden Ihnen die Antwort geben:
Der Mensch von heute kann in dieser Welt nicht mehr leben.
Deshalb gibt es für uns nur eine einzige Aufgabe, nämlich die beiden Variablen »Welt« und »Mensch« zu untersuchen, um einen Weg zu finden. Die wissenschaftlichen Kapazitäten, die für die Stimmigkeit der errechneten Prognosen verantwortlich zeichnen, haben es nicht bei einer bloßen Auflistung der bedrückenden Fakten belassen.
Bezogen auf die menschliche Spezies haben sie die drei Möglichkeiten des Verhaltens sachlich beschrieben.
Wir wollen Ihnen die Zusammenfassung der Prognosen unterbreiten. Wir wollen Sie über die Zukunft nicht im unklaren lassen.
Sind Sie bereit, die Wahrheit anzunehmen?
Die vorliegenden Daten sind bedrückend, die Prognosen erfordern ein radikales Umdenken. Wir müssen uns von den bestehenden Konventionen und Vorstellungen befreien.
Sie werden nach den Werten fragen, die das Handeln bestimmen. Sie haben recht, sich Gedanken über die ethischen Grundlagen zu machen!
Ohne moralische Kategorien kommen wir nicht aus! Das war auch den Wissenschaftlern klar, die die Grundlagen für unser Projekt bereitstellen:

– Prof. Dr. Terry Brice	USA
– Prof. Dr. Dr. Jan van D'Ylen	Niederlande
– Prof. Dr. Werner von Hohenheim	BRD
– Prof. Dr. Dr. H. F. T. Mc Brown	UK
– Prof. Dr. Wladimir Povgornec	UDSSR
– Prof. Dr. Dr. Valery Signac	Frankreich
– Prof. Dr. Nacamichi Tatjachi	Japan
– Prof. Dr. Hu Tua Yen	China

Koordination GES-AA-Leitung
Verwaltung GES-AB-Leitung

GES

GESELLSCHAFT FÜR
EXTRAPOLIERTE
SEINSFORMEN

Guten Tag!
Ausgewählte Frau!
Ausgewählter Mann!
Ausgewähltes Paar!

Der Bericht ist abgeschlossen, die Daten liegen vor ihnen, die Prognose ist fixiert, das Experten-Team hat seine A3-Empfehlung gegeben.
Die Wahl, vor der Sie nun stehen, erscheint schwer, und das Problem der Entscheidung kommt Ihnen unlösbar vor.
Doch wir sagen Ihnen schonungslos offen:
Es gibt nur eine Wahl . . .
. . . Für Sie als Mitglied der Elite!
Sie werden sich für die Zukunft entscheiden, für die Bewegung, für die Extremwerte der Innovation. Sie sind bereit, nach den Grenzen zu greifen. Sie werden die Idee des Mensch-Seins mit allen Mitteln vertreten, die Ihnen geistig und materiell zur Verfügung stehen.
Sie werden sich allen Denkgewohnheiten entziehen und zusammen mit uns den letzten Schritt gehen, der zu gehen ist.
Die Alternative 3 ist positiv!
Die Alternative 3 ist aktiv!
Sie haben den Grundwert Ihrer Existenz erkannt, nämlich in der Kette gleicher Existenzen das individuelle Ende, den Tod des Einzelnen zu überwinden und einzugehen in die ewige Idee des Mensch-Seins schlechthin.
Denn unser Gott ist keine Person, sondern die Idee der aktiven Veränderung. Wir nehmen unsere Belange selbst in die Hand. Wir haben die Welt verändert, nun werden wir uns selbst verändern.
Wir stehen zusammen mit ihnen auf der Schwelle zur neuen Welt der neuen Menschen, und wir teilen mit Ihnen die Grundwerte unserer Lebensform:
– Wir sind positiv eingestellt!
– Wir sind aktiv eingestellt!
Wir betreiben die Veränderung zum Wohle unserer Art und erfüllen damit die Kriterien intelligenter Wesen.
Wir sind intelligente Wesen.
Sie tragen den IQ von 239 KF.

GES GESELLSCHAFT FÜR EXTRAPOLIERTE SEINSFORMEN

Wir können den Schrecken nachvollziehen, der sie ergriffen hat, der ihr Herz umklammert und Ihre Seele vereist.
Es ist der gleiche, tiefe Schrecken, der auch uns erfüllte, als wir die A 3 in Ihrer wirklichen Tragweite erkannt hatten.
Was ist zu tun?
Entscheiden Sie sich nach bestem Wissen und Gewissen!
Entscheiden Sie sich mit jeder Faser Ihres Bewußtseins für A 3!
Bleiben Sie den letzten Werten Ihrer selbst treu . . .
. . . In einer Welt, die das Ende der Ertragbarkeit für Sie und für uns erreicht hat.
Wir folgen dem Rat der Experten! Und Sie?
Bleiben Sie den letzten Werten Ihrer selbst treu?
Erhalten Sie in Ihren Kindern und Kindeskindern die biologische Art »Mensch«!
Für diese Entscheidung ist kein Preis zu hoch.
Sie werden diesen Preis zahlen!
Sie werden sich entscheiden, Ihre Kinder zusammen mit uns zu gebären, und Sie werden die gezielte Umrüstung Ihrer Nachkommen bezahlen, denn Ihnen sind jetzt die negativen Bedingungen des Lebensraumes von morgen bekannt. Die Folge ist berechnet. Der Menschentyp unserer Konstitution ist zum Aussterben verurteilt.
Der Count-Down setzt ein.
Wir müssen gemeinsam die Konsequenz ziehen!
Wir haben mit den Generationen der Vergangenheit unseren Planeten vergiftet. Die politisch-soziale Realität ist nicht flexibel genug, um die radikalen Einschränkungen einzuleiten, die notwendig wären, um im Verlauf der kommenden Jahrhunderte unseren Planeten wieder zu entgiften.
So bleibt uns nur der Ausweg, das Gift von heute zur Nahrung von morgen zu machen.
Wir haben unseren Planeten grundlegend verändert.
Nun müssen wir den Menschen grundlegend verändern.

GES

GESELLSCHAFT FÜR EXTRAPOLIERTE SEINSFORMEN

Prognosen-Kerne
Übersicht

I. Lebensraum »Planet Erde«
A – Energiedynamik
– Klima
B – Medium
– Luft
B – Wasser
– Land

II. Lebensresourcen
A – Nahrung
B – Energie
C – Mineralien/Erze
D – Artenvielfalt

III. Lebewesen
A – Menschen
B – Tiere
C – Pflanzen
D – Microbereich/Mischformen

IV. Lebensformen der Spezies »Mensch«
A – politisch-soziale Situation
B – Wissenschaft/Technologie
C – Ethik/Religion/Ideologie

V. Lebenszerstörende Faktoren
A – Gifte
B – Strahlung
C – Aggression/Suicid/Krieg
D – ideologisch geprägtes Bewußtsein

VI. Perspektiven
A0 – Rückkehr zu natürlichen Zuständen
A1 – Zerstörung im Status Quo
A2 – Suicid/Massenselbstmord
A3 – gezielte Mutation

GES

GESELLSCHAFT FÜR
EXTRAPOLIERTE
SEINSFORMEN

Prognosen-Kerne
Erläuterungen

Zu I.
Die Erde mit der sie umgebenden Atmosphäre stellt den Raum für irdisches Leben dar. In diesem Raum herrschen die Aggregatzuzstände: gasförmig (Luft), flüssig (Wasser) und fest (Land). Die Verbindung zwischen diesen Zuständen ist durch das Klima gegeben. Das Klima erscheint als Vermittler zwischen verschiedenen Energieformen und -Potentialen, es bezieht seine Dynamik aus der abgestrahlten Sonnenenergie.
Zu II.
Die Resourcen betreffen alle Formen von organischem Leben, insbesondere aber den Menschen, der handelnd in seinen Lebensraum eingreift, diesen nach seinen Werten gestaltet (gezielte Veränderung) oder ihn unbeabsichtigt beeinflusst (zufällige Veränderung).
Zu III.
Die Lebewesen auf unserem Planeten existieren in einer Symbiose, in deren Nahrungskette der Mensch die oberste Stufe einnimmt. Im menschlichen Organismus konzentrieren sich zwangsläufig alle unverdaulichen Stoffe aus der Bio-Masse anderer Organismen.
Zu IV.
Da der Mensch durch sein Handeln den Lebensraum gravierend verändert hat und auch weiterhin verändern wird, ist die Frage nach den Gründen, den Formen und den Folgen der Veränderung wesentlich. Diese Begründungen für das menschliche Handeln hängen unlösbar mit dem Bewußtseinsstand des Einzelnen zusammen, der sich im Rahmen der politisch-sozialen Situation ausprägt. Auf dieser Basis entwickeln sich ethische, religiöse und ideologische Werte, nach denen der Einzelne oder nach denen Gruppen ihr Handeln ausrichten. Die Kraft (Quantität) und die Richtung (Qualität) der Weltveränderung ist primär durch die Möglichkeiten der Wissenschaft und der Technik gegeben.
Zu V.
Das Kriterium »lebenszerstörend« liegt vor, wenn die Bedingungen für organische Existenzen gestört bzw. nicht mehr gegeben sind.

GES

GESELLSCHAFT FÜR EXTRAPOLIERTE SEINSFORMEN

Die Veränderung zahlreicher, wesentlicher Umweltfaktoren hat das ehemals harmonische Verhältnis zwischen den biologischen Existenzen und ihrer Lebenswelt tiefgreifend gestört. Nur eine genaue Kenntnis der Störfaktoren und die Analyse Ihrer Auswirkungen auf die Organismen können die Grundlage für Gegenmaßnahmen schaffen. An dieser Dokumentation und Analyse haben wir gearbeitet.
Die Ergebnisse unserer Forschungen legen wir in einer Kurzform vor.

Forschungsgegenstand:
Der Lebensraum, um den es geht, ist der Planet Erde.
Es handelt sich also um unsere Welt, deren aktuellen Zustand wir untersucht haben. Über Jahrmillionen hat sich diese Welt aus dem Archaikum bis zum Neozoikum entwickelt. Sie ist zu einem Biotop geworden, in dessen Regelkreis alle Funktionen »natürlich« integriert sind. Wenngleich gravierende Katastrophen unseren Planeten im Verlauf der ungeheuren Zeitspanne seiner Existenz verändert haben, so war es doch immer wieder möglich, ein neues ausgeglichenes Verhältnis aller Bestandteile zueinander zu gewinnen. Dieses Verhältnis konnte sich nur aufgrund der unvorstellbaren Zeiten entwickeln; denn es handelt sich um Zeiten, innerhalb derer die organischen Existenzen ihren genetischen Apparat umstrukturieren konnten. Dieser Zeitfaktor ist bei den heutigen Verhältnissen nicht mehr gegeben, denn wir leben in einer Situation, in der der Mensch seine Hände ausstreckt und Besitz ergreift von dem Boden, dem Wasser und der Luft. Der Mensch hat bereits Besitz ergriffen von dem Leben, der Materie und der Energie, die dieser Planet zu bieten hat. Der Standard von Wissenschaft und Technologie wurde bestimmt von der Neugierde und dem Drang zur Macht. Diese Kriterien sind ebenso gestiegen, wie die Möglichkeiten, zu handeln. Das Prinzip des Wachstums hat sich nicht nur im positiven, sondern ebenso im negativen Bereich durchgesetzt. Die Folge des rasanten Anstiegs ist eine veränderte Lebenssituation, die derart grundsätzlich vollzogen wurde, daß sich die biologischen Lebensformen zu verändern begonnen haben.
Die Jahrmillionen natürlicher Reaktion stehen nicht zur Verfügung!
Wir müssen handeln. Sofort!

GES

GESELLSCHAFT FÜR
EXTRAPOLIERTE
SEINSFORMEN

Die Prognosen-Kerne, die in dieser Kurz-Studie vorgestellt werden, beziehen sich allesamt auf ein Kriterium:
Es geht um die gravierende Umgestaltung des Lebensbereichs für biologische Existenzformen. Als Maßstab für die Wertverschiebungen greifen wir auf Untersuchungen aus der Zeit des auslaufenden 20. Jahrhunderts zurück. Wenngleich die Kontrollverfahren der damaligen Technologien noch nicht ausgereift waren, so bieten die Ergebnisse doch Anhaltspunkte, die für uns brauchbar sind.
Wie macht sich die Veränderung, die wir in allen Lebensbereichen feststellen bemerkbar?

Jede Form von biologischem Leben vollzieht sich aufgrund von drei feststehenden Qualitäten:

- Stoffwechsel (Nahrungsbeschaffung, -Aufnahme, -Abscheidung)
- Reproduktion (Geburt, Tod)
- Mutation (Änderung, Anpassung)

Bei der Aufnahme und der Abgabe von Energieträgern (Nahrung) führt sich die jeweilige Lebensform die spezielle Energiestufe zu, die sie im Rahmen ihrer biologischen Fähigkeiten verwerten kann.
Die Reproduktion der Mitglieder einer speziellen Art dient der Erhaltung der Spezies in zweifacher Weise. Zum einen ist die Reproduktionsrate (Quantität) im Norm-Fall höher als die allgemeine Sterberate, damit wird der langfristige Bestand der Art gesichert. Zum anderen werden Verschleißerscheinungen und damit verbundene Fehlleistungen durch die zeitliche Begrenzung des einzelnen verhindert. Mit der Geburt ist die Erneuerung (Qualität) der Art-Besonderheiten gesichert.
Die Mutation von biologischem Leben liegt in zwei Typen vor.
Zum einen läßt sich die Mutation als Zufallsereignis beschreiben, zum anderen gewährleistet die Mutation eine spezielle Form der sprunghaften Anpassung an veränderte Umweltbedingungen.

GES

GESELLSCHAFT FÜR
EXTRAPOLIERTE
SEINSFORMEN

Bereich I.

Das Klima erfaßt den Ablauf der Witterung und wird gemessen über die Skala des mittleren Zustandes der Atmosphäre. Das Klima vermittelt zwischen den Aggregatzuständen gasförmig, flüssig und fest, indem es als Energietauscher wirkt. Einzelzustände wie Temperatur, Luftdruck, Bewölkung, Luftfeuchtigkeit, Sonnenscheindauer, Niederschläge, Wärmerückstrahlung, Windrichtung und Windstärke stehen in Wechselwirkungen zueinander und lassen sich nur in einem komplexen Rückkopplungsmodell beschreiben.

Eingriffe in das Klima haben sich über Jahrhunderte nicht messen lassen, doch ein Vergleich historischer Daten mit den aktuellen Werten macht deutlich, wie gravierend und umfassend sich gerade klimatische Veränderungen auswirken. Die Emission von Halokarbonen, die Verwendung von Fluorkohlenwasserstoff in den Treibgasen der Sprüh-Gesellschaft, der stets angestiegene Verbrauch von Stickstoffoxidul-Düngemitteln, die großen SST-Flotten mit Überschallgeschwindigkeit haben zu einer ganz markanten Herabsetzung der Ozonschicht in der Stratosphäre geführt. Diese O3-Barriere nimmt in starkem Maße ultraviolettes Licht bei 290–320 Nanometer auf und schützt die strahlungsempfindlichen Eiweiß-Organismen auf der Erde. Zudem erwärmt die O3-Barriere durch Absorption der Strahlung die Stratosphäre und bewirkt so eine positive Temperaturinversion. Die Zerstörung der O3-Barriere führte zu einer rapiden Zunahme von Hautkrebsen und der erhöhten Sterberate ungeschützter Zellverbände sowie ungeborenen Lebens auf eine Gesamtrate von 78 %.

Zur Strahlungszunahme durch die Auflösung der O3-Barriere kommt ein fortschreitender Wärmeanstieg. Der sogenannte CO2-Aufheizeffekt entstand durch die zunehmende Grundemission bei der Oxidation von Kohlenwasserstoffen. Jede Verdopplung des Kohlendioxidgehalts der Luft führt zu einem Wärmeanstieg um 3 Grad Celsius. Diese globale Wärmezunahme geht auf den Kollektoren-Effekt zurück, bei dem kurzwellige Sonnenstrahlen durch die Atmosphäre dringen, auf Land- oder Wasserflächen treffen, als infrarote Wellen reflektiert und durch die CO2-Atmosphäre nicht wieder an den Weltraum abgegeben werden.

GES

GESELLSCHAFT FÜR EXTRAPOLIERTE SEINSFORMEN

Die extreme Abholzung der tropischen Wälder hat zu einer Verwüstung des gesamten Äquator-Gürtels geführt. Die vertrockneten Landmassen heizen sich unter der Sonnenstrahlung auf, reflektieren die Wärme, die wiederum von der CO2-Atmosphäre zurückgeworfen wird, und wirken wie Heizplatten. Die mit der Fällung der tropischen Wälder verbundene Herabsetzung der Kohlenstoff-Assimilation der Pflanzen und Bäume führte zu einer globalen Sauerstoffknappheit, die durch große Waldbrände und Buschfeuer noch verstärkt wurde. Die künstliche Sauerstoffversorgung der menschlichen Wohnbereiche ist die Folge, die einen hohen technischen Aufwand und einen weiter steigenden Energiebedarf nach sich zieht.

Steigende Probleme wirft der globale Temperaturanstieg in den drei Medien Luft (Stürme), Wasser (Überschwemmungen) und Land (Temperaturen bis 62 Grad Celsius im Äquatorialstreifen) auf. Breite Gebiete sind nur noch in klimatisch geschützten Räumen bewohnbar, und die Schmelze des Polareises hat den Wasserspiegel derart angehoben, daß großflächige Küstengebiete von den Meeren bedeckt sind. Die punktuelle Aufheizung bestimmter Wüstenflecken führte zu unberechenbaren Luftbewegungen, die sich in plötzlich ausbrechenden Wirbelstürmen äußern. Die Weltmeere, die nunmehr 81 % der Erdoberfläche bedecken und die nach dem Versiegen der meisten Süßwasser-Resourcen (Flüsse) zu diesem Zeitpunkt 99 % der globalen Wasservorräte ausmachen, haben ihre biologische Produktivität drastisch gesenkt.

Die Weltmeere sind zu Abfalldeponien geworden, die chemische Gifte, Sinkstoffe, landwirtschaftliche Düngerrückstände, Insektizide, Pestizide, Öl, Abwässer, Industrie- und Haushaltsmüll kostengünstig aufgenommen und verdünnt haben. Die Warnungen von Umweltschützern haben nichts ausrichten können, gegen die Interessen der Großindustrie, der Länder und Staaten hatte weder ein einzelner noch eine Organisation eine Möglichkeit der Einflußnahme.

Mittlerweile sind die ersten, in Tiefseegräben versenkten Nervengifte und radioaktiven Substanzen freigesetzt, die im auslaufenden 20. Jahrhundert mit Zustimmung der Regierungen in die Weltmeere abgelagert worden sind. Unter diesen Bedingungen kann die Wasserversorgung und das Eiweiß der Meeresorganismen nur noch durch technisch ausgereifte Großanlagen mit hohem Energiebedarf zu enormen Kosten gesichert werden. Während die Küstengewässer in einem Gürtel von etwa 30 Kilometer bereits derart verseucht sind, daß die Wiederaufbereitungskosten von Wasser und Eiweiß um 60 % höher liegen als der Durchschnitt der Tiefseeausbeutung, liegen die Kosten im Abbaugebiet von 200 Kilometer nur noch um 25 % höher.

Noch stärkere Probleme als die Nutzung der Weltmeere wirft die Nutzung des Landes auf. Große Bereiche sind, wie bereits erwähnt, entweder verwüstet oder stehen unter verseuchtem Wasser. Die verbleibenden Kontinentblöcke gliedern sich in: Steppenbereiche, Gebirge, Wüstenzonen, Industrie- und Wohnflächen und Nahrungsanbauzonen, wobei die effektiv nutzbare Fläche nur noch 30 % des gesamten Landes ausmachen. Eine außerordentliche Konzentration von Leben und Technik erfolgte in den Industrie- und Wohnbereichen, da man hier relativ kostengünstig verfahren kann, wenn man die Wohnblöcke der Arbeiter direkt in den Arbeitsplatz integriert.

Bereich II.

Die Lebensresourcen hängen unmittelbar mit dem Zustand des Lebensraumes zusammen. Besonders empfindlich ist der Nahrungsbereich betroffen, da die verschiedenen Biotope tiefgreifend gestört sind. Der Biotop **Luft** mit den wenigen noch vorhandenen FluG-Lebewesen scheidet als Nahrungsquelle aus. Der Biotop **Wasser** ist nur noch mit technischen Großanlagen zu nutzen, wobei das tierische und pflanzliche Material grundlegend entgiftet und entstrahlt werden muß, um genießbar zu werden. Die schadstoffbedingten Verwachsungen der Tierkörper, die Krebswucherungen besonders an den Köpfen und Flossen lassen es zudem nicht ratsam erscheinen, diese degenerierte Form optisch auf den Tisch zu bringen. Aus diesem Grunde werden alle Eiweiß- und Faser/Vitamin-Anteile nach der Vorreinigung gemahlen, als Pulver entseucht und dann zu neuen, optisch attraktiven Formen gepreßt. Geschmackszusätze und Farbpartikel machen aus diesen Grundmassen optisch gefällige Nahrungsportionen. Der Biotop **Land** ist durch ein außerordentlich unstetes Wetter in seiner Nutzung eingeschränkt. Nur großflächige, technisch gewartete Anbauflächen, die als Treib- und

GES

GESELLSCHAFT FÜR EXTRAPOLIERTE SEINSFORMEN

Schutzhäuser eingerichtet sind, gewährleisten die notwendige Kontinuität von **Lichtzuführung** (Sonnenenergie oder künstliche Beleuchtung), **Bewässerung** (automatisch gesteuerte Rieselanlagen) und **Düngung** (künstliche Nährstoffe in sensorgesteuerter Dosierung).
Die ehemals freistehenden Anbauflächen sind zu 80 % verwüstet, versumpft, versalzt oder vergiftet und somit für die bodenabhängige Ernährung nicht mehr brauchbar.
Der Verlust von Mutterboden durch Erosion, der Verlust von organischen Bestandteilen (Oxidation) und der Aufbau toxischer Salze und Chemikalien hat eine neue Anbaukonzeption notwendig gemacht, die in der Zukunft nur unter gewaltigen Energiezuwachsraten weiterbetrieben werden kann.

Die notwendigen Zuwachsraten auf dem Energiesektor werden problematisch, denn die Kosten/Nutzen-Relation hat ihre Endwerte erreicht.
Als Energieformen stehen nur die Sonnenstrahlung in den Wüstengebieten und die Plutoniumtechnologie zur Verfügung. Die letzten Ölreserven werden in der chemischen Industrie verarbeitet, Windkraftwerke sind aufgrund der schwankenden Wettersituation unberechenbar und damit unwirtschaftlich geworden.

Der Abbau von Mineralien und Erzen ist nur noch in der Meerestechnologie möglich bzw. ökonomisch vertretbar. Die Erzlager auf den Kontinentalblöcken sind entweder erschöpft oder aufgrund des zu hohen Zeit/Energie/Kostenaufwands unwirtschaftlich. Im wesentlichen ist der Bedarf an chemischen Elementen nur im ausgefeilten Recycling-Verfahren zu decken.

Die biologischen Resourcen des Lebensraumes »Erde« nehmen weiterhin stark ab. Der Grund für diese Einschränkung der Artenvielfalt liegt in der globalen Strahlen- und Schadstoffbelastung, die zu einer nachhaltigen chemo-physikalischen Schädigung der Zellfunktionen (insbesondere der Membranen) geführt hat. Die Änderung der Bio-Reaktionen führt zu genetischen Abnormitäten (Karzinogene, Mutagene, Teratogene), die zu einer fortschreitenden Null-Existenz aller Arten überleitet.

GES

GESELLSCHAFT FÜR EXTRAPOLIERTE SEINSFORMEN

Bereich III.

Die verschiedenen Formen von organischem Leben sind in einer Nahrungskette miteinander verbunden. Die höhere Form ernährt sich in der Regel von den darunterliegenden; am Ende dieser Kette steht der Mensch. Global läßt sich aussagen, daß das objektive Maß der Vergiftung ansteigt, je höher die Existenzform entwickelt ist! Die Resistenz der höheren Lebensformen ist jedoch nicht das einzige Kriterium für ihre Existenz. Vielmehr muß die gesamte Lebenskette in ihren einzelnen Wechselbeziehungen der Glieder gesehen werden. Wenn der unterste Bereich der Microben abstirbt oder durch Veränderungssprünge (Mutationen) aus der Nahrungskette ausschert, ist auch die Existenz der höher-organisierten Formen bedroht. Nur der Mensch hätte durch die Möglichkeit synthetischer Nahrungselemente eine gewisse Chance, das Absterben seiner Art hinauszuzögern.

Bereich IV.

Die Grundlage der Veränderung des Planeten »Erde« bildet der Mensch als handelndes Wesen, das über die bloßen biologischen Kategorien von Stoffwechsel und Reproduktion hinaus aktiv ist. Die enorme Steigerung dieser Aktivität wurde durch die menschliche Neugierde im Bereich der Wissenschaften und durch ökonomische Kriterien (auf psychischer Ebene handelt es sich um den Drang zur Macht) im Bereich der zielgerichteten Anwendung von Forschungsergebnissen (Technologien) möglich. Die besonderen menschlichen Fähigkeiten und Lebensformen bedürfen in unserem Zusammenhang einiger Anmerkungen.
Die politisch-soziale Situation ist die Voraussetzung und zugleich die Folge von ethisch-religiös-ideologischen Positionen, die in unserer Zeit zu einem falschen (weil destruktiv gerichteten) Bewußtsein geführt haben. Die Grundwerte der Spezies »Mensch« haben dessen geistige Positionen ebenso geprägt wie sein konkretes Handeln. Diese Grundwerte kulminieren im Begriff der Macht. Das Streben nach Macht ist das Bestreben, die Ängste zu überwinden. Als Mängelwesen ist der Mensch abhängig von den Fähigkeiten, die er sich aneignet. Er kann nicht auf Instinkte und Reaktionen zurückgreifen, die ihn quasi schon im Kindesalter lebensfähig machen. Der Mensch muß sich im Prozeß der Erziehung selbständig konditionieren. Er muß sich

permanent bemühen, um zu überleben, und er trägt die Last der Erkenntnis, daß er sich permanent bemühen muß, daß er permanent bedroht ist. Diese stete Angst, in der Zeitlichkeit von Vergangenheit, Gegenwart und Zukunft stets aufs neue sich versorgen zu müssen, provozierte den Drang, die Zeit festzuhalten, den Zustand der Versorgung als Dauer zu erhalten.

Dies war nur möglich über die Qualität der Macht, denn nur Macht garantiert in gewissem Umfang Versorgung, Sicherheit und Gesundheit. Selbst in der fortgeschrittenen Gesellschaft der wissenschaftlichen Intelligenz blieb die Angst des Einzelnen als irrationales Moment bestehen. Die Macht wurde in den beiden Qualitäten Prestige und Geld gemessen. Jeder einzelne kämpfte um Geld, ohne dabei noch die Dimensionen der globalen Lebensqualität im Auge zu haben. In dieser kurzsichtigen Auffassung von der Verwirklichung des individuellen Glücks liegt der Grund für die heutige Katastrophe, denn nicht das Bewußtsein, sondern das Geld ist zum fixen Wert zwischen den Menschen geworden. Wir leben in einem ausgebeuteten, verseuchten Lebensraum, und es ist in dieser Situation schwerer denn je, die Menschen von der Notwendigkeit der Einschränkung zu überzeugen. Selbst in dieser Situation der offenkundigen Verwüstung und Vergiftung werden die betroffenen Menschen sich nicht bereiterklären, Verzicht zu üben. Aus der ehemals irrationalen Angst ist in den letzten Generationen eine berechtigte Angst geworden, denn die menschliche Art geht ihrem Ende entgegen. Jetzt entbrennt der letzte Kampf um die letzte Machtposition, das Lebensende noch etwas verzögern zu können.

Bereich V.

Die einzelnen lebenszerstörenden Faktoren sind bereits in den bisherigen Ausführungen genannt worden. Um konkrete Anhaltspunkte für die Perspektiven zu erhalten, geben wir nachfolgend eine Übersicht über die wichtigsten Schadstoffe. Zum Zeitpunkt dieser Studie gibt es etwa 8 Millionen chemische Verbindungen, die allesamt schädlich auf den Organismus wirken. Das Kriterium für »schädlich« ist dann gegeben, wenn eine gewisse, von Fall zu Fall unterschiedliche Konzentration vorherrscht, die von Fall zu Fall unterschiedlich lange wirkt. Die Konzentrationen hochwirksamer Substanzen und Verbindungen konnten sich über Generationen hin in Micro-Organismen aufbauen und gelangten in die Nahrungskette. Bei diesen aggressiven Elementen und Verbindungen handelt es sich im wesentlichen um Konzentrationen von:

– Düngemittel (Stickstoff, Phosphat, Kaliumverbindungen etc.)
– Pestizide (DDT-Derivate)
– Herbizide (SVA-Derivate)
– Toxische Substanzen (PCBS-Derivate, synth. Chlorverbindungen etc.)
– Biologisch-Chemische-Kampfstoffe (Sarin, Soman, C3 etc.)
– Schwermetalle (Blei, Cadmium, Quecksilber etc.)

Die chemischen Stoffe werden ergänzt durch radioaktiv strahlende Substanzen. Insbesondere durch:

– Isotope (Caesium 137, Strontium 90, Kobalt 60 etc.)
– Kernbrennstoffabfälle (Transuran-Elemente)
– Radioaktive Emissionen gasförmig (besonders bei Reaktorunfällen)

Eine Konzentration der strahlenden Substanzen in End-Lagerstätten hat sich bei Halbwertszeiten von Milliarden-Jahren als unrealistisch erwiesen. Unter Kosten-Nutzen-Kriterien werden selbst in diesem fortgeschrittenen Stadium der Zerstörung Abfälle frei gelagert und zusätzliche Reaktorsicherungen eingespart. Die Gesellschaft hat sich an Störfälle gewöhnt und nimmt eine zunehmende Verseuchung eher in Kauf als Stromausfälle.

Eine zusätzliche Belastung im Bereich der Strahlungsgefahr liegt in den bereits erwähnten UV-Wellen, deren Stärke bereits die kritische Marke für biologische Grundformen erreicht hat. Selbst die Menschen schützen sich bei längeren Außenaufenthalten mit Reflexions-Folien, um die Bildung von Hautkrebs zu vermeiden bzw. zu mindern.

Aufgrund dieser steigenden Verschlechterung der konkreten Lebensbedingungen wächst die Aggression unterprivilegierter Schichten, die über geringere Rationen von Antidepressiva verfügen und deren Illusionssysteme relativ leistungsschwach sind. Instabile Gesellschaftsformen in anderen Kontinenten reiben sich gegenseitig in Kriegen auf, ohne zu erkennen, daß sie mit diesen offenen Konflikten ihre letzten Energie-, Nahrungs- und Produktivreserven nutzlos verschleißen.

Die ideologische Verblendung der Massen, die mit allen Mitteln um eine geringfügige Verbesserung ihres Lebensstandards feilschen und kämpfen, die dem sterbenden Planeten die letzten Renditen abpressen, ist nach einhelliger Auffassung unserer Gruppe nicht mehr aufzulösen. Ein Ausweg aus der bestehenden Situation kann mithin nur von einer verantwortungsbewußten, dynamisch-denkenden und entschlossen engagierten Minderheit gefunden und beschritten werden. Die wesentliche Qualität dieser Elite muß in der Fähigkeit liegen, die bestehenden Normen für die humane Existenz radikal durch neue Vorstellungen zu ersetzen.

Bereich IV.

Die Perspektiven, die unsere Wissenschafts-Gruppe erarbeitet hat, sind auf den irdischen Lebensraum beschränkt, weil die Technologie und die Zeit fehlen, um irdisches Leben auf einen anderen Planeten zu übertragen. Die von uns erarbeiteten Möglichkeiten umfassen die:

- A0-Lösung, die Rückgewinnung einer lebensfreundlichen Welt – unrealistisch
- A1-Lösung, die Beibehaltung des Status Quo bis zum Ende – realistisch/neg.
- A2-Lösung, die aktive Zerstörung der humanen Existenz im Sinne einer kollektiven Entscheidung zum Suicid – abzulehnen
- A3-Lösung, die Annahme der Situation und Konzentration aller Energien auf die Schaffung einer neuen Spezies »Mensch« – realistisch/pos.

Wir votieren einstimmig für die A3-Lösung und geben nachfolgend unsere Abschlußbemerkung zur A3-Alternative.

Die Konzeption und Realisierung einer umweltangepassten Spezies »Mensch« bedarf zweier Voraussetzungen auf der wissenschaftlich-technischen Ebene. Die ethische Position der betroffenen Eltern muß dabei ebenso eindeutig gegeben sein wie die Finanzierung des kostspieligen Projekts.

GES

GESELLSCHAFT FÜR EXTRAPOLIERTE SEINSFORMEN

Die notwendigen Voraussetzungen für eine gezielte Mutation bzw. für technik-gestützte Humanformen umfassen:

- Gesicherte Kommunikationswege zwischen allen Beteiligten
- Absolute Geheimhaltung der Ergebnisse
- Optimal ausgerüstete Forschungsanlagen unter militärischer Sicherung.
  Soweit diese Voraussetzungen gegeben sind und das Projekt finanziert ist, können die ersten Bewerber-Paare entgegengenommen werden. Die projetierten A3-Kinder werden folgende Qualitäten in der ersten Phase aufweisen:
- Aktiviert sind die bislang ungenutzten 9/10tel des Neuronenpotentials im menschlichen Hirn, um die individuelle Speicher- und Verarbeitungskapazität auf das Maximum anzuheben.
- Erweitert werden auf der Grundlage der individuellen Steigerung von subjektiven Hirnaktivitäten die Grundlagen zur kollektiven Intelligenz. Die kollektive Intelligenz überwindet die Grenzen der einzelnen Hirne, ermöglicht völlig neue Strategien der Problemlösung und erschließt neue Dimensionen einer inter-subjektiven Emotionalität.

Die notwendig gewordene gezielte Anpassung des künftigen Menschen an die Bedingungen seiner Lebenswelt wurde bislang erfolgreich von Ethik, Religion und Ideologie verworfen, denn die Anpassung erfordert den Eingriff in die Gen-Struktur. Diese berechnete Veränderung der Erbsubstanz ermöglicht die Qualitäten von individueller wie kollektiver Intelligenzsteigerung. Neben diesen beiden Basis-Qualitäten, mit denen die A3-Menschen ausgerüstet sind, müssen schon jetzt die Grundlagen geschaffen werden für spezielle A3-Qualitäten. Diese Baupläne schreiben besondere Eigenschaften fest, die ein Überleben kommender Generationen garantieren.
Wichtig ist neben der Definition dieser neuen Qualitäten, die von den Beschreibungen der heutigen Spezies gravierend abweichen, auch die Festlegung von Invarianten, die den künftigen Menschen noch als Nachkommen seiner Art ausweisen.
Der Mensch soll selbst nach der grundlegenden Neuorganisation seiner Physis und seiner Psyche und nach der abgeschlossenen Integration in technische Systeme noch »menschliche« Anteile enthalten. Worin diese jedoch im einzelnen bestehen, läßt sich zu diesem Zeitpunkt noch nicht sagen.

GES

GESELLSCHAFT FÜR EXTRAPOLIERTE SEINSFORMEN

Folgende Qualitäten der A3-Menschen haben wir in Erwägung gezogen:

- Ausbildung starker, elastischer Hautfolien, deren speziell eingelagerte Pigment-Spiegel das auftreffende UV-Licht maximal reflektieren.
- Ausbildung von leistungsfähigen Hitzereflektoren und Kühlschichten, um ein Leben in Wüstengebieten zu ermöglichen.
- Ausbildung von schnell-regenerierenden Absorbern für radioaktive Strahlung, die diese binden und in angemessenem Turnus in Festform abstoßen. Eventuell Einlagerung von Bleipartikeln.
- Umrüstung des Atemsystems von Sauerstoff auf Kohlendioxid.
- Entwicklung von Symbioseformen zwischen menschlichen Zellkomplexen und Microorganismen in Leber, Magen, Darm und Lungen, um Schadstoffe abzubauen.
- Optimal wäre die völlige Umrüstung der Zellfunktionen auf neue Nahrungsformen, die es möglich macht, heutige Schadstoffe als Nahrungsmittel (= Energiequellen) zu erschließen.
- Umrüstung der Physiognomie auf ein Leben unter Wasser.
- Löschung von Aggressions-Potentialen mit dem Ziel, eine rationale und emotionale Stabilität des Individuums zu erhalten.
- Einlagerung von individueller und kollektiver Identität, sowie völliger Abbau von unreflektierten Ängsten.
- Neugestaltung der Reproduktion in den Bereichen: Zeugungsakt, Geburt, Aufzucht.
- Neubildung von Strahlungsrezeptoren, um die räumliche Ausbreitung von Energie über das Licht hinaus wahrnehmen zu können:
- Gammastrahlung
- Röntgenstrahlung
- Lichtwellen (ultraviolett bis ultrarot)
- elektrische Wellen
- Neubildung von Schallrezeptoren zur Aufnahme und Interpretation bewegter Luft im Frequenzumfang von 10–40 000 Hertz.
- Neubildung eines taktilen Sensoriums, um Oberflächenbeschaffenheiten, Temperaturen, Strahlungsanteile etc. identifizieren zu können.

GES

GESELLSCHAFT FÜR EXTRAPOLIERTE SEINSFORMEN

Abschließend machen wir nochmals darauf aufmerksam, daß wir nicht mehr davon ausgehen dürfen, die A3-Spezies nach unseren heutigen Kriterien als menschliches Wesen erkennen zu können.

Wer bei dieser Perspektive Skrupel empfindet, gemäß unseren Vorschlägen zu verfahren, dem sei in das Bewußtsein gerufen, daß sich die derzeit bestehende biologische Erscheinungsform »Mensch« in eigener Verantwortung den Lebensraum zerstört und damit seinen eigenen Tod vorgezogen hat.

Eine Spezies, die derart aktiv den eigenen Untergang betreibt, hat kein Recht auf die Erhaltung ihrer Erscheinungsform – diese muß einzig und allein von den Sachzwängen bestimmt werden, die objektiv gegeben sind.

Für diesen Bericht zeichnen verantwortlich:

– Terry Brice
– Jan van D'Ylen
– Werner von Hohenheim
– H. F. T. Mc Brown
– Wladimir Povgornec
– Valery Signac
– Nacamichi Tatjachi
– Hu Tua Yen

Die Koordination übernahm die GES-AA-Leitung
Die Verwaltung übernahm die GES-AB-Leitung

Ein Projekt der GES
GES.

GES

GESELLSCHAFT FÜR
EXTRAPOLIERTE
SEINSFORMEN

Guten Tag!
Ausgewählte Frau!
Ausgewählter Mann!
Ausgewähltes Paar!

Mit diesen Unterlagen liegt die Wahrheit über unsere Welt vor Ihren Augen – entscheiden Sie, was zu tun ist!
Unser Slogan lautet: A-n-p-a-s-s-u-n-g!
Wir vertreten die Idee der A3-Menschen, der kommenden Generation.
Wir sind die Spezialisten.
Sie sind die Eltern.
Gemeinsam werden wir unsere Kinder anpassen an die Zwänge der Zukunft. Es werden unsere gemeinsamen Kinder sein.
– Die Kinder der geistigen Elite.
– Die Kinder des Fortschritts und der Bewegung.
– Die Kinder einer neuen Schöpfungs-Technologie.
Unser Slogan lautet: Anpassung an die Norm, die wir selbst gesetzt haben. Sie können Ihre Skrupel überwinden, denn Ihre Entscheidung ist positiv! Ihrem Handeln unterliegen ewig gültige Werte unserer Spezies, denn auch Sie entscheiden sich für eine Form der Erhaltung unserer Art, und Sie stimmen einschneidenden Veränderungen zu, die andere Mitglieder unserer Art vor Jahrtausenden durch ihr Handeln zu verantworten hatten. Sie bleiben mit Ihrem Entschluß im Rahmen humanen Denkens und Handelns.
Die Welt können wir nicht mehr verändern . . .
. . . aber wir können uns verändern!
Hier liegt die Chance, die wir gemeinsam mit Ihnen ergreifen wollen. Deshalb wenden wir uns an Sie mit der Bitte: Teilen Sie uns Ihre Entscheidung mit, engagieren Sie sich zusammen mit uns, setzen Sie Ihre gesamten ökonomischen Möglichkeiten ein, finanzieren Sie das Projekt Ihrer und unserer A3-Kinder, Ihrer und unserer Antwort auf die Zustände der Gegenwart!
Sie und wir gebären die Kinder der Zukunft.
Sie und wir rüsten sie um.
Sie und wir bilden ein Team.
Kommen Sie zu uns . . . Kommen Sie zu uns . . . Kommen Sie zu uns . . . Kommen Sie zu uns . . . Kommen Sie zu uns . . . Kommen Sie zu uns . . . Kommen Sie zu uns . . . Kommen Sie zu uns . . . Kommen Sie zu uns . . . Kommen Sie zu uns . . . Kommen Sie zu uns . . . Kommen Sie zu uns . . . Kommen Sie zu uns . . . Kommen

KRAFFT A. EHRICKE

Wachsen in die Offene Welt

ÜBER LEBEN UND ENTROPIE

Es gibt drei Naturprinzipien, die für den Menschen gegenwärtig von besonderer Relevanz sind: den zweiten Hauptsatz der Thermodynamik, das Le-Chatelier-Braunsche Prinzip und das Weber-Fechner-Gesetz. Ihre Kenntnis und Anerkennung haben nichts mit der Willensfreiheit des Menschen zu tun. Letztere bezieht sich auf die menschliche Entscheidungsfreiheit, die Gesetze aber auf die Konsequenzen dieser Entscheidungsfreiheit. Damit wird das menschliche Verantwortungsbewußtsein angesprochen. Durch Erkenntnis dieser Beziehung unterscheidet sich intelligente Willensfreiheit von dem strukturlosen Hokuspokus, mit dem einfältige Menschen durch Mystik und den Zauber beschwörender Behauptungen die Konsequenzen ihrer Handlungen zu bestimmen und Naturprozesse zu beeinflussen glaubten und oft immer noch glauben.

Der zweite Hauptsatz – oder Entropiesatz – besagt, daß Wärme stets von wärmerer zu kühlerer Stelle fließt und, allgemeiner, daß unbelebte Materie stets einem Zustand niedrigsten Energieniveaus und damit maximaler Zufälligkeit, das heißt höchster Wahrscheinlichkeit, anstrebt. Lebende Materie (Organismen) unterscheidet sich grundsätzlich von unbelebter oder nicht mehr lebender Materie dadurch, daß sie wie der Lachs gegen diesen Strom der unbelebten Welt anschwimmt und ihrer jeweiligen Umwelt entwächst, indem sie gestaltend auf sie einwirkt und wiederum sich von ihr gestalten läßt. Man braucht nur die Erde mit den Planeten Venus oder Mars zu vergleichen, um zu erkennen, daß dort keinerlei Wechselwirkung zwischen Umwelt und Leben stattgefunden hat.

Lange vor dem Menschen hat biologische Technik die Umwelt unseres Planeten völlig umgestaltet; sie hat, von Giften aller Arten bis zu hydrodynamischer und aerodynamischer Vollkommenheit, die Umwelt in jeder biologisch möglichen Weise genutzt und mit dieser dynamischen Wechselwirkung zum Wachstum von immer erfolgreicheren und komplizierteren Organismen geführt. Als Motor des Wachstums fungieren gewisse Techniken, die ich als Nabelschnurmetabolismen bezeichnen möchte. Sie stellen die Brücke zwischen den quasi unbegrenzten Ressourcen der abiologischen Umwelt einerseits und der lebendigen Hierarchie andererseits dar. Schlüsselorganismen wandeln primordiale Materie und Energieformen in biologisch verwertbare Verbindungen um – die fundamentalste Beziehung zwischen Umwelt und Wachstum.

Zwei Nabelschnurmetabolismen sind für das Wachstum des terrestrischen Lebens von besonders sichtbarer Bedeutung: die Photosynthese, die Basis aller biologischen Wachstumsschübe; und ein Prozeß, den ich als Informationsmetabolismus bezeichne – sicherlich nicht die einzige Form möglicher Intelligenz, aber die einzige bekannte Form bewußter Datenverarbeitung zu in denkenden Gehirnen speicherbarer (abstrahierter) Informationssysteme als Basis erkennender (wissenschaftlicher, philosophischer und gestaltender (technischer, künstlerischer) Fähigkeiten. Als Basis neuer, nicht mehr nur materieller, sondern materiell-geistiger Wachstumsschübe ist der Informationsmetabolismus des Menschen ein klarer Beweis dafür, daß es im Universum des Lebendigen keine erkennbaren Grenzen des Wachstums gibt.

Photosynthese macht von der schon bei den Sternen beobachteten Tatsache Gebrauch, daß Materie durch Einwirkung von Energie auf einen Zustand höherer Ordnung gebracht werden kann (höhere Elemente und Verbindungen in den Sternen und, unter dem Einfluß von Sternstrahlung, in Kometen und kosmischen Wolken): Mittels Solarenergie und einer Serie komplizierter elektrochemischer Prozesse werden höhere Kohlenwasserstoffverbindungen hergestellt. Wenn genügend Energie zur Verfügung steht, kann die Materie, die mit Einsetzen des Todes wieder entropisch wird, zum Aufbau geordneterer, komplizierterer Formen (also negentropisch) wieder verwendet werden.

Damit tritt zu der praktisch unendlichen Energiequelle (Sonne) und -senke (Weltraum) eine quasi unendliche Materialquelle und -senke (Umwälzung). Nun hat die biologische Technik nur einen negentropischen Brückenkopf in das Periodische System der Elemente geschlagen. Nur etwa 20 Elemente werden durch das entropische Auf und Ab geschleust, wozu jedoch die gesamte terrestrische Umwelt mit ihren drei Hauptformen – obere Lithosphäre, Hydrosphäre und untere Atmosphäre – benötigt werden.

Informationsmetabolische Technik aber benutzt alle Elemente, neu kreierte Elemente und Elementarteilchen. Ebenso, wie sich mit der Photosynthese die Möglichkeit und Notwendigkeit biologischer Expansion durch alle terrestrischen Umweltvarianten ergab, folgten aus dem Fortschritt informationsmetabolischer Technik Möglichkeit und Notwendigkeit der Expansion über die terrestrische Umwelt hinaus in den kosmischen Bereich (extraterrestrialer Imperativ). Es geht nicht nur um die Erweiterung der Materialbasis – entsprechend vollständige Materialumwälzung wie im Falle der Biosphäre ist nicht, zumindest nicht ohne völlige Zerstörung der Biospähre, möglich –, sondern auch um die Verarbeitungswelten (beginnend mit Raumfabrikation in erdnahen Bahnen) und, auf längere Sicht, die Fortschritte in der Energietechnik: Informationsmetabolische Fähigkeiten werden durch beschränkte Interventionstoleranz der Biosphäre in unnatürlicher, das heißt willkürlicher, außerhalb naturgesetzlicher Schranken liegender Weise begrenzt.

Diese Wachstumsbegrenzung wird auf die Dauer von der natürlichen Evolution (deren Produkt der Mensch ja ist) nicht anerkannt. Die Spannungen, die dadurch verursacht werden, haben in jenen Teilen der Menschheit, die diesen Begrenzungen infolge Armut und Unterentwicklung besonders gnadenlos unterworfen sind, besonders schlimme Zustände herbeigeführt. Insofern stehen die Verfechter der These von der Wachstumsgrenze nicht nur im Gegensatz zum natürlichen Spiel der Kräfte, sondern auch zum Kantschen kategorischen Imperativ, zumindest befürworten sie seine Umkehrung: daß das Verhalten aller Menschen den Prinzipien unterworfen werden soll, die man für sein eigenes Verhalten gewählt hat. Eine Beschränkung aber wird nur in einer einzigen Umwelt erforderlich. Steht eine Vielzahl von Umwelten zur Verfügung, wird das Optionsspektrum zumindest sehr viel breiter.

Das Prinzip von Le Chatelier-Braun wurzelt interessanterweise ebenfalls in der Thermodynamik. Kurzgefaßt besagt es, daß in jeder Umweltbedingung die miteinander reagierenden Komponenten dem Prinzip des geringsten Widerstandes folgen. Im Rahmen ihrer negentropischen Orientierung gilt das auch für Organismen. Die Natur ist ökonomisch, außer wenn es um die Fortpflanzung der Art geht. Der Einzelmensch mit seiner Willensfreiheit hat die Möglichkeit heldenhafter oder wahnwitziger Vergewaltigung dieses Prinzips, in letzterem Fall oft unter großen Opfern für sein Gefolge.

Aber im Großen folgt die Evolution diesem Prinzip, um Überlebenschancen zu sichern und Beharrungs-(Nichtwachstums-)Spannungen zu vermeiden. Der evolutionäre Wachstumsdruck entsteht durch die Notwendigkeit, die Fähigkeiten zu schaffen, mittels derer der Organismus (oder das Denkvermögen) unter den durch vorhergehenden Wachstumsschub geschaffenen Bedingungen in seiner modifizierten Relation zur Umwelt dem Prinzip des geringsten Widerstandes, also der geringsten Spannung, folgen, oder, umgekehrt, die optimale Anpassung an die Wirklichkeit erzielen kann.

Ein biologisches Beispiel: Eine Ausbreitung von Organismen über das Land mit seinen kalten Zonen erforderte zur besten Anpassung die Warmblütertechnik. Diese wiederum verbrauchte mehr Energie, die durch höhere Nahrungsaufnahme erzeugt werden mußte. Das führte zu neuem Auslesewachstum in Richtung Nahrungsaufnahmefähigkeit und Nahrungsfang.

Ein Beispiel aus unserer Zeit: Wo blinde Vermehrung sinnlos zu werden droht, setzt sie das Zeichen für die Notwendigkeit eines neuen Wachstumsschubes, dessen Instrumentarium Wissenschaft und Technik, dessen informationsmetabolische Substanz aber die Vergeistigung größerer technischer Macht und Fortschritt in der Ethik des Humanismus sind – also Mut und Verantwortungsbewußtsein. Unter diesen Umständen pflastert die Postulierung von Wachstumsgrenzen den Pfad ins Wolkenkuckucksheim unter gleichzeitiger Verachtung des Menschen, dem die Fähigkeit zu höherem Mut und Verantwortungsbewußtsein nicht mehr zugetraut wird.

Die Lande der Erde mögen aufgeteilt sein, und nun bald

wohl auch der größte Teil der Ozeane. Aber für diejenigen unter den Verlierern, die wachsen können, besteht der Weg des geringsten Widerstandes und bester laufender Anpassung in der Überschreitung der Grenzen in eine neue Offene Welt, die Wissenschaft und Technik geschaffen haben. Bei aller Bedeutung terrestrischer Ressourcen, etwa noch »zugänglicher« Meeresgebiete, ist sie weitaus größer als die Erde. Sie erstreckt sich vom Atomkern zu anderen Welten. Selbst die Sonnenenergie ist bereits »aufgeteilt«, als Folge von Größe und Lage der einzelnen Länder, aber (noch) nicht das Deuterium oder das Sonnensystem oder gar die Fähigkeit zur Entwicklung neuer Techniken, vom Brüter zur Informatik und Robotik, von der Weltraumfabrikation zur Kernverschmelzungstechnik (die ja nicht nur als Energiequelle, sondern auch zur Rohstoffwiederverwendung und erheblich verbesserter Rohstoffgewinnung aus Erzen niedriger Qualität von zentraler Zukunftsbedeutung ist), und damit zur Schaffung neuer Arbeitsplätze, verbesserter Produktion und Produktivität.

Das alles sei zu kostspielig? Wer nicht in Wachstum investiert, wird keine Zukunft haben. Kostensparend würde sich eine geschickt und weitsichtig strukturierte Zusammenarbeit zwischen den führenden Industrieländern zur Wachstumsförderung in einer Offenen Welt auswirken. Zu oft stehen sich die ideologisch Verbündeten als wirtschaftliche Konkurrenten gegenüber. Die hierdurch hervorgerufenen Spannungen zwischen den miteinander reagierenden Komponenten sind eine natürliche Folge des Le Chatelier-Braunschen Prinzips.

Also Wachstum als »Lösung« aller Probleme? Keineswegs. Wir können eine bessere, aber niemals eine problemfreie Zukunft haben. Kritische heutige Probleme müssen durch Wachstum gelöst werden, damit künftige kritische Probleme, die Probleme unserer Nachkommen, überhaupt lösungsmöglich werden.

Dies ist die bessere der beiden Zukunftswelten: Jeder Wachstumsschub schafft beides, neue Probleme und neue Lösungsmöglichkeiten, während unweigerlich in Regression mündendes Nichtwachstum nur neue Probleme, aber keine neuen Lösungsmöglichkeiten schafft. Wachstum ist der Weg des geringsten Widerstandes, der natürliche evolutionäre Weg alles Lebendigen.

Hier gibt das Weber-Fechner-Gesetz einen wertvollen Hinweis. Es definiert eine psycho-physikalische Beziehung, die vereinfacht dargestellt besagt, daß in mildem Licht die Sicht empfindlicher wird als in grellem, bei Stille das Gehör empfindlicher als im Lärm (innerhalb gewisser natürlicher Grenzen). Das trifft auch psychologisch zu: Je höher ein Lebensstandard ohne Wachstumsbewußtsein, um so höher wird die Empfindlichkeit gegen Störungen, die Angst vor der Zukunft, Mißtrauen und Ratlosigkeit gegenüber dem Neuen, und um so größer die Neigung, sich in einen Dämmerzustand versetzen zu lassen, das heißt, an die Grenzen des Wachstums zu glauben und dem Kulturpessimismus zu huldigen.

Wir nähern uns dem Ende eines Jahrhunderts. Diesmal, im geistigen Trümmerfeld zweier Weltkriege, hat die Fin-de-siècle-Stimmung früher eingesetzt. Möge sie deshalb kurzlebiger sein. Am Ende dieses Wachstumsschubes steht nicht das Grauen einer Welt ohne Wachstum, sondern neues Wachstum und neue Herausforderungen, die den Menschen hellwach und wachstumsfähig erhalten. Mögen die Zahl der Köpfe, die durch die vor zehn Jahren postulierten Thesen von den Grenzen des Wachstums permanent in einen katatonischen Zustand versetzt worden sind, unbedeutend bleiben. Möge der »Club of Rome« und seine Förderer und Helfer, soweit sie wirklich an ihre Verkündigungen glauben, sich in den nächsten zehn Jahren ihrer Entscheidungsfreiheit besinnen und den Weg vom Dogma zur Erkenntnis der natürlichen Gesetze und Prozesse einschlagen.

GERD VON HASSLER

Ein Paukenschlag auf die Erdkruste

KIPPT DIE ERDE?

Noch vor dreißig Jahren wollte kaum jemand daran glauben, daß es im Verlauf der Erdgeschichte immer wieder ungeheure globale Katastrophen gab, die unseren blauen Planeten beutelten. Heute werden die nachweisbaren, von den Wissenschaftlern inzwischen so genannten Erdrevolutionen in geologischen, geophysikalischen, in klimatologischen und ozeanographischen Abhandlungen schon fast als selbstverständlich dargestellt.

So jenes Ereignis, das als Sintflut in die Mythen der Völker einging. Vor 11 000 Jahren fanden dabei 99,8 Prozent der damaligen Menschheit den Tod; das Gesamtgewicht aller lebenden Tiere wurde um 90 Prozent vermindert. So auch jene Erdkatastrophe vor 30 000 Jahren, bei der die Rasse der Neandertaler entscheidend dezimiert wurde. So jener Planetoiden-Einschlag im Nördlinger Ries vor 14,8 Millionen Jahren, der offensichtlich nicht nur in Europa die Erde beben und Berge bersten ließ.

Die Beispiele lassen sich beliebig vermehren. Einige Wissenschaftler sind inzwischen sogar der Auffassung, daß jede Zäsur in der Erdgeschichte, also jeder Wechsel von einem geologischen Erdzeitalter zum nächsten, durch eine globale Katastrophe verursacht wurde. Und sicher gehört zum Beispiel der Übergang der Kreide zum Tertiär, bei dem vor 60 Millionen Jahren die Saurier von der Erde vertilgt wurden (und mit ihnen zahlreiche andere Tier- und Kleinsttierarten), zu diesem Thema. Auch wenn sich die Forscher zur Zeit noch darüber streiten, ob diese Katastrophe durch einen Planetoiden-Einschlag verursacht wurde (die in diese Zeit datierbaren Funde des auf der Erde seltenen Metalls Iridium sprechen dafür), oder durch eine weltweite Vulkankatastrophe oder durch extreme Klimaschwankungen. (Die zunehmend brüchiger gewordenen Saurier-Eierschalen lassen dies den Bonner Paläontologen Erben vermuten.) Auf die naheliegende Idee, daß diese drei Hypothesen einander ergänzen, weil bei einer durch Planetoiden-Einschlag ausgelösten globalen Katastrophe weltweite Vulkanausbrüche und extreme Klimaschwankungen zwangsläufige Folgen sind, konnten die mit berufsbedingten Scheuklappen arbeitenden Forscher wohl noch nicht kommen.

Ursache oder Folgeerscheinung derartiger Erdrevolutionen sind jedenfalls unter anderem zwei Kippvorgänge, die in dem Mechanismus der um die Sonne kreisenden Erde eingebaut sind: Jener, der – zum Beispiel durch einen Planetoiden-Einschlag ausgelöst – die Rotationsachse der Erde um einige Winkelgrade aus ihrer Stellung zur Umlaufbahn wirft; und jener, der eine Magnetpol-Umkehrung um 180 Grad verursacht – was in den letzten 76 Millionen Jahren immerhin 171mal geschehen ist.

In unseren Tagen kommen nun drei weitere Kippmöglichkeiten hinzu, die von der Spezies Mensch in die Erdgeschichte eingeführt werden. Daß diese hausgemachten Katastrophen (Klima-Umbruch, ökologischer Zusammenbruch, Aggressionszuwachs) für die nächste Zukunft absehbar, wo nicht schon akut sind, dürfte keinem vernünftigen Zweifel mehr unterliegen. (Das mag natürlich auch für die kosmisch oder innerirdisch bedingten Kippvorgänge zutreffen, ist aber nicht mit ausreichender Sicherheit festzustellen.)

Nach jüngsten Berechnungen umkreisen außer den bekannten Planeten etwa 50000 Planetoiden (Klein-Planeten) die Sonne. Fünftausend davon kennt man, und von ungefähr zweitausend ist der – meist sehr exzentrische – Bahnverlauf bekannt. Der größte der bisher beobachteten Planetoiden, Ceres, hat einen Durchmesser von knapp 800 Kilometern. Das ergäbe bei einem Einschlag in Europa einen Krater von Straßburg bis Berlin.

Die Möglichkeit, daß sich solch ein Himmelsgeschoß gegenwärtig irgendwo in unserem Sonnensystem auf dem Weg zur Erde befindet, besteht mit einer Wahrscheinlichkeit von 48 000 gegen 2000. Anders ausgedrückt: Die Chance für einen Planetoiden-Einschlag in nächster Zukunft lautet 48 zu 2. Die erdgeschichtliche Durchschnittsstatistik, die für alle 100 000 Jahre einen Einschlag mit globalen Folgen errechnete, besagt nichts dagegen, da sich der Durchschnitt ja aus minimalen (10000 Jahre) und maximalen (Millionen Jahre) Aufeinanderfolgen derartiger Ereignisse ergibt.

Insgesamt gesehen mag es für den Mitteleuropäer heute zwar wahrscheinlicher sein, mit einem Auto im Straßengraben zu landen als einen Planetoiden auf den Kopf zu bekommen, aber letzteres hätte immerhin erheblich dramatischere Konsequenzen für die gesamte Menschheit. Die Einschlagsenergie eines mittelgroßen Planetoiden verhält sich nämlich zu Masse und Kreiselenergie der Erde wie 10^{30} zu 10^{36}. Das Verhältnis beträgt also nur 1 zu 1000000 und macht begreiflich, wieso solch ein im Verhältnis zur Erde winziger Himmelsvagabund unseren blauen Planeten um vier bis fünf Winkelgrade aus seiner Achsenlage stoßen kann.

So angenehm vielleicht dem einen oder anderen die Vorstellung erscheint, daß dabei zum Beispiel München in die Klimazone von Florenz geraten könnte, so deutlich ist aber sicher auch das Bild des ungeheuren Paukenschlags, unter dem die gesamte Erdkruste erzittern würde.

Der zweite Kippvorgang, die Magnetpol-Umkehrung, wurde erst im letzten Jahrzehnt genauer erkannt. Nicht weit vom Vulkan St. Helens haben amerikanische Geologen im Mount-Rainier-Nationalpark in Oregon 14 Millionen Jahre alte Spuren eines derartigen Ereignisses ausgegraben. Dabei wurde festgestellt, daß dem Kippen der Magnetpolachse um 180 Grad in der Vergangenheit jeweils in einem Zeitraum von 1000 bis 4000 Jahren eine deutliche Abschwächung des irdischen Magnetfeldes vorausging. Gegenwärtig leben wir mitten in der Phase einer solchen Abschwächung, die vor etwa 2000 Jahren begann. Das Kippen des Magnetpols kann also morgen so gut wie irgendwann innerhalb der nächsten 2000 Jahre erfolgen.

Da wir das irdische Magnetfeld – so die gegenwärtige Hypothese – ungleichförmigen Kreiselbewegungen verschiedener Schichten im Erdinnern verdanken, könnten Störungen des Bewegungsablaufs im Erdinnern, die den Kippvorgang auslösen, sicher auch mit dramatischen Folgen auf die Erdkruste durchschlagen. Und unbestreitbar steht daneben die Tatsache, daß unser irdisches Magnetfeld eine Art Schutzschirm gegen tödliche Strahlen aus dem Weltraum bildet.

Wenn dieses schützende System sich nun bis zu jenem Augenblick weiter abschwächt, an welchem unser magnetischer Nordpol seine Rolle mit dem Südpol vertauscht, ist das Leben auf unserem Planeten vermutlich für Tage, Wochen oder Monate – bis sich ein neuer Magnetschirm aufgebaut hat – der tödlichen oder multierenden Strahlung aus dem Kosmos ausgesetzt. Der aus der Erdvergangenheit erbrachte Nachweis, daß jeweils zu Zeiten festgestellter Magnetpol-Umkehrungen auch verschiedene Tierarten ausgestorben sind, macht diese These mehr als wahrscheinlich.

Der nächste – und erste hausgemachte – Kippvorgang betrifft unser Klima. Durch Industrie, Verkehr und mechanisierte Landwirtschaft wird unsere Atmosphäre (insbesondere natürlich in der nördlichen Hemisphäre) zunehmend eingetrübt. Zwischen den dreißiger und den siebziger Jahren wurde die Einstrahlung von Sonnenlicht auf die Erdoberfläche, weltweit gesehen, um zehn Prozent und stellenweise weit darüber hinaus vermindert. Das ließ schon vor Jahren einige Wissenschaftler die Befürchtung äußern, wir könnten einer neuen Eiszeit entgegen gehen.

Inzwischen wurden jedoch die gegenteilige Bedrohung als voraussichtlich aktueller erkannt. Die Eintrübung verhindert nämlich die unabdingbar zu unserem Klimasystem gehörende Abstrahlung überflüssiger Wärme in den Weltraum. Dadurch entsteht nun eine Art Treibhaus-Effekt, der das Polareis schmelzen und die Spiegel der Ozeane weltweit bis zu sechzig Meter steigen lassen kann.

Vorsichtige Berechnungen japanischer Klimatologen gehen von einer Verdoppelung der Eintrübung bis zum Jahre 2005 aus. An irgendeiner Stelle auf dem Weg dahin wird die Toleranzgrenze zum Treibhaus-Effekt überschritten, und die dann nicht mehr aufzuhaltende große Eisschmelze beginnt. Verschiedene Anzeichen lassen jedoch vermuten, daß dieser »point-of-no-return« bereits erreicht ist. So meldete die Bochumer Sternwarte schon im Sommer 1981 ein durch Satelliten-Beobachtung festgestelltes verstärktes Abschmelzen der Eismassen im Polargebiet und einen dadurch bedingten erhöhten und weiter ansteigenden Wasserdampfgehalt in der Atmosphäre.

Wenn es demzufolge in den nächsten Jahren vermehrt zu derart starken Regenfällen und Überflutungen wie 1981 kommt, werden die ersten Meldungen vom Steigen der Meeresspiegel nicht mehr lange auf sich warten lassen. Gegenwärtige Küstengebiete mit ihren Dörfern und Städten versinken dann im Meer, und ein kleiner Bummel über den Jungfernstieg in Hamburg wird sich voraussichtlich noch vor der Jahrhundertwende in einigen Metern Meerestiefe abspielen.

Die noch vor kurzem gehegte Erwartung, daß sich einschneidende Klima-Umstellungen sehr langsam – über Jahrhunderte hinweg – anbahnen, gilt durch neuere Untersuchungen als widerlegt. In der Universität Kopenhagen wurden im vergangenen Jahrzehnt die Schichten einer 139 Meter tief auf dem Grönlandeis erbohrten Stange in ihrer zeitlichen Aufeinanderfolge erstmalig exakt analysiert. Dabei ergab sich zur Überraschung der Wissenschaftler, daß die großen Klima-Umbrüche der Erdgeschichte – Ablösungen von Eiszeiten und Warmzeiten – stets abrupt, sozusagen über Nacht erfolgten.

Mit ihrer Atmosphäre besitzt die Erde offenbar einen sehr starken Ausgleichsmechanismus, der das bestehende Klimasystem bis zu einer sehr hoch liegenden Grenze der Belastbarkeit zu erhalten bemüht ist. Wird diese Grenze jedoch deutlich überschritten, bricht der Ausgleichsmechanismus von einem Tag auf den anderen zusammen, und ein neues Klimasystem baut sich in der Folgezeit auf.

Diese Erkenntnis erklärt jetzt auch, wie vor zehntausend Jahren ganze Mammutherden, die eben noch auf grünen sibirischen Steppen grasten, plötzlich von Schneestürmen überrascht und danach meterhoch eingeeist wurden, um bis heute nicht mehr aufzutauen. Wir sind bisher gewohnt, daß alle Regengüsse, Hagelunwetter, Schneetreiben oder Orkane – so katastrophal wir sie auch empfinden mögen – doch oft nach Stunden, spätestens jedoch nach ein bis zwei Tagen abklingen und freundlicherem Wetter Platz machen. Genau das aber wird – wie seinerzeit bei den Mammuten – demnächst, wenn das Klima kippt, nicht mehr der Fall sein.

Nicht weniger unangenehme Folgen verspricht auch jener

weitere Kippvorgang, bei dem unser ökologisches System zusammenbricht. Ein Vorgang, den wir gegenwärtig bereits überall dort beobachten können, wo Seen und fließende Gewässer kippen und damit bisherige Lebensformen sterben. Diesen in absehbarer Zeit bevorstehenden ökologischen Zusammenbruch beschrieb unter anderem auch die vom damaligen US-Präsidenten Carter in Auftrag gegebene und 1981 bekannt gewordene Regierungsstudie.

Die Weltprobleme – so heißt es da – werden bis zum Jahre 2000 alarmierende Ausmaße erreichen, und von den bis dahin lebenden 6,35 Milliarden Menschen werden annähernd fünf Milliarden am Rande des Existenzminimums vegetieren müssen. Selbst eine bis zum äußersten gesteigerte Nahrungsmittelproduktion kann an dem voraussehbaren großen weltweiten Hunger nichts ändern. Wobei gleichzeitig und zunehmend der Einsatz von Chemikalien in der Landwirtschaft die Erde mit lebenszerstörendem Säureregen bedroht und als Nebeneffekt auch noch die das menschliche und tierische Leben schützende Ozonschicht angreift. Der gegenwärtige Waldbestand ist bis dahin durch rücksichtslose Abholzung auf der ganzen Erde um die Hälfte reduziert.

Daß die US-Regierungsstudie eher unter- als übertrieben hat, ist inzwischen nicht mehr zu bestreiten: Obwohl die Masse der Schadstoffe aus Mittelengland, dem Ruhrgebiet, der DDR, aus Südpolen und der Tschechoslowakei stammt, sind einsame norwegische Fjorde, schwedische Wälder und Seen, die menschenleeren Gebiete Ostkanadas, die Gletscher Grönlands und sogar abgelegene Südseeinseln gleichermaßen verseucht. Hier bestätigt sich der zuvor erwähnte Ausgleichsmechanismus Atmosphäre mit seinen Gehilfen Regen und Wind als der große Verteiler. Gäbe es ihn nicht, wären die Schadstoffe produzierenden Zentren Mittelengland oder Ruhrgebiet längst tot.

Inzwischen aber hilft alle Verteilung nichts mehr: Schon 1974 analysierten Forscher im schottischen Pitlochry Regenwasser, das so sauer wie Essig war. In Rübezahls märchenhaftem Riesengebirge ragen heute auf mehr als 2000 Hektar Waldland nur noch tote Stämme in den von ständigen Staubschleiern verhangenen Himmel, und weitere 7500 Hektar der Riesengebirgswälder sind soweit geschädigt, daß sie in zehn

Jahren ebenfalls nur noch das trostlose Bild totaler Zerstörung bieten werden. Fichtenwälder in Skandinavien und Norddeutschland sind nicht viel besser dran. Im Erzgebirge ist der Todeskampf des Waldes ins Endstadium getreten, und auch in den bayerischen Wäldern hat das Fichtensterben begonnen.

Ebenso wie die Wälder (die großen Schatzkammern der Natur, unsere Sauerstofflieferanten und Grundwassersammler) sind auch die Seen und fließenden Gewässer Leittragende des Säureregens. Und die Hauptverursacher, Schwefel und Stickstoffverbindungen, sind wiederum nur ein Teil der giftigen Schadstoffe (wie außerdem Blei, Cadmium usw.), die inzwischen bereits bis in die Muttermilch hinein auf jeden biologischen Prozeß einwirken.

Den zur Zeit bedrohlichsten biologischen Prozeß aber stellt das aus den Fugen geratene Wachstum der Weltbevölkerung dar, die zur Zeit alle fünf Tage um eine Million Menschen zunimmt, bald alle vier Tage, dann alle drei Tage, schließlich jeden Tag und endlich ...

Gehen wir von der Tatsache aus, daß in spätestens zehn Jahren nicht einmal mehr die Hälfte der Menschheit ausreichend zu ernähren ist (wobei sich die Probleme der Nahrungsmittel-Beschaffung und der Verteilung tragisch ergänzen), während gleichzeitig Wälder und Felder immer unfruchtbarer und jedes Stück Brot, jeder Apfel, jedes Stück Fleisch und jedes Glas Milch immer giftiger werden, müssen wir frei von unangebrachten Emotionen und in aller gebotenen Sachlichkeit festhalten, daß unser ökologisches System schätzungsweise schon Mitte der sechziger Jahre kippte und an die Stelle der Selbsterhaltung längst die ungewollte, aber zwangsläufige Selbstvernichtung getreten ist.

Bliebe als letzter Punkt das Abkippen menschlicher Gruppen, Gesellschaften und Nationen in die totale Aggression zu verzeichnen. Eine überproportionale Zunahme von Verbrechen wurde bereits 1977 beim »Internationalen Kongreß für Verbrechensverhütung« in Caracas registriert, wobei auch als eine Ursache das »unheimliche Zusammenwirken« von wachsendem Bruttosozialprodukt und steigender Kriminalität diskutiert wurde.

Insgesamt gesehen spielen jedoch zweifellos auch der zunehmende Druck durch Bevölkerung, die Ideologisierung der Mißgunst, die Entfesselung primitiver Instinkte (erst kommt das Fressen, dann kommt die Moral), die sich täglich verschiebenden Toleranzgrenzen der Rechtsprechung und weitere Gründe eine nicht weniger gewichtige Rolle. Aber wo auch immer wir den Schwerpunkt der Ursachen sehen mögen – unübersehbar ist der Weg, auf dem das Drama der Gewalt seinem Höhepunkt entgegensteuert. Während einige Zeitgenossen noch gebannt auf die Vorspiele in Afrika, Afghanistan, im Iran und in Polen starren, bereiten sich die Weltmächte des zum Glaubensbekenntnis erhobenen Neids darauf vor, der noch von einigen westlichen Nationen vertretenen, aber seit Jahrhunderten an der Trägheit des Herzens dahinsiechenden christlichen Nächstenliebe den Todesstoß zu versetzen.

Man mag über diese fünf Kippvorgänge denken wie man will, mag man den einen für realistischer, den anderen für weniger bedeutungsvoll halten: Gegen Erdrevolutionen, ob sie vom Himmel oder aus dem Erdinnern kommen oder ob sie wie im aktuellen Bereich hausgemacht sind, gibt es keine Rezepte. Niemand vermag das Rad der Industrialisierung zurückzudrehen, den mit Verbrennungsmotoren betriebenen Verkehr aufzuhalten oder den anstehenden nächsten Weltkonflikt zu verhindern. Derartige Hoffnungen zu hegen, ist etwa so realistisch wie die Vorstellung, man könnte die Weltbevölkerung des Jahres 2000 satt machen, die irdische Atmosphäre und unsere Gewässer bis dahin reinigen, oder einen auf die Erde stürzenden Planetoiden aufhalten.

Das heißt sicher nicht, daß wir ohne Hoffnung leben sollen. Sie kann sich nur vernünftigerweise nicht mehr auf die Zeit vor, sondern nur noch auf die Zeit nach einer globalen Katastrophe richten. Wie diese Katastrophe in ihrer letzten Phase aussehen wird, weiß niemand. Ein Weltuntergang aber dürfte sie kaum werden, denn es hat in der Erdgeschichte mit hoher Wahrscheinlichkeit schon weitaus schlimmere Erschütterungen gegeben, die dennoch überlebt wurden.

Auch nach den bevorstehenden Ereignissen wird es genug Überlebende geben. Genug, die der Hilfe bedürfen, und genug, die Hilfe gewähren könnten, hätten sie sich nur genügend darauf vorbereitet. Das aber ist ein Symptom der großen Angst: Vor einem eventuellen Schnupfen läßt man sich impfen, vor wahrhaften Schrecknissen aber schließt man die Augen.

Fomalhaut

Der Stern Fomalhaut ist der hellste Himmelskörper im Sternbild des Südlichen Fisches (pisces austrinus). Seine scheinbare (visuelle) Helligkeit beträgt 1,18mag, in der Rangfolge nach scheinbarer Helligkeit steht er unter allen Sternen am Himmel an 18. Stelle. Seine absolute Leuchtkraft ist 13mal so groß wie die unserer Sonne, er wird in die Leuchtkraftklasse V eingereiht. Der weiße Stern vom Spektraltyp A 3 ist nur 22,6 Lichtjahre von uns entfernt, das sind 214 Billionen Kilometer.

Der Namen Fomalhaut (eigentlich Tom-el-hkût) stammt aus dem Arabischen und bedeutet Maul des Fisches; er ist seit dem 14. Jahrhundert gebräuchlich, wenn nicht schon länger. In mitteleuropäischen Breiten ist der Stern Fomalhaut im Herbst gerade über dem Horizont sichtbar. Für die Navigation ist er von besonderer Bedeutung, weil er als auffallender Stern in einer Himmelsregion, der ansonsten helle Sterne fehlen, leicht auszumachen ist.

Fomalhaut hat einen lichtschwachen Begleiter der scheinbaren (visuellen) Helligkeit 6,5mag, er ist vom Spektraltyp K 4 (gelb).

In der Antike wurde Fomalhaut mit Ceres, der römischen Göttin der Fruchtbarkeit und des Wachstums verbunden (der zur griechischen Demeter analogen Göttin) und tief verehrt.

T.L.B.